UMBERTO MANNARINO

 Planeta

Copyright © Umberto Mannarino, 2020
Copyright © Editora Planeta do Brasil, 2020
Todos os direitos reservados.

Preparação: Fernanda França
Revisão: Elisa Martins e Andréa Bruno
Diagramação: Márcia Matos
Capa: departamento de criação da Editora Planeta do Brasil
Ilustrações de capa e miolo: Esdras Gomes (@es.dras)

DADOS INTERNACIONAIS DE CATALOGAÇÃO NA PUBLICAÇÃO (CIP)
Angélica Ilacqua CRB-8/7057

Mannarino, Umberto
    Das cinzas de Onira / Umberto Mannarino. – São Paulo: Planeta do Brasil, 2019.
    256 p.

    ISBN: 978-85-422-1868-8

    1. Ficção brasileira I. Título

19-2815   CDD B869.1

Índices para catálogo sistemático:
1. Ficção brasileira

2020
Todos os direitos desta edição reservados à
EDITORA PLANETA DO BRASIL LTDA.
Rua Bela Cintra, 986, 4º andar – Consolação
São Paulo – SP – 01415-002
www.planetadelivros.com.br
faleconosco@editoraplaneta.com.br

Para Monalisa

SUMÁRIO

Capítulo 1 – Pesadelo	9
Capítulo 2 – Família...?	19
Capítulo 3 – A casa além da lareira	25
Capítulo 4 – Um lampejo	35
Capítulo 5 – Jade	39
Capítulo 6 – Do outro lado da lareira	43
Capítulo 7 – A casa invertida	59
Capítulo 8 – Pelotão, sentido!	67
Capítulo 9 – Fantasmas	83
Capítulo 10 – Conselhos de Onira	89
Capítulo 11 – O major tem um plano	95
Capítulo 12 – O sonho de Olívia	101
Capítulo 13 – Entre dois mundos	117
Capítulo 14 – A escalada de volta	125
Capítulo 15 – Onira	137
Capítulo 16 – O Tatu-Bola	145
Capítulo 17 – A *Estrela Viandante*	173
Capítulo 18 – Aisling	185
Capítulo 19 – O dia a dia no convés	199
Capítulo 20 – O topo do mundo	205
Capítulo 21 – Um presente do tio Lucas	217
Capítulo 22 – As chamas se apagam	223
Capítulo 23 – Major F	229
Capítulo 24 – O caminho de volta	237
Capítulo 25 – Recomeço	253
Agradecimentos	255

Capítulo 1

PESADELO

— Cuidado! — Cuidado!
— É, é! Cuidado!
— Calem a boca! Imbecis!
— Por quanto tempo ela vai dormir?
— Para sempre! Para sempre!
— Cuidado, Olívia! Não dê ouvidos a eles!
— De hoje ela não passa!
— É! De hoje ela não passa! — Ela vai morrer?!
— Só respire, só respire.
— As vozes não são reais! Não são reais!
— Calem a boca!
— Shhh...
— Shhh... silêncio! Ela está acordando!
— É, é! Silêncio!
— Shhh...

——*

Longe. Tudo parecia tão longe. Sentia o mundo a quilômetros de distância. Estava deitada de costas, imóvel, afundada em um colchão com cheiro de eucalipto e detergente barato. Tentou olhar ao redor, ver onde estava, mas suas pálpebras pareciam cobertas por uma manta invisível que as impedia de abrir por completo. Com os olhos

semicerrados, tentou focar um único ponto no teto, mas o quarto pareceu girar, girar, em um turbilhão de borrões brancos que se espiralavam à sua volta como um redemoinho de gesso. Fechou os olhos de novo, o coração batendo rápido no peito. Preferia o escuro, ao menos por enquanto. No escuro podia pensar.

As lembranças ainda estavam bagunçadas em sua mente. Não sabia onde estava nem como ou por que chegara ali. Só sabia que estava com frio. Seus pés formigavam e ardiam, gelados. Tentou aguçar os ouvidos, escutar, mas o único som que ouvia era o tumulto de seus pensamentos. Tudo o mais estava em silêncio absoluto, como se naquele lugar nada pudesse ou quisesse acontecer. Como se tudo fosse permanecer daquele jeito até o fim dos tempos.

Levantou um pouco a cabeça para olhar ao redor, mas uma força invisível pareceu puxá-la violentamente pela garganta de volta para o travesseiro. Uma dor aguda começou a se espalhar por todo o seu peito, um calor súbito que subia pelas paredes dos pulmões, pelo pescoço, queimando-a de dentro para fora por onde passava. E, por mais que tentasse gritar, por mais que forçasse o choro, nenhum som conseguia escapar.

Tentou respirar fundo, mas o ar foi arrancado de seus pulmões de uma só vez em um fluxo brutal no sentido oposto que fez todo o seu corpo arder e se contrair involuntariamente. Não tinha mais controle, o ar entrava e saía de seu corpo como uma entidade viva e com vontade própria, violando-a a seu bel-prazer.

Estava exausta.

O quarto foi ficando escuro, cada vez mais escuro, e, quando estava prestes a perder a consciência, sentiu um leve toque no ombro.

— Não lute, Olívia — disse alguém ao seu lado.

Era uma voz feminina. Soava distante, apagada, quase como um sussurro.

— Não precisa lutar — repetiu ela. — É só seguir a corrente: para dentro... e para fora; inspire... e expire. — E fazia sons altos, simulando uma respiração cadenciada.

Olívia obedeceu. Inspirou e expirou, acompanhando o ritmo da voz.

A dor no peito sumiu.

— Viu? — disse a mulher. — Bem melhor, né?

Olívia tentou responder alguma coisa, perguntar onde estava, o que tinha acontecido, mas as palavras pareciam congeladas em sua garganta.

Virou a cabeça para vasculhar o quarto, procurar a mulher, porém foi mais uma vez puxada pelo pescoço de volta para o lugar. A dor se espalhou por seu peito, mais forte do que antes.

— Não mexa a cabeça — aconselhou a mulher. — Tente ficar o mais quieta possível, ok? Só respire. Para dentro... e para fora. Vamos lá, junto comigo.

Olívia sentiu a cabeça ficar leve, leve. O som da voz se afastava aos poucos.

E tudo voltou a ficar escuro.

Acordou com o som de uma conversa. Um homem e uma mulher. Não conseguiu reconhecer as vozes, mas pareciam vir de perto, como se sussurrassem ao seu ouvido.

— Ela teve muita sorte, não teve? — perguntou a mulher.

— Pois é — concordou o homem. E, após uma longa pausa, completou: — Muita.

— Coitadinha...

Um hospital. Sim, só podia ser: estava em um hospital. O homem era um médico, Olívia logo percebeu. Mas quem era aquela mulher? Uma enfermeira, possivelmente. Ou talvez a sua mãe.

Sua mãe... É, bem que podia ser. Falando com o doutor, perguntando se a filha iria ficar bem. Preocupada, do jeitinho que as mães tinham de ser. Mas aquela voz... não, não soava nem um pouco como a de sua mãe. Aquela voz era rouca, arrastada, com um sotaque carregado que insistia em colocar as sílabas tônicas em uns lugares esquisitos. Definitivamente não podia ser a voz de sua mãe.

Se bem que... Como, então, era a voz de sua mãe?

Abriu os olhos, assustada. Não conseguia se lembrar. Da voz de sua mãe, do rosto... nada! Fazia força, apertava os olhos, mas sua mente parecia apagada, completamente vazia. Tentou se lembrar de seu pai, mas a mesma coisa aconteceu.

Por quê? Por que não conseguia lembrar? O que estava acontecendo?

Quis gritar, pedir ajuda, implorar que alguém lhe explicasse tudo, mas a pressão no pescoço apenas crescia, como se estivesse sendo estrangulada por mãos cadavéricas. Depois de algum tempo tentando lutar contra a dor, rendeu-se ao silêncio.

Com o canto dos olhos, vasculhou o aposento para encontrar a origem das vozes, mas o vórtice ao seu redor era tão intenso que fazia todos os sons, já distantes, desaparecerem por completo por trás das imagens sem sentido. Decidiu fechar os olhos e apenas escutar. Teria prendido a respiração se pudesse controlá-la. No escuro forçado, conseguiu se concentrar nos murmúrios. Entendeu poucos trechos da conversa, palavras e frases isoladas:

— Coitadinha — disse a mulher, após algum tempo de silêncio. — Ela é só uma criança.

— Mas ela foi esperta de se esconder na lareira — respondeu o homem. — Foi o que salvou a vida dela, na verdade.

— A chuva, né?

— A chuva e as teias. As duas coisas juntas.

Um suspiro.

— Ela deu muita sorte...

— Deu. Mas ainda assim... — E Olívia não conseguiu entender o resto.

Após um longo período de ruídos incompreensíveis, a mulher pareceu dizer:

— Menina resistente...

— Ela inalou muita fumaça — comentou o doutor, e repetiu, com um suspiro: — Deu sorte.

E uma pergunta da mulher que Olívia não conseguiu decifrar.

— Pois é... — respondeu o doutor. — Vamos ter que esperar ela acordar para ter certeza. Mas é possível que... — e sua voz esvaneceu pouco a pouco, até desaparecer por completo.

Quando Olívia acordou, não ouvia mais as vozes. Quem quer que fossem aquelas pessoas, não estavam mais ali. O único som que se ouvia era o de bipes agudos que vinham de algum lugar no outro lado do quarto.

Não estava mais tonta, conseguia olhar ao redor. Mas o que... o que era *aquilo*? Seguiu com os olhos um enorme tubo de plástico que parecia sair de sua garganta, mantendo sua boca aberta, e se ligava a um aparelho com um visor cheio de barras e números, que aumentavam e diminuíam no mesmo ritmo de sua respiração.

Inspire... e expire...

E os ponteiros no visor subiam e desciam.

Inspire... e expire...

Bip... bip...

É, já era um avanço saber o que era aquela coisa que prendia sua cabeça no lugar. Faltava agora tirá-la dali. Concluiu, porém – e com razão –, que o doutor provavelmente não iria gostar nem um pouco se entrasse na sala e a visse tentando tirar o tubo da garganta por conta própria. Decidiu só esperar, então, e franziu a testa para não admitir nem para si mesma que, não, não teria sido capaz de tirar o tubo da garganta sozinha.

Estava deitada em um leito de hospital, coberta até a cintura com um lençol cinza desbotado que fazia barulho de plástico quando ela se mexia. Cinco eletrodos em seu peito conectavam-se a uma máquina com um visor preto e verde que mostrava seus batimentos cardíacos em tempo real, junto com alguns outros dados que ela não conseguiu reconhecer. Outras máquinas piscavam números e letras coloridas por todos os lados, com bipes agudos e descompassados que faziam o quarto mais parecer uma gigantesca máquina de fliperama.

Com o canto dos olhos, continuou examinando a sala. Uma haste de metal ao seu lado sustentava uma bolsa com um líquido transparente, conectado à veia de seu braço por um cateter. *Soro*, deduziu. *Que nem na TV.* Uma poltrona de couro brilhante com rodinhas de ferro nos pés enfeitava o canto próximo à janela, iluminada pelo padrão listrado da luz que se infiltrava pelas persianas semiabertas. Virada diretamente para Olívia, com o assento afundado por conta do uso, a poltrona dava a impressão de um fantasma que a encarava dali, inclinado para a frente, invisível. Próximo. Se fizesse força, podia quase ouvir o som de sua respiração ofegante.

Não, não, não. Sacudiu a cabeça para afastar aquela ideia ridícula de fantasma. *Foco, Olívia, foco.*

Ouviu a porta se abrindo. E passos. Reconheceu as vozes: o doutor devia estar à frente – sua voz era a mais alta de todas. Veio acompanhado da mulher com quem estava conversando da última vez e, por fim, da moça que lhe tinha dito para não lutar contra o aparelho de ventilação (Olívia já gostava dela automaticamente por isso). Os três vinham discutindo o caso usando uma enxurrada de termos técnicos difíceis – o que deixou Olívia um tanto apavorada de início, pois, fossem o que fossem um "eletrocardiograma", uma "intubação orotraqueal" e "monóxido de carbono" pareciam coisas bastante sérias para uma criança ter de uma só vez.

Se bem que… até que ela não era mais tão criança assim. Será que já estava chegando à idade de ter aquelas coisas? Não, não podia ser. De qualquer forma, criança ou não, ela não queria ter aquilo. Flagrou a si mesma chorando baixinho, com medo, e tomou o máximo de cuidado para continuar respirando ao ritmo da corrente do aparelho de ventilação.

Com a visão turva, viu apenas os vultos se aproximando. O doutor foi o primeiro, e a garota pôde ver de soslaio o seu contorno contra a luz. Era um homem enorme, volumoso, massudo e – para poupar eufemismos – redondo. Era quase um círculo perfeito e parecia (palavras de Olívia, não minhas) um sapo gigante com uma barba grisalha e meio esquisita. Ele a encarou por alguns instantes, calado, os olhos fixos nos seus. Beliscava a pele do queixo duplo, esfregando lentamente as unhas na barba rala e falhada, que mais parecia uma doença contagiosa se espalhando pelo pescoço. Tamborilava os dedos na cabeceira do leito, meio desconfortável de ver a menina chorando, e tentando inventar um jeito de quebrar o silêncio.

Duas mulheres vestidas de azul-claro surgiram de trás dele: enfermeiras, como Olívia havia suspeitado. Perto do doutor, pareciam palitos de fósforo de tão magras. Ao olhar para os três, Olívia involuntariamente pensou em um conjunto de bonecas russas: imaginou a cena das duas enfermeiras, *matryoshkas* filhotinhas, abrindo o homem pela barriga como uma caixa de joias para entrar de novo em suas casas. Uma dentro da outra, dentro da outra. Se o doutor fosse oco, deviam caber. E com folga.

As duas mulheres sorriram para ela. Uma pegou um lenço do bolso e enxugou as lágrimas de Olívia com cuidado quase maternal.

— Olha só quem acordou! — disse o médico por fim em tom animado, ignorando completamente aquela última cena. Sua voz era grave como a de um barítono, exatamente a voz que se espera ouvir de alguém daquele tamanho. — Como está se sentindo, Olívia? Pisque uma vez para "mal" e duas para "bem"... E uma e meia se estiver mais ou menos — concluiu com uma piscadela, como alguém que acha que está contando uma piada.

A garota pensou um pouco e acabou piscando duas vezes.

— Ah, que ótimo! — respondeu ele. — Menina resistente!

As enfermeiras sorriram ainda mais. Seus olhares eram tranquilizantes. Olívia tentou sorrir de volta para elas, mas o tubo na garganta a impedia. Sentiu novas pontadas no peito e fez uma careta de dor.

— É, o tubo dói mesmo — começou o doutor, agachando-se para olhá-la na altura dos olhos. — Mas agora nós vamos tirar isso, ok? Vai ser rápido.

Virou-se para as enfermeiras e fez um gesto rápido com a cabeça. As duas dirigiram-se aos lados opostos da cama e seguraram os braços da menina contra o colchão.

— Preparada? — perguntou ele, próximo ao ouvido da menina.

(Agora uma dica para quem está lendo este livro no hospital, prestes a ter um tubo removido da garganta, e por acaso é apresentado a essa pergunta do doutor: só porque ficar apertando desesperadamente os olhos várias vezes em sequência pode significar, *para você*, um claríssimo "Não, não, pelo amor de Deus", não quer dizer que os médicos vão pensar a mesma coisa. O mais provável, na verdade, é que pensem o mesmo que no caso de Olívia e se entreolhem, satisfeitos, pensando "Uau, que coragem!". Em vez disso, então, tente revirar os olhos, ou piscar alternadamente o esquerdo e o direito. Nada garantido, lógico, porque Olívia não pensou em fazer isso para ver no que dava, então não temos como prever o que iria acontecer. Mas talvez – só talvez – eles entendam diferente, e não arranquem o tubo da sua garganta.)

Sendo assim, porém, e como Olívia não tinha lido este livro à época do acontecido, o homem se aproximou e falou em um tom de voz preocupantemente cortês:

— Ok... quando eu falar "já", você vai soprar o mais forte que conseguir, tá bom? Aí o tubo vai sair mais fácil.

Ela piscou uma vez. Duas vezes. Piscou até uma e meia. Mas não tinha mais volta, sabia disso.

— Ótimo, vamos lá! — disse o médico, sacudindo a cabeça ao ritmo da contagem: — Três... dois... um... *JÁ!* — E puxou o tubo.

Olívia sentiu uma forte pressão dentro do peito, seguida por uma dor aguda subindo pela garganta, como se estivesse sendo rasgada de dentro para fora. Tentou gritar, mas a dor aumentou, cresceu, quase explodiu em seu interior.

E o tubo saiu de uma só vez.

O doutor enrolou o comprido objeto de plástico no aparelho de ventilação como se aquele fosse o procedimento mais normal do mundo, soltou um pigarro exagerado e voltou a atenção para a menina.

A garganta ardia, mas Olívia ficou aliviada ao descobrir que conseguia respirar novamente por conta própria. Deu um grande suspiro, dessa vez totalmente sob seu controle. Sem dizer uma palavra, virou apressadamente a cabeça para todos os lados, explorando os cantos do aposento. Já não era mais puxada de volta para o travesseiro pela força invisível na garganta. O médico e as duas enfermeiras sorriam para ela com um olhar compreensivo. A menina sorriu de volta.

— E aí, como estamos? — perguntou o doutor, afinal, afofando o travesseiro para que ela apoiasse as costas.

Olívia se ajeitou na cama. Mas ora, doutor, que pergunta! Estava bem, lógico, na medida do possível. Mas aquilo era o de menos! Por que ela estava ali? Onde estavam os seus pais? E, principalmente, por que não se lembrava deles? *Essas, sim,* eram as perguntas importantes. Sentiu todas as palavras em sua mente lutando entre si para escapar e, ao mesmo tempo, sedentas por respostas. Naquele momento, porém, a única coisa que conseguiu ordenar em uma frase relativamente coerente foi:

— ... Estou um pouco tonta. — E voltou a se calar, apesar das vozes em sua cabeça que insistiam em gritar "Onde estou?" e "O que houve?", incapazes de escapar.

O doutor examinou Olívia de cima a baixo, meio a contragosto, com um olhar afiado como um bisturi. Voltou a beliscar discretamente o queixo. Colocou a mão pesada sobre o ombro da menina e a fitou nos olhos.

— Ah, sim... — disse. — É, faz parte.

(Nesse ponto, Olívia concluiu que o doutor não levava lá muito jeito com crianças... ou com gente no geral.)

— Mas já está bem melhor, né? — emendou ele.

Olívia concordou de leve com a cabeça para não o contrariar e baixou os olhos. A cena que viu, porém, fez sua espinha congelar: seus braços estavam cobertos de manchas vermelho-escuras e bolhas enormes, formando uma espécie de crosta com uma textura de escamas que se estendia até a ponta dos dedos. A pele estava solta em vários pontos, revelando um emaranhado branco, rosa e vermelho de músculos e nervos por debaixo. Olívia levou a mão à boca para não soltar um grito, mas a frágil crosta em cicatrização sobre a pele se rompeu em vários pontos com o movimento súbito, o que fez seu braço arder como se alguém tivesse esfregado um ferro quente em sua pele.

O doutor sentou-se na beira da cama e pegou a mão da menina, tentando tranquilizá-la:

— Não se preocupe com as queimaduras, Olívia, que isso é o de menos. Nós vamos dar um jeito. — E completou: — O pior já passou.

Olívia olhou uma última vez para a pele deformada dos braços. Quando abria e fechava as mãos, podia quase sentir as camadas de fibras e músculos roçando como fios desencapados sob os ferimentos.

— ... Obrigada — disse por fim, após uma longa pausa.

O doutor apertou um pouco mais a mão dela como resposta e se ergueu da cama em um salto – elegante como um sapo, segundo Olívia –, e foi analisar os gráficos que apareciam na tela de um dos aparelhos.

— Está com fome, Olívia? — perguntou uma das enfermeiras.

— Muita! — respondeu ela sem nem pensar.

— Vai ser meio difícil de ela engolir — disse o médico, sem tirar o olho do visor. — A faringe ainda vai ficar sensível por um tempo.

— Não importa! — contestou a outra. — Ela está morrendo de fome, a coitadinha. — E saiu do quarto para buscar alguma comida, sob os olhares recriminatórios do médico.

A enfermeira voltou alguns minutos depois trazendo uma bandeja repleta de frutas, sucos, pães ainda fumegantes de todas as formas e tamanhos, bolinhas de manteiga e fatias grossas de marmelada, e cinco ou seis opções de geleias em pratinhos de porcelana. Os olhos de Olívia brilharam (e aposto que os do leitor também brilhariam, já que tanta comida boa assim junta não é lá uma coisa tão comum em um hospital). Sentiu que seria capaz de comer tudo aquilo e ainda não ficaria satisfeita.

Devia ter passado dias sem comer. Não conseguia se lembrar de ter tido uma refeição decente desde... desde... bom, *desde o quê?*

— O que aconteceu? — perguntou baixinho, alternando o olhar entre o doutor e as duas enfermeiras. — O que aconteceu comigo?

O homem respondeu ainda de costas com um tom indiferente:

— Você sofreu um acidente, Olívia.

— ... mas está tudo bem agora! — acrescentou logo uma das enfermeiras.

— Tudo... bem? — balbuciou a menina, sentindo-se um pouco tonta novamente. — Então... eu não vou morrer?

— Morrer? — explodiu o médico, finalmente se virando. — Quem te disse isso?

17

Olívia precisava fazer força para articular as palavras.

— Eu... eu ouvi alguém.

O doutor e as enfermeiras se entreolharam, preocupados. Por fim, uma das mulheres se aproximou e disse, acariciando os cabelos de Olívia:

— Não... não, meu anjo. Você está bem agora. Vamos cuidar de você.

— O pior já passou — acrescentou a outra.

— O... pior? — perguntou a menina. — O que aconteceu?

— A sua casa, Olívia... — hesitou o doutor. — Teve um incêndio na sua casa.

— Trouxeram você para cá já tem alguns dias — disse a mulher que alisava seu cabelo. — Você inalou muita fumaça, Olívia, quase entrou em coma. Mas nós conseguimos trazer você de volta. — E concluiu, passando-lhe a mão na testa: — Não tem mais perigo, tá?

Fogo? Um incêndio? Não... Olívia não conseguia se lembrar de nada daquilo. Repassou mentalmente algumas imagens de incêndios que tinha visto pela televisão, tentando se imaginar naquelas situações, procurando encaixá-las de alguma maneira em memórias reais. Nada chegava perto.

Mas as queimaduras nos braços não podiam ter surgido de outro jeito.

— Pode ir comendo, Olívia. Não precisa mais se preocupar — disse a outra enfermeira. E, como se pudesse ler a sua mente: — Vamos trazer umas pessoas aqui que querem te ver, e aí a gente conversa melhor sobre o que aconteceu.

É, não era bem aquilo que Olívia esperava ouvir, mas já era alguma coisa. Ao menos estavam chegando a algum lugar. Assentiu vigorosamente com a cabeça, como se concordando com a proposta, pegou um *croissant* e o mergulhou na geleia de laranja, devorando-o em duas mordidas. A dor na garganta nem incomodava mais. A enfermeira deixou escapar um sorriso misto de compaixão e deleite, ergueu-se da cama e, com uma rápida olhada para trás, saiu da sala.

Olívia comeu e comeu, e comeu ainda mais. Nem o doutor conseguiria comer tanto. Ela não foi capaz de terminar tudo que estava na bandeja, como tinha previsto, mas chegou perto. Quando restavam apenas alguns pãezinhos pela metade, ouviu vozes vindas do corredor e o som da porta se abrindo. A enfermeira entrou primeiro, seguida por um homem e uma mulher.

CAPÍTULO 2
FAMÍLIA...?

O homem foi quem mais chamou atenção de Olívia: era monstruosamente alto, a ponto de precisar se curvar para não bater a cabeça no lintel da porta. Os braços e pernas excessivamente magros, desproporcionais em relação ao torso, lembravam as patas finas de uma aranha doméstica – daquelas que fazem as teias nas quinas das casas, onde a vassoura não consegue alcançar. A pele era mais clara do que a menina imaginava ser possível para um ser humano ainda vivo, um adendo perfeito ao seu cabelo liso e comprido, que cobria seus ombros de um loiro quase branco ou de um branco quase loiro. A cor da pele realçava ainda mais as longas cicatrizes que se estendiam do antebraço ao pulso, à palma da mão, que deixaram Olívia se perguntando que acidente podia ter sofrido para deixar marcas tão profundas. Pareciam recentes, ainda vermelhas, em um desenho tão preciso, que era como se ele mesmo tivesse se cortado milhares de vezes com uma navalha.

O que mais marcou Olívia, porém, foram seus olhos (ou melhor, a *ausência* de olhos): ele estava vendado por um curativo, uma grossa tira de gaze que dava várias voltas ao redor de sua cabeça, as pontas caindo de um nó grosseiro na têmpora. Era quase a "cabeça de uma múmia", para citar as exatas palavras usadas pela menina ao contar esta parte da história quando já era mais velha.

A mulher que o acompanhava era um pouco menos interessante. A única coisa que realmente chamava atenção era o nariz enorme que

pendia quase solto do seu rosto, mais parecido com o bico de um pássaro que de fato com um nariz. Fora esse (não-tão-pequeno) detalhe, para todos os efeitos era uma mulher comum. Usava um vestido preto de manga comprida, visivelmente alguns números menor do que devia ser, o que, aliado ao nariz, dava-lhe um ar mais de corvo superalimentado que de ser humano. As palmas de suas mãos estavam juntas à frente do corpo, os dedos entrelaçados, as juntas quase brancas de tanta força que parecia fazer. Do interior saía um terço com uma cruz de madeira escura e descascada que ela afagava constantemente com a unha do polegar. Devia ter andado chorando, a julgar pelo rímel borrado nas pálpebras, o que realçava ainda mais as manchas escuras ao redor dos olhos e denunciava que não estava tendo uma noite tranquila havia um bom tempo.

Será que aquela era a sua mãe? Podia ser, mas... não se lembrava daquela mulher. O rosto, a voz, o perfume... nada! Era tudo completamente estranho. O homem, mais estranho ainda. Ao menos *ele* Olívia poderia descartar como algum conhecido. Tinha certeza de que se lembraria de alguém tão esquisito se o tivesse visto antes.

— Olívia... — começou uma das enfermeiras, dando um passo à frente.

Mas ela foi logo interrompida pela mulher, que correu em direção ao leito para abraçá-la, gritando com uma voz esganiçada que a fazia parecer mesmo com um corvo:

— Olívia! Graças a Deus você está viva, meu bem!

Crá! Crá crá crá crá crá crá crá!

A garota tentou falar alguma coisa, mas sua boca estava pressionada contra o ombro excessivamente acolchoado da mulher, então limitou-se a responder com um "hum-hum" da melhor forma que podia. O homem com a venda nos olhos só permaneceu de pé sobre a soleira da porta. Umedeceu os lábios com a língua algumas vezes, como que se preparando para dizer algo, mas continuava sempre em silêncio, o sorriso forçado se alargando ainda mais.

— Senhora, por favor — disse uma das enfermeiras para a mulher, tocando-lhe o cotovelo para chamar sua atenção. — A Olívia acabou de acordar, precisa do máximo de repouso possível.

— Ah, sim... claro — disse a mulher, soltando-a e indo de volta para perto do homem. — E como ela está, doutor?

— Ótima — respondeu o médico. — E é de surpreender, a julgar pelo que aconteceu. — E, dirigindo-se para a menina: — Olívia, você provavelmente se lembra dos seus tios Lucas e Felícia, não lembra?

Olívia olhou para o casal com curiosidade. Os dois abriram um sorriso fora de sincronia. Assim que notou as feridas no braço da menina, a mulher-corvo teve um sobressalto e grasnou ao levar a mão ao peito, mas rapidamente forçou-se a desviar o olhar para evitar ficar encarando. A menina já devia estar apavorada o suficiente, coitadinha. Com o corpo trêmulo, voltou a acariciar a cruz do terço e sorriu por trás do nariz.

Com ou sem sorriso, porém, Olívia definitivamente não se lembrava deles. Fez um gesto negativo com a cabeça para o médico. A tia deixou escapar um soluço agudo, como se tudo aquilo fosse uma ofensa pessoal, e começou a chorar baixinho no ombro do marido.

— É que já faz um tempo, doutor — explicou o homem, falando pela primeira vez desde que entrara no quarto. Sua voz era grave, rouca como o motor de um carro antigo. Parecia duas pessoas com vozes diferentes falando ao mesmo tempo.

— Não, não tem tanto tempo assim, meu bem... — soluçou a esposa, enxugando as lágrimas com um lenço, o que espalhou ainda mais o rímel pelas suas bochechas.

O doutor se adiantou para explicar:

— É natural que as memórias demorem um pouco para voltar — disse. — Foi um choque súbito demais. — E, agachando-se para olhar a menina nos olhos, colocou a mão sobre seu ombro e disse em um tom solene: — Olívia... não tem um jeito fácil de dizer isso, mas... olhe, como já conversamos, houve um incêndio onde você morava. Ainda não deu para saber as causas, mas tudo leva a crer que foi um acidente. A luz tinha acabado naquela noite, tinham acendido velas para iluminar a casa. Uma deve ter entrado em contato com as cortinas e dado início ao incêndio.

Olívia sentiu um frio se instalando no estômago, e o grito que se recusava a escapar fez sua garganta voltar a arder. O doutor prosseguiu:

— Você devia estar na sala quando o fogo começou, e conseguiu correr até a lareira para se esconder. Você foi muito esperta de entrar lá — disse, trocando olhares com as enfermeiras —, muito esperta mesmo. Foi o que te salvou, na verdade. Não tinha lenha lá dentro para espalhar

o fogo. Com as paredes todas de pedra, foi o único ponto da casa que permaneceu intacto. Todo o resto foi tomado, não sobrou nada. E foi...
— hesitou — foi muito rápido. Não conseguiram chegar a tempo.

A voz do doutor foi se apagando aos poucos. Com o canto do olho, Olívia pôde ver as duas enfermeiras em uma posição grave, com as mãos juntas à frente do corpo, as cabeças baixas. Voltou a olhar para o médico, que deu um longo suspiro antes de continuar:

— Estava chovendo naquela noite, mas o fogo não queria ceder. Quando os bombeiros chegaram, a casa já estava destruída. Encontraram você encolhida dentro da lareira, encharcada com a chuva que estava entrando pela chaminé, toda enrolada nas teias de aranha que estavam lá dentro. As teias deviam ter queimado também, mas molhadas elas formaram uma espécie de... de película protetora. Um curativo que ajudou a resfriar a sua pele, entende? Você estava até consciente quando eles chegaram, mas acabou desmaiando vindo para cá. Nós do hospital tomamos conta do resto, fizemos o que estava ao nosso alcance. — E exclamou, forçando uma alegria claramente falsa: — E você aguentou firme! Você sobreviveu. Foi um milagre!

O doutor então sentou-se na cama e engoliu em seco. Voltou a beliscar a pele do queixo por alguns instantes.

— O fogo foi violento demais, Olívia... rápido demais, até para os bombeiros. Você conseguiu escapar, mas...

— Mas os seus pais morreram — interrompeu o tal tio Lucas sem a menor cerimônia. E deu alguns passos à frente com tanta destreza que era como se pudesse enxergar através da venda que cobria seus olhos.

O doutor se virou imediatamente para o casal e encarou o homem com um olhar contrariado. Com os olhos cobertos, porém, ele nem pareceu perceber. A mulher, tia Felícia, se adiantou e disse, com um ar um pouco mais delicado que o do marido:

— Sinto muito dizer isso, Olívia, mas... mas eles não sobreviveram.

— É. Morreram no local — acrescentou tio Lucas, tentando forçar um suspiro.

— Sinto muito, Olívia... — disse o médico, e as enfermeiras às suas costas fizeram uma leve reverência em respeito à menina.

Não... não, não podia ser! Olívia sentiu aquela resposta perfurando-a como uma espada. Virou-se para o médico, abriu a boca para gritar, ou chorar, ou qualquer coisa que pudesse fazê-lo admitir que, não, não podia ser verdade! Mas nenhum som escapou de seus lábios. Sentiu os olhos arderem, e suas bochechas ficaram mornas com as lágrimas que voltaram a escorrer sem controle.

— E... e agora? — perguntou ela, afinal, com a voz entremeada de soluços.

O homem com a venda nos olhos se adiantou para falar:

— Você vai ficar com a gente agora, Olívia. Quando receber alta, vamos juntos para casa. — E acrescentou, abrindo um sorriso: — Vamos cuidar de você, querida. Não se preocupe, ok? Seus primos também vão gostar de te ver.

Olívia sentiu a dor no peito voltando. Mas era uma dor diferente. Não era mais a pontada aguda do tubo na garganta, mas um calor intenso, cortante, que parecia explodir por dentro e consumi-la viva. Por que não conseguia se lembrar? Nem do incêndio, nem mesmo do que tinha acontecido *antes* do incêndio. Não se lembrava do rosto do pai, de sua voz... de nada! E sua mãe... todas as memórias que deveriam ter tido juntas... as risadas, as brincadeiras, as boas e más lembranças... destruídas?

Viu à sua frente a imagem do seu passado ardendo em chamas, queimando, mesclando-se com as cinzas de sua antiga casa para desaparecerem no ar como fumaça. Sua antiga casa... como era? Como tinha sido? Também não se lembrava. Fechou os olhos com força e se deixou tomar pelo silêncio.

As lágrimas mornas deslizaram por seu rosto e se encontraram no queixo, pingando gota a gota no travesseiro.

A tia a fitava, abraçada ao marido.

— Vamos deixar vocês a sós um pouco — disse o doutor, e foi em direção à porta.

As enfermeiras o acompanharam.

Olívia ficou sentada na cama, encolhida, os braços cruzados sobre o peito. Pressionava os ombros com as mãos na tentativa de simular um abraço dos pais. Um último abraço. Um último toque, uma despedida oca. Apoiou o queixo sobre os braços e assim permaneceu.

Mas a dor não passava.

Seu corpo inteiro ardia, congelado naquele instante eterno. Sentiu alguém sentar-se ao seu lado, mas não virou a cabeça, não abriu os olhos. Não moveu um músculo. Ouviu vozes chamando seu nome e algumas palavras soltas que soavam distantes, vazias. Gemidos graves e agudos, incompreensíveis. Não lhes deu atenção. Queria ficar sozinha. Precisava ficar sozinha.

Precisava esquecer tudo aquilo novamente.

CAPÍTULO 3
A CASA ALÉM DA LAREIRA

Poucas semanas haviam se passado desde que Olívia saíra do hospital, mas já estava bem acostumada com a nova rotina na casa dos tios. As feridas nos braços já haviam sarado por completo e deixaram menos cicatrizes do que os médicos supunham ser possível. O doutor do primeiro capítulo chegou a se espantar com aquilo e comentou que gostaria muito de estudar melhor o caso para descobrir como ela tinha se recuperado tão rápido – e possivelmente ajudar muitas outras pessoas se os resultados fossem promissores. Na ocasião, Olívia fingiu não escutar. Não gostou nem um pouco da piada de ser cobaia. (Não tinha sido uma piada.)

A casa dos tios era enorme, maior do que todas as mansões que a menina ousaria imaginar, até mesmo com sua mente infinita de criança. Era uma casa tão isolada do resto do mundo que Olívia já nem se surpreendia mais quando passava a semana inteira sem ver uma viva alma na rua. *Uma casa fantasma...*, pensava toda vez que caminhava pelos jardins e examinava a fachada de pedra esbranquiçada e corroída pela ação do tempo. Tinha quase um século de existência, de acordo com o que contou tia Felícia durante um jantar (e Olívia ficou um pouco desapontada ao saber disso, pois naquele mesmo dia havia encontrado um quadro na parede datado de 1681, o que a induzira a pensar que a casa devia ser *muito* mais velha do que *um* mísero século).

Um lago nos fundos do casarão completava o cenário fantasmagórico: um enorme espelho d'água que de tão comprido mais parecia um rio. Mas Olívia só ficara sabendo do tal lago por conta das fotos aéreas da região que tia Felícia mostrava vez ou outra (quase tão antigas quanto a própria casa, provavelmente), já que ele ficava nos fundos, totalmente coberto pela enorme estrutura da casa. Dos jardins, o casarão bloqueava completamente a vista, e, do interior, a parede que em tese daria vista para o outro lado era coberta de tijolos, maciça de ponta a ponta. Era quase como se alguém tivesse tapado as janelas de propósito para não precisar olhar o lago-fantasma.

De qualquer forma – pensava Olívia, tentando se convencer de que um paredão inteiro sem janelas não era algo estranho –, *é só um lago. Água parada. Água parada e velha que nem esta casa. Não estou perdendo muita coisa.*

E os hábitos de quem morava na casa não ajudavam a tornar o ambiente menos tenebroso. Muito pelo contrário, na verdade.

Tio Lucas e tia Felícia eram um tanto reservados, e poucos eram os momentos do dia em que a família se reunia. O homem e a mulher, curiosamente, dormiam em quartos separados. Lado a lado, no mesmo corredor, e a poucos metros de distância um do outro – mas, ainda assim, separados. Olívia nunca perguntou por quê, e eles também não pareciam dispostos a contar.

Tia Felícia ficava praticamente o dia inteiro trancada no quarto, no segundo andar, amamentando a filha pequena e cantando para ela para passar o tempo. Através da porta fechada, dava para escutá-la cantarolando sempre a mesma música, uma canção de ninar mais melancólica do que canções de ninar deveriam ser. Parecia latim, ou alguma língua tão esquisita quanto. E tia Felícia tinha sempre uma voz de choro, uma voz tão rouca e pesada que, ao cantar, mais soava como uma carpideira entoando uma ode aos mortos. Vez ou outra, ela ainda saía para dar uma caminhada ao redor da casa, de nada mais que dez minutos ("Para não desaparecer", explicava quando chegava arfando, pingando como uma nuvem de chuva). Nessas horas, deixava a filha com Olívia, que aproveitava para cantar para a prima algumas cantigas e outras músicas um pouco mais alegres do que aquela canção de terror.

Tio Lucas ainda usava a venda ao redor dos olhos, e parecia que não ia poder tirá-la tão cedo. Olívia ainda não havia tomado coragem de perguntar o que tinha acontecido e já tinha começado a pensar que ela estava ali mais por decoração que por qualquer outra coisa. Todos os dias, durante as manhãs, ele se trancava no quarto e pedia que não o interrompessem "por nada neste mundo". O que ele fazia lá dentro a garota não sabia dizer, e nunca ousou perguntar. Das poucas vezes em que foi ao quarto do tio, conseguiu dar uma espiada no interior: para onde quer que olhasse, enormes estantes de madeira pareciam arranha-céus, de tão altas, as prateleiras recheadas de livros de todos os tamanhos e de todos os assuntos que se podia imaginar. *O paraíso dos livros*, pensava Olívia. *Será que ele tira a venda para ler e depois põe de novo?*

Não... não, não podia ser. Ele devia ser cego. *Tinha* que ser. Senão por que usaria aquela venda esquisita que o fazia parecer uma múmia sem a parte de baixo?

Tio Lucas tinha ainda o curioso hábito de colecionar aves e havia destinado uma ala inteira da casa especificamente para mantê-las confortáveis e seguras em suas gaiolas. Todos os dias, depois da sessão de não ser incomodado por nada neste mundo, saía do quarto com uma luva de couro cheia de marcas de garras e chamava Olívia para ajudá-lo com a sua favorita, a coruja vermelha. Levavam-na até o jardim, a menina guiando o tio pelo braço (apesar de ela achar que ele já conhecia a casa de cor e que poderia muito bem andar sozinho sem esbarrar em nada), e de lá a coruja alçava voo até se perder de vista no céu. "Ela caça a própria comida", explicava o tio, enquanto voltavam para alimentar os outros pássaros. Passavam algumas horas conversando sobre aves de rapina e animais selvagens, esperando a coruja voltar – geralmente com a carcaça de um rato ou um lagarto pela metade no bico.

Olívia já estava começando a gostar do tio Lucas, apesar de todo o ar de mistério que a venda nos olhos provocava.

——*

— Por que ela é assim, toda vermelha? — perguntou a menina uma vez, vendo a coruja se distanciar por entre as árvores.

— Ela nasceu assim, Olívia. Tem coisas que não têm por quê. Simplesmente são.

— Ela é tão bonita! Quando bate as asas, parece que está pegando fogo.

Tio Lucas sorriu.

— Como uma fênix. É que nem o seu cabelo, né? — perguntou ele, bagunçando o cabelo ruivo da menina com a mão.

— Aham — riu ela.

— Sabe o que é uma fênix, Olívia?

A menina pensou por um instante antes de responder.

— Mais ou menos... — hesitou. — Como elas são?

— Ah, elas são lindas! — respondeu o tio, erguendo as mãos aos céus. — As penas são todas vermelhas, que nem as da coruja. Mas elas não só *parecem* de fogo: elas *são mesmo* de fogo. A fênix toda é um pássaro de fogo. A cauda é enorme, toda colorida, e quando ela bate as asas o céu fica rosa e dourado, como no pôr do sol. É um incêndio com vida própria! Diz a lenda que elas podem se regenerar quando estão prestes a morrer. O corpo todo queima, e elas renascem das cinzas, ainda mais fortes, ainda mais bonitas. — E, com um suspiro, completou: — Eu acho que a fênix é a metáfora perfeita para a vida.

——*

O casal tinha ainda um filho alguns anos mais velho que Olívia. A menina pensou, durante as primeiras semanas, que Thomas era só um garoto sem graça e esnobe que se achava bom demais para conversar com ela. No entanto, mesmo que ele não fosse esnobe e sem graça (até que ele era um pouco, sim), seria impossível trocarem mais do que algumas palavras: seus pais haviam contratado para ele quase uma dúzia de professores particulares, e ele passava o dia inteiro fazendo lições de matemática, ciências, piano, arte, e todas essas coisas que os adultos tanto adoram e as crianças tanto detestam. Como resultado, o único momento em que Olívia o via era durante os jantares, em que, naturalmente, não se podia conversar: metade do tempo passavam com a boca cheia e a outra metade, ouvindo o tio Lucas, que de tão culto mais parecia estar dando uma lição altamente técnica sobre *alguma coisa* que ninguém, nem mesmo a tia Felícia, parecia fazer ideia do que era.

Com exceção desses momentos, Olívia ficava sozinha. Tirando uma aula aqui e ali que os tios inventavam para ela fazer (ela nunca prestava atenção mesmo), corria livre pelos saguões completamente vazios, explorando todos os aposentos, gritando "ECO!" por onde passava; dançava ao som de Chopin, Beethoven ou qualquer outro compositor que o instrutor de piano cismasse de ensinar para Thomas; tateava sempre as paredes à procura de portas escondidas na madeira, alimentando a imaginação com o desejo de encontrar a entrada de um jardim secreto que nem mesmo os tios soubessem da existência, repleto de flores exóticas e novas espécies de pássaros, onde ela, o pai e a mãe poderiam se reunir novamente e dançar de mãos dadas.

Os aposentos eram incontáveis; os corredores, infinitos. E cada fresta entre as paredes, cada ladrilho que parecia não se encaixar com os demais era uma nova esperança de reencontrar os pais. Olívia nunca abandonou as esperanças.

Quase três meses se passaram dessa mesma maneira.

Certa vez, nessas coincidências que só acontecem nas histórias, um dos professores de Thomas ficou doente e não pôde ir. "Uma febre súbita como um raio!", explicou ele para tia Felícia no dia seguinte, enxugando o suor do rosto como se não quisesse nem lembrar. Olívia estava em seu quarto naquele dia, lendo um dos livros que o tio lhe emprestara, quando ouviu batidas na porta. Ficou surpresa ao dar de cara com o primo, que estava pulando de alegria, sorrindo como ela nunca o vira fazer antes.

— O sr. Othmane está doente! — gritou ele.

— E...? — disse Olívia, arqueando a sobrancelha meio desconfiada.

— E daí que eu tenho uma hora inteira livre antes da janta. — E completou: — Pela primeira vez na vida!

— Hm. Tenho certeza de que você já teve outras horas livres na vida.

O menino franziu o nariz para ela.

— Não precisa levar ao pé da letra, né? Mas nessas semanas eu não fui livre, não. Fico preso o tempo todo naquelas lições idiotas. Você tem sorte de ainda ser muito nova, de só ter uma ou outra aula e ficar o resto do tempo livre.

Olívia sentiu o rosto ficar quente.

— Eu não sou *muito* nova! Se eu quisesse, já poderia fazer tudo isso que você faz, e melhor! Nós, meninas, amadurecemos muito mais rápido que vocês — falou, cruzando os braços com ar de triunfo. E acrescentou: — E você nem é *tão* mais velho assim. Não tem nem dois anos a mais que eu!

O garoto revirou os olhos. Aquela discussão não ia levar a lugar nenhum, e estavam perdendo tempo.

— De qualquer forma — voltou ele ao assunto —, não vim aqui pra isso.

— Veio pra quê, então?

— Vamos brincar de esconde-esconde? — convidou, inclinando a cabeça para baixo e a encarando por cima dos óculos de armação redonda com a mesma cara de pidão que fazia quando queria alguma coisa dos pais.

— Hm... — disse a garota. — Deixe-me ver...

Olívia tamborilou os dedos no queixo de um jeito solene, na tentativa de demonstrar que não estava assim *tão* empolgada para brincar de esconde-esconde. Não que ela tivesse algo melhor para fazer (o tio tinha ido cuidar dos pássaros sozinho, e o livro que ela estava lendo tinha tantas palavras difíceis que, na página setenta e dois, a única coisa que ela tinha entendido é que alguém foi com outro alguém a algum lugar e viu uma luz azul em cima de alguma coisa). Porém, um convite para brincar era algo sério, e, se ela não fosse firme naquela primeira vez, o primo acharia que a tinha sob seu controle, e poderia começar a pedir favores e ficar abusado mais para a frente. E aquilo era inaceitável.

— Tá... — continuou ela. — Mas valendo *o quê?*

Thomas hesitou por um instante, sem reação.

— Como assim valendo o quê? É brincadeira, não vale nada.

— Se for assim, eu não brinco — disse ela. — Tem que valer *alguma coisa.*

O garoto resmungou algumas palavras que ela não conseguiu reconhecer e disse, após refletir por um tempo:

— Tá bom, então. Quem ganhar fica com a sobremesa do outro por um mês.

— Aquele pudim *horrível?* — rebateu ela, torcendo o nariz.

(Olívia queria *realmente* bancar a difícil, e parecia estar ficando muito boa naquilo.)

Após algum tempo, respondeu com o maior desdém que conseguiu, como se um mês de pudim não fosse lá grandes coisas:

— É, ok, então vamos.

Thomas foi o primeiro a contar, e Olívia foi se esconder. No entanto, como ainda não conhecia bem todos os salões da casa, o garoto a encontrou em menos de um minuto.

— Não vale, você espiou! — resmungou ela.

— Mentira! Você que não sabe se esconder direito. Mas, para não ficar me enchendo depois, eu vou te dar outra chance. Só que agora é pra valer, hem?

— Tá bom, então. Mas agora é a minha vez de contar, depois você vai de novo. E *eu* não vou roubar!

O menino fingiu não ter ouvido a última parte. Saiu como um raio pelos corredores, desaparecendo em um piscar de olhos. Olívia virou-se para a parede e começou a contar. *Um... dois... três...*

— Vou ganhar sua sobremesa! — cantarolou o garoto, de algum lugar às suas costas. A voz parecia vir do segundo andar.

Ótimo, agora eu já sei onde você está, bobão, pensou ela.

Quatro... cinco... seis... sete... oito... NOVE... DEZ!

Olívia virou-se e se deparou com a mesma visão com que já estava acostumada: o saguão principal, imenso, completamente vazio. Os únicos sons que se ouviam eram os piados distantes da coruja do tio. A ave parecia estar se divertindo com a caçada.

As janelas laterais cediam passagem aos últimos raios de sol, que faziam reluzir tudo que tocavam, pintando o aposento com um *dégradé* de dourado e magenta que se espalhava até o teto, refletido pelo piso de ébano lustrado. À sua frente, um tapete comprido e felpudo se desenrolava até os portões principais, e, às suas costas, a madeira dava espaço a um piso de pedra em forma de meia-lua que rodeava uma lareira esculpida na parede sem janelas.

No primeiro dia que passara na casa dos tios, Olívia havia demorado para entender que aquilo era de fato uma lareira. Não se parecia com nada que ela tinha visto antes: para ela, um cômodo com lareira devia ser pequeno e aconchegante, onde a pessoa poderia se sentar em uma poltrona confortável e aproximar os pés do fogo para se aquecer, lendo um jornal ou tomando um chocolate quente enquanto olhava pela janela e refletia sobre a vida. No entanto, naquele caso, não havia uma poltrona em frente à lareira. Na verdade, não havia um *único* móvel: era apenas o chão de pedra com a lareira ao fundo. Além disso, ela nunca tinha visto a lareira acesa. Também não havia janelas pelas quais se poderia olhar e refletir sobre a vida: era uma das paredes viradas para o lago, completamente maciça, coberta de tijolos de cima a baixo. E, para completar, aquilo não era um *cômodo* pequeno e aconchegante: era um *saguão* gigantesco e extremamente gelado.

Na verdade, seria mais fácil de explicar por que aquela lareira não deveria existir do que explicar por que ela existia naquele lugar.

Olívia tirou os olhos da lareira e voltou a se concentrar no jogo. Um mês inteiro de sobremesa era muita coisa, afinal de contas, por mais que ela fingisse o contrário. Próximo ao portão principal, as escadarias se uniam, formando uma plataforma que dava para o segundo andar. *É para lá que ele foi*, pensou, e partiu em disparada. Já estava no meio do caminho até as escadas quando ouviu o piado de um pássaro vindo de algum lugar às suas costas.

A coruja!

Virou-se, mas não a viu: já estava escuro, e o sol havia quase se posto por trás das paredes sem janelas. A única luz vinha dos candelabros que pendiam do teto, alguns metros às suas costas, cujas lâmpadas faziam projetar sua longa sombra pelas pedras cinzentas e opacas do piso.

Apertou os olhos para enxergar melhor. Mais um piado, e se ouviu o farfalhar das asas batendo contra o corpo. Olívia deu alguns passos à frente. Quando estava a poucos passos do chão de pedra, finalmente conseguiu ver: a coruja estava na entrada da lareira, revolvendo alguns gravetos com as garras. Na escuridão quase completa, suas penas vermelhas eram escuras como uma mancha de sangue coagulado.

— Como você chegou aí, dona Coruja? — perguntou Olívia.

O animal parou por um instante. Piou alto e bateu as asas algumas vezes contra o corpo.

— Cadê o tio Lucas?

A coruja não respondeu (para o alívio da menina). Apenas deu as costas para ela e voltou a revolver os gravetos. Os olhos de Olívia já tinham se acostumado com a penumbra, e ela pôde ver um arco dourado vindo do fundo da lareira, como uma moldura ao redor do corpo do animal.

Que estranho...

Aproximou-se ainda mais, com cuidado para não fazer nenhum barulho. Deu alguns passos e parou novamente.

A coruja nem parecia estar prestando atenção.

Mais alguns passos... quase lá.

Assim que ela pisou no semicírculo de pedra, porém, a coruja parou imediatamente o que estava fazendo, girou a cabeça para trás e a fitou com os olhos enormes e amarelos. Pareciam ter luz própria. Olívia sentiu o corpo inteiro congelar, sem saber o que fazer. A ave soltou um piado tão estridente que o som reverberou por todo o saguão, e a garota acabou dando um salto para trás, indo cair de costas no piso de madeira. A coruja pulou para fora da lareira e, abrindo as asas em um único movimento, alçou voo em direção ao outro lado do saguão, quase roçando as garras em sua cabeça.

Olívia levantou-se, o coração explodindo no peito. Apertou os olhos para ver aonde ela tinha ido, mas o animal já havia desaparecido na escuridão.

— Coruja besta! — gritou para o nada. — Você vai ver!

E voltou a atenção para a lareira. O arco brilhante ao fundo já estava fraco, quase apagado. Aproximou-se mais, agachando-se para ver melhor. O chão da entrada estava coberto de penas e galhos. Afastou as cinzas e engatinhou em direção à luz, com uma das mãos estendida à frente para se orientar. A lareira era mais comprida do que parecia, vista de fora. A luz dourada vinha da parede ao fundo. Parecia estar se apagando. Olívia engatinhou um pouco mais para dentro.

Mais um pouco, mais um pouco...

De repente, o piso gelado de pedra deu lugar a uma superfície morna, com uma mudança súbita de temperatura. Alguns palmos à frente, a pedra voltava a ficar fria. A menina tateou o piso, contornando com a palma da mão os limites da área morna. Tinha a forma de um quadrado. Um quadrado quente em meio a um piso frio como gelo. *A luz do sol deve entrar pela chaminé e bater aqui de tarde*, pensou, orgulhosa de ter chegado àquela conclusão sozinha. Olhou para cima para ver o céu e as nuvens vermelhas de fim de tarde, e ficou surpresa ao encontrar, empoleirada na boca da chaminé, a coruja do tio Lucas olhando para baixo, os olhos dourados fixos nos seus.

— Como você subiu aí? — perguntou a menina.

A ave piou e começou a girar o pescoço para um lado e para o outro.

— Ah, tá! — exclamou ela, fazendo de conta que tinha entendido tudo. — Se você acha mesmo que eu vou *subir* aí para falar com você, está muito enganada, dona Coruja. Tenho coisas muito mais importantes para fazer.

Mais um piado.

— "Como o quê?" Ah, eu não preciso dar satisfação para uma coruja. E além disso subir pela chaminé é muito perigoso para alguém que não tem asas. Já pensou nisso? E se eu cair e me machucar de verdade? Você vai se responsabilizar?

Olívia começou a fantasiar um mundo em que as aves pudessem responder pelos seus crimes de induzir crianças a subir chaminés. Durante o julgamento, a coruja do tio Lucas estaria de terno vermelho e gravata vermelha, no banco dos réus, roendo as penas de nervoso enquanto esperava o veredicto. *O juiz... ah, ia ser o próprio tio Lucas, lógico! Com aquela venda nos olhos, ele parece a mulher cega da Justiça. Só falta arranjar uma balança para ele segurar, que aí fica igual.* E sorriu ao imaginar a cena do tio de peruca batendo com o martelo na mesa e condenando a coruja à prisão perpétua por aquele crime.

— Não tenho tempo para você, dona Coruja — disse ela por fim.

Olívia voltou a se arrastar pelo túnel, ignorando os piados seguintes. Quando seu corpo já estava todo dentro da lareira, conseguiu tocar o fundo com a ponta dos dedos.

Até que enfim!

O arco de luz vinha de uma fresta entre as pedras. Olívia passou a mão pela parede e sentiu uma superfície lisa, diferente da textura áspera dos tijolos. Continuou tateando, às cegas, e encontrou uma maçaneta bem no meio da parede.

Uma porta?

Olívia não pensou duas vezes. Girou a maçaneta. E todo o interior da lareira foi invadido por um mar de luz dourada. Quando seus olhos se acostumaram com a claridade, viu que a portinhola dava vista para o lago nos fundos da casa.

CAPÍTULO 4

UM LAMPEJO

Gelo. Foi a primeira coisa que Olívia percebeu.

Tudo estava congelado. Padrões geométricos cobriam a superfície da água com desenhos rebuscados e flocos de neve se mesclavam em fractais que se estendiam até onde a vista alcançava. O gelo era banhado pela luz do sol poente, que descia devagar, quase tocando o horizonte, prestes a se esconder atrás de um casarão na outra margem do lago.

Quando o sol finalmente se escondeu, e enquanto os resquícios de luz ainda iluminavam o crepúsculo, Olívia pôde ver melhor a cena.

Não era uma casa. Era o que havia restado dela.

O esqueleto de um casarão em ruínas reinava do outro lado. Estava completamente carbonizado. O telhado havia desabado, destruindo tudo que encontrara pelo caminho. Portas, janelas, tábuas que um dia foram paredes... tudo destruído, amontoado às margens do lago, formando uma pilha de entulho negra como piche. As paredes que ainda restavam de pé estavam cobertas de manchas escuras, com espaços vazios que algum dia haviam sido janelas. Agora tudo estava desmanchado, cinza. Morto. Olívia deu um passo para trás, tapando a boca com a mão para não gritar.

E de repente ouviu passos vindos de algum lugar às suas costas. E alguns gritinhos de bebê.

Tia Felícia!

Olívia fechou a portinhola, que se trancou com um clique curto e metálico. Em um salto, ela se virou e começou a engatinhar de volta

para a entrada da lareira. Bem a tempo de ver a mulher descendo as escadas com a filha no colo. Quando viu a sobrinha surgindo de dentro da lareira, tia Felícia esbugalhou os olhos. Começou a abrir e fechar a boca, sem saber o que falar, mas já dizendo tudo: Olívia não devia estar ali. *Mesmo.*

— O que você está fazendo aí, Olívia? — perguntou com a voz trêmula.

Diante de uma situação como aquela, até hoje Olívia não sabe como conseguiu pensar tão rápido em uma saída. Como se tivesse caído do céu, ocorreu-lhe uma ideia:

— Shhh... — fez ela, levando um dedo à boca. — Quer que o Thomas me ache? — E falou baixinho, mais movendo os lábios do que realmente fazendo algum som: — Esconde-esconde, tia.

Tia Felícia respirou fundo, e suas pálpebras tremeram. Pressionou o pingente de santa que levava no pescoço, murmurando alguma coisa consigo mesma, e a expressão de pânico foi cedendo aos poucos. Os olhos, porém, continuaram arregalados.

A bebê em seu colo a encarava, visivelmente curiosa com todo aquele festival de emoções.

— Tá bem, meu anjo — suspirou ela —, mas saia dessa lareira. Aí é muito perigoso! — E, chamando a menina com a mão trêmula: — Se ele te achar agora, não conta. Venha, vamos jantar.

Olívia obedeceu e foi em direção à tia. A mulher agachou-se e a abraçou com a mão livre.

— Ah, minha filha, não faça mais isso não, tá? Ali não é lugar para ficar brincando.

— Mas estava apagada...

Tia Felícia pousou a mão no ombro da sobrinha.

— É, mas nunca se sabe, Olívia. Nunca se sabe... — E, tentando mudar de assunto: — Agora esqueça isso e vamos jantar. Já tomou seus remédios hoje?

— Não tomei nem vou tomar! — disse a menina, cruzando os braços e franzindo a testa.

A mulher ficou sem resposta por um instante.

— ... Por que não, Olívia? — balbuciou.

A menina respondeu, encolhendo os ombros:

— Eu não preciso mais de remédio, tia — disse, estendendo os braços para ela: — Já cicatrizou tudo, olhe! Por que eu ainda tenho que tomar aquilo?

A mulher apertou os lábios e disse com um ar preocupado:

— Isso aí é com o Lucas, Olívia. Você fala com ele. É o Lucas que fala com o doutor, então ele que sabe quando você vai parar.

— Vou falar mesmo — resmungou Olívia. E, sentindo todo o medo do flagrante desaparecer, deixou escapar: — Mas por que é que não sou *eu* que falo com o doutor?

Tia Felícia engoliu em seco e começou a balbuciar palavras sem sentido. Sob os olhares impassíveis da sobrinha, viu-se forçada a ceder:

— É, Olívia — suspirou —, tem razão. Vou falar com o Lucas, e a gente vê isso, tá? Mas até lá você continua tomando os remédios. Não é pra parar, ouviu? São *para o seu bem*.

— Tá bom, tá bom... — resmungou Olívia.

E, sem encontrar uma forma mais sutil de tocar no assunto, a menina prosseguiu:

— ... Tinha uma porta lá no fim da lareira.

Tia Felícia gelou. Virou a cabeça para a sobrinha e, instintivamente, pousou a cabeça da bebê no colo e a segurou com as duas mãos. Começou a morder o lábio, quase a ponto de sangrar, como se quisesse controlar o que ia dizer.

— Então você... — hesitou —, você viu a casa?

Olívia fez que sim com a cabeça.

— É a casa dos meus pais? — perguntou, já sabendo a resposta.

— É... — suspirou a tia, sabendo pelo olhar da sobrinha que já não tinha mais escapatória. — É onde você morava. A gente morava de frente um para o outro. Seu tio e eu, aqui, e vocês do outro lado. As duas casas foram construídas na mesma época, com a mesma planta e tudo. Eram praticamente idênticas... irmãs gêmeas, como dizia o Lucas. Ele e seu pai compraram as casas exatamente por isso. Representava a fraternidade deles, ou algo do tipo. Alguma coisa que eu mesma nunca entendi muito bem. E isso tem tanto tempo... Nós nunca pensamos que uma coisa dessas poderia acontecer.

Tia Felícia enxugou as lágrimas com as costas da mão.

— Eu devia ter trancado aquela porta. Não era para você ter visto a casa... Só vai te trazer sofrimento.

No mesmo instante, uma voz grave irrompeu do alto, próxima:

— De onde você tirou isso, Felícia?

As duas se viraram em um salto. Tio Lucas estava com a cabeça abaixada para elas.

— Ela estava na lareira, meu bem — balbuciou a mulher. — Ela viu tudo.

Tia Felícia falava como se aquilo tudo fosse um grande pecado, algo imperdoável, mas o marido limitou-se a responder em um tom seco:

— Eu sei. Dava para ouvir a sua voz de choro lá de fora. — E, dando de ombros: — Mas e daí? E daí que ela viu a casa? Ela ia ver algum dia mesmo, não ia? Ou você queria esconder dela para sempre?

— Mas não precisava ser assim, Lucas... — suspirou ela. — Não precisava ser desse jeito. Você podia ter contado antes.

Os lábios do tio Lucas começaram a tremer.

— ... Então a culpa é minha?

— Não foi o que eu quis dizer, meu bem! — retrucou ela em um soluço, tentando conter as lágrimas.

— Ah, foi — disse ele, com um sorriso irônico. — Foi exatamente o que você quis dizer. Mas então ela viu a casa, e daí? Nós já contamos o que aconteceu, ela já sabia mesmo. Ver a casa pode até ser importante para ela recuperar a memória. — E, com um tom de voz ainda mais acusativo: — E não é isso que *todos nós queremos*, Felícia? Que ela se lembre de novo de tudo que aconteceu?

A mulher hesitou. Encarava o marido com um olhar confuso.

— Sim, mas... — disse.

— "Mas"?! — interrompeu o homem. — Mas o quê? Não, não tem "mas" nenhum, Felícia. É isso, e ponto-final. Agora deixe disso e vá chamar o Thomas para o jantar. Antes que eu perca o apetite com esses seus dramas. — E estendeu a mão para ajudar Olívia a se levantar, com tanta precisão nos movimentos que era quase como se pudesse enxergá-la.

Foram para o salão de jantar sem trocar mais uma palavra. O único som que se ouvia era o da bengala que tio Lucas usava para se orientar em seu mundo de noite eterna, batendo no chão, compassadamente: *tec-tec-tec, tec-tec-tec.*

CAPÍTULO 5

JADE

Uma coisa era certa: aquele jantar tinha sido totalmente improdutivo. Ninguém trocou uma palavra relevante sequer, e, para uma menina curiosa e cheia de perguntas, aquilo era o cúmulo da improdutividade. Tio Lucas a ignorava completamente, fingindo nem ouvir o que ela perguntava. Ele nem se dava ao trabalho de disfarçar, interrompia a garota no meio da frase com "Passe o arroz", "Passe a carne", sem a menor cerimônia. Thomas não falava outra coisa senão da aposta da sobremesa, e de como ele era o garoto mais genial do mundo no esconde-esconde e em todas as outras habilidades do Universo, e incrível, e um fenômeno, e sei-lá-mais-o-quê. Quanto mais Olívia o ignorava, mais ele deixava transparecer seus traços de garoto esnobe e sem graça. Tia Felícia, por sua vez, não tinha parado de chorar desde aquela hora: não conseguia nem engolir direito a comida sem soluçar, imagine completar uma frase.

É, não parecia haver nenhum motivo para Olívia continuar ali. Devorou tudo em três ou quatro garfadas e foi mais cedo para o quarto, com os braços cruzados e fazendo a careta mais rabugenta que conseguia.

Por que os adultos têm que ser assim?, pensou ela, batendo a porta. *Sou eu quem deveria estar triste, não ela! E eu nem estou com vontade de chorar!*

Foi olhar pela janela. A luz da lua banhava os jardins de prateado. Fechou a cortina para a luz do sol não entrar de manhã e começou a caminhar pelo quarto.

— Mas se bem que... — voltou a pensar consigo mesma, agora em voz alta — pessoas que choram muito geralmente estão escondendo *alguma coisa*. Pelo menos é assim nos filmes, então *deve* ter um fundo de verdade. Eles não iam inventar isso do nada. E, meu Deus do céu, como a tia Felícia chora!

A garota foi em direção ao espelho e ficou encarando seu reflexo nos olhos.

— Né, Jade? — perguntou.

(Olívia gostava de fazer de conta que tinha uma irmã gêmea que se chamava Jade. Quando questionada por Thomas, dizia que era só um nome bonito, nada de mais. E daí, e daí?)

— Ah, Jade... — prosseguiu ela — todo mundo sente pena das pessoas que choram demais, e no fim são elas as culpadas. — E, após uma longa pausa, em que o reflexo (naturalmente) não fez nada além de imitá-la: — Ei, não fique aí parada, diga alguma coisa! E pare de me imitar, você não sabe que isso é feio?

Para não transformar a conversa em um monólogo, fez um gesto rápido com a cabeça, como se concordando com o que acabara de dizer.

— Ah, bom — disse, abrindo um sorriso. — Pelo menos você admite que é mal-educada. Por isso que eu sempre fui a favorita. Agora estamos nos entendendo. — E, voltando ao assunto: — Mas é, pessoas que choram demais sempre escondem alguma coisa. Falta agora a gente descobrir *o quê*! Você tem alguma ideia?

Como não recebeu nenhuma resposta positiva, prosseguiu, colocando a mão sobre o queixo (e Jade a imitou):

— Será que tem a ver com os meus pais? Algum segredo que o tio Lucas não quer que a tia Felícia conte? Hm... hoje ele estava mais esquisito que o normal, falando aquelas coisas. Você não estava lá para ver, mas foi mais ou menos assim, ó: "Felícia, meu amor" — disse, forçando uma voz grave para imitar o tio —, "você não se intrometa, que eu sei mais que você". Esquisito, né? Tem coisa aí, com certeza.

Olívia começou a andar de um lado para o outro do quarto, as mãos juntas atrás das costas, quase como nos filmes de detetive. Se tivesse um cachimbo à mão, estaria definitivamente com ele na boca. Apagado, lógico.

— Ah, e tem mais! — disse, afinal. — Quando eu perguntei pela, sei lá, décima vez sobre a casa do outro lado do lago, ele respondeu assim:

"Se você não lembra, é porque talvez você não tenha que lembrar, querida". — Lançou um olhar de cúmplice para a irmã através do espelho e completou: — É isso mesmo: "querida", você acredita? E a tia Felícia não fez nada, só chorou mais. Mas eu ainda vou descobrir, ah se vou!

A menina ficou cara a cara com o reflexo. A luz amarela da luminária ao fundo definia um contorno ao redor de seu corpo, como se chamas a embrulhassem da cabeça aos pés.

E, pela primeira vez em três meses, Olívia sentiu a realidade pesar sobre os ombros:

— Eu... eu sobrevivi a um incêndio — murmurou, examinando o reflexo. — Um incêndio que eu não lembro...

Suspirou.

— Papai...? Mamãe...?

E, fechando os olhos, tentou reviver os dias varridos da memória.

Uma casa em chamas. Um século de existência. Consumido em minutos. Sua vida antiga...

Apagada.

Um filete de lágrimas insistia em escorrer por sua face. Enxugou-o o mais rápido possível com a ponta da manga. Jade a imitou, e agora a encarava com o mesmo oceano em seus olhos cor de esmeralda.

— Ah, não era para você ter visto isso — disse Olívia para o reflexo, pousando a mão sobre o espelho e forçando um sorriso. — Desculpa te fazer chorar.

Tão rápido como vieram à tona, Olívia conseguiu conter as lágrimas e voltou ao assunto com um ar animado para tentar disfarçar a voz falhada de choro:

— Estou que nem a tia Felícia, chorando à toa. Mas juro que não estou escondendo nada! Você me conhece! Quem está escondendo é ela. E o tio Lucas, né? — E, refletindo por um instante: — Hmm... e quer saber? Aposto que aquela coruja também. Certeza! Eu nunca vi coruja vermelha, então, que ela já é suspeita, é. Só falta descobrir o que ela sabe. Se ela anda tanto com o tio Lucas, deve saber tudo que ele sabe. Pena que não dá pra entender o que ela fala... — Lutando contra o sono que vinha conforme as lágrimas se esvaíam, exclamou: — *Mas, ei!* Eu podia trazê-la aqui! Aqui no quarto. Você faz pressão nela aí, desse lado, e eu faço aqui. Com nós duas perguntando, ela seria obrigada a responder, por bem ou por mal! — E, agitando os braços como se estivesse celebrando: — Ah, boa! Agora é só dar um jeito de trazer a coruja aqui. Mas uma coisa de cada vez, né?

Olívia fez Jade assentir com a cabeça e sorriu. Apagou as luzes e foi se deitar, como se desse o caso por encerrado. Murmurava, meio para si mesma, meio para o reflexo:

— Amanhã ela não me escapa; amanhã ela não nos escapa...

Tentou continuar o diálogo por um tempo, fazer mais algumas imitações do tio, mas as pálpebras começaram a pesar, e a ideia de uma irmã gêmea através do espelho foi soando cada vez mais fantasiosa. As palavras em sua mente se apagavam, esvaneciam, transformando-se em sons aleatórios e sem sentido engolidos pelo tique-taque do relógio.

E Olívia adormeceu com um sorriso, imaginando como seria produtivo o interrogatório com a coruja.

CAPÍTULO 6
DO OUTRO LADO DA LAREIRA

I

— No que você está pensando, meu bem? — perguntou tia Felícia ao completar o último pai-nosso do terço.

Tio Lucas estava de pé à beira da janela, de costas para ela. Estava assim desde o instante em que chegara ao quarto da esposa. Ainda não havia dito uma única palavra.

— O que você queria tanto falar comigo? — insistiu ela, lembrando-se das palavras ameaçadoras do marido, em segredo, durante o jantar: "No seu quarto, hoje à noite. E vê se não dorme antes".

Tio Lucas limitou-se a comentar, ainda virado para a janela:

— O jardim está tão lindo…

E voltou a se calar.

— Mas, meu bem… — balbuciou a esposa.

O homem entendeu o que ela ia dizer. Não a deixou concluir. Ela ia dizer que, não, o jardim não estava lindo. Ia dizer que estava tudo apagado lá embaixo, que não daria para ver um palmo à frente nem que ele não estivesse com aquela venda nos olhos.

Tio Lucas virou-se para ela de uma só vez, mordendo os lábios. Parecia mastigá-los com vontade. A luminária na mesa de cabeceira na beira da cama iluminava-o de baixo para cima com uma luz pálida, esbranquiçada, produzindo sombras ao redor do queixo. Davam-lhe um ar ainda mais fantasmagórico conforme a mandíbula se movia para cima e para baixo, para cima e para baixo.

— Eu sei, Felícia! — resmungou ele, apontando para a venda nos olhos. — Eu sei que eu não consigo ver. Feliz?

A mulher baixou a cabeça.

— Perdão... me escapou.

— Sempre escapa. Agora chega para lá e me dá um cigarro.

O homem foi sentar-se na ponta da cama, tirou os chinelos e se inclinou para a frente. Tia Felícia tirou um cigarro do maço na gaveta da mesa de cabeceira e o pôs com cuidado na boca do marido. Acendeu com um fósforo. A respiração pesada do tio Lucas foi se acalmando conforme ele tragava, tragava, sem dizer uma única palavra até que não restasse nada para tragar. "Mais um", limitou-se a dizer então, e voltou a ficar em silêncio, o rosto se iluminando e esvanecendo com a luz alaranjada da ponta em brasa.

Tia Felícia moveu o braço lentamente na direção do marido e pegou sua mão, um dedo de cada vez. Ele não a afastou, não se virou para ela, não disse nada. Apenas tragou mais uma vez e deixou a fumaça sair pelo nariz.

— Ah, meu amor... — disse a mulher com uma voz tão baixa que mal dava para escutar. — E agora? Essa história da casa... será que ela vai lembrar?

Tio Lucas pareceu nem ter ouvido a pergunta. Continuou a fumar em silêncio, mastigando o filtro do cigarro. Por fim, quando a esposa estava prestes a repetir a pergunta, ele disse com uma voz rouca:

— Ela não vai lembrar. O médico me disse. É como... como se todo o passado dela tivesse sido apagado. Não tem volta.

— Então o que você disse lá embaixo...

— Sim, eu menti. Não vai ser uma imagem da casa antiga que vai fazer ela lembrar. Acabou, Felícia. Aquelas memórias não existem mais.

Já se passaram três meses, e ela nem reconheceu que esta casa é idêntica àquela. Não precisa se preocupar. É como se ela tivesse nascido de novo. Mas lógico que eu não ia dizer isso na frente dela. Ela ia nos odiar se eu dissesse isso. Então vamos deixar ela achando que ainda pode conseguir lembrar. Isso vai ser bom para ela. — E, após algumas longas baforadas: — É só a gente não tocar no assunto que aos poucos ela vai se esquecendo de tentar lembrar.

— Mas *e se* ela lembrar? — insistiu a mulher, ajeitando-se na cama. — E se o médico estiver errado? Tem sempre essa possibilidade, meu bem, você sabe disso.

O homem ficou calado por alguns instantes.

— *Se* ela se lembrar de alguma coisa — começou ele —, nós vamos ter que contar o resto, certo? Mas isso não vai acontecer, pode ficar tranquila. — E acrescentou: — O doutor me garantiu.

A mulher não parecia tão confiante. E sabia que ele também não estava. Deixou escapar um "hm" meio desconfiado e deu uns tapinhas gentis na mão do marido, como se dizendo "Assim espero". Tio Lucas deitou-se ao seu lado, e fumaram por alguns minutos em silêncio. As baforadas de fumaça que saíam de suas bocas se entrelaçavam em uma dança complexa próxima ao teto, agitada como suas mentes.

Tia Felícia ruminava uma pergunta. Movia os lábios no escuro, em silêncio, como se ensaiando as palavras. Por fim, deixou escapar de uma só vez, para não se arrepender no meio da frase:

— Por que você mentiu sobre o pai dela, meu bem?

Silêncio.

Tia Felícia ergueu um pouco a cabeça e o observou sob a luz prateada da lua. O homem mordia os lábios.

— Lucas... — chamou ela.

Mas o homem puxou o ombro para o lado como por reflexo para se esquivar do seu toque. E tia Felícia levou um susto quando o marido se ergueu em um salto e foi em direção à porta. Abriu-a com violência, e a maçaneta fez um ruído seco e metálico ao se chocar com a parede de gesso. Tio Lucas ficou sob o lintel, virando a cabeça de um lado para o outro, como se pudesse examinar o corredor vazio mesmo com a venda nos olhos. As narinas inflavam como as de um cão selvagem farejando a presa.

Após algum tempo vasculhando o nada, o homem voltou para a cama, fechando a porta atrás de si com um estrondo.

— Achei que tinha ouvido alguma coisa — resmungou, mais para si mesmo que para a mulher, e foi até a janela jogar o cigarro fora.

— Quer que eu vá olhar? — ofereceu ela.

Ele ignorou a pergunta. Começou a andar pelo quarto, circulando pelo aposento a passos largos, a cabeça virada sempre para a frente, nunca para a esposa. Após algum tempo caminhando em silêncio, parou ao pé da cama.

— Você acha que eu fiz mal, Felícia? — perguntou, tamborilando os dedos na madeira. Exibindo as cicatrizes e os cortes nos pulsos, emendou: — Fiz mal em não ter dito a verdade sobre o pai dela?

Tia Felícia refletiu por um instante, observando as cicatrizes nos braços do marido.

— *Você* acha que fez mal, Lucas? — rebateu.

O homem grunhiu algumas palavras que ela não conseguiu entender.

— Se eu contasse o que aconteceu, aí que ela não ficava quieta mesmo. Não ia parar de fazer perguntas, querendo saber o resto. E você ia acabar dando com a língua nos dentes, que eu te conheço.

— Mas você não acha que algum dia ela vai descobrir? Não é melhor a gente contar logo e acabar com isso de uma vez?

— Pelo amor do seu Deus! — gritou tio Lucas. — Ela é só uma criança, Felícia! Ela já perdeu a mãe em um incêndio! Você quer mesmo contar o resto? — E, com um suspiro: — Quer contar onde o pai dela está?

A mulher respirou fundo. Não respondeu de uma vez. Fitava o marido onde um dia haviam sido seus olhos.

— Tem coisa que é melhor esquecer... — disse ela por fim.

— Tem coisa que é melhor esquecer — concordou ele. E prosseguiu: — A Olívia ganhou uma segunda chance, Felícia. De recomeçar! Quantas crianças conseguem isso? Começar de novo, do zero, livre do próprio passado? Claro que isso que aconteceu foi um desastre... — E fez uma longa pausa antes de concluir, como se tivesse medo de dizer as palavras em voz alta: — Mas esse incêndio pode ter sido uma bênção para a Olívia. E *nós*... bem, nós ganhamos a chance de consertar tudo.

A mulher pensou por um instante antes de rebater em um tom seco:

— Ah, concordo. Mas a coisa certa não é ficar medicando a menina sem ela saber, Lucas. Isso está muito errado.

O homem franziu a testa. Seu lábio inferior começou a tremer.

— O que... o que você está insinuando, Felícia?

— Eu, Lucas? — disse ela, encolhendo os ombros. — Nada. Só estou dizendo que a Olívia ainda acha que os remédios que você dá para ela são para as queimaduras.

— É lógico que acha! — explodiu o homem. — Foi isso que eu contei. E é bom ela continuar achando!

A mulher se ajeitou na cama, sentando-se com as costas apoiadas na cabeceira.

— Ah, é mesmo? E você acha certo mentir para ela assim?

— Não tem certo nem errado, Felícia. Os fins justificam os meios, simples assim! E a Olívia *precisa* do remédio. Já precisava há muito tempo.

— Tem certeza? — insistiu ela. — Não sabemos se ela precisa mesmo, meu bem. A Olívia é só uma criança...

Mas o homem sacudiu violentamente a cabeça, como que para afastar a ideia.

— Não — disse. — Melhor prevenir. As coisas estão bem do jeito que estão.

— E quanto tempo você acha que essa brincadeira vai durar? — perguntou tia Felícia. — Hoje ela já me perguntou por que ainda tem que ficar tomando, se já sarou tudo.

— E o que você falou?

A mulher deu de ombros.

— Que eu não tinha nada a ver com isso. Mandei ela falar com você.

— Bom — disse ele.

— Mas não vai dar para fazer isso para sempre, meu bem! Se ela já está desconfiando agora...

— Besteira — resmungou ele. — Isso é para o bem dela. Ao menos por enquanto podemos manter do jeito que está.

— Hm...

— Vai dar tudo certo. *Já deu* tudo certo.

— Assim espero — respondeu tia Felícia, e apagou as luzes, dando o assunto por encerrado. — Boa noite, meu bem.

— Boa noite — respondeu ele, e saiu do quarto na penumbra total.

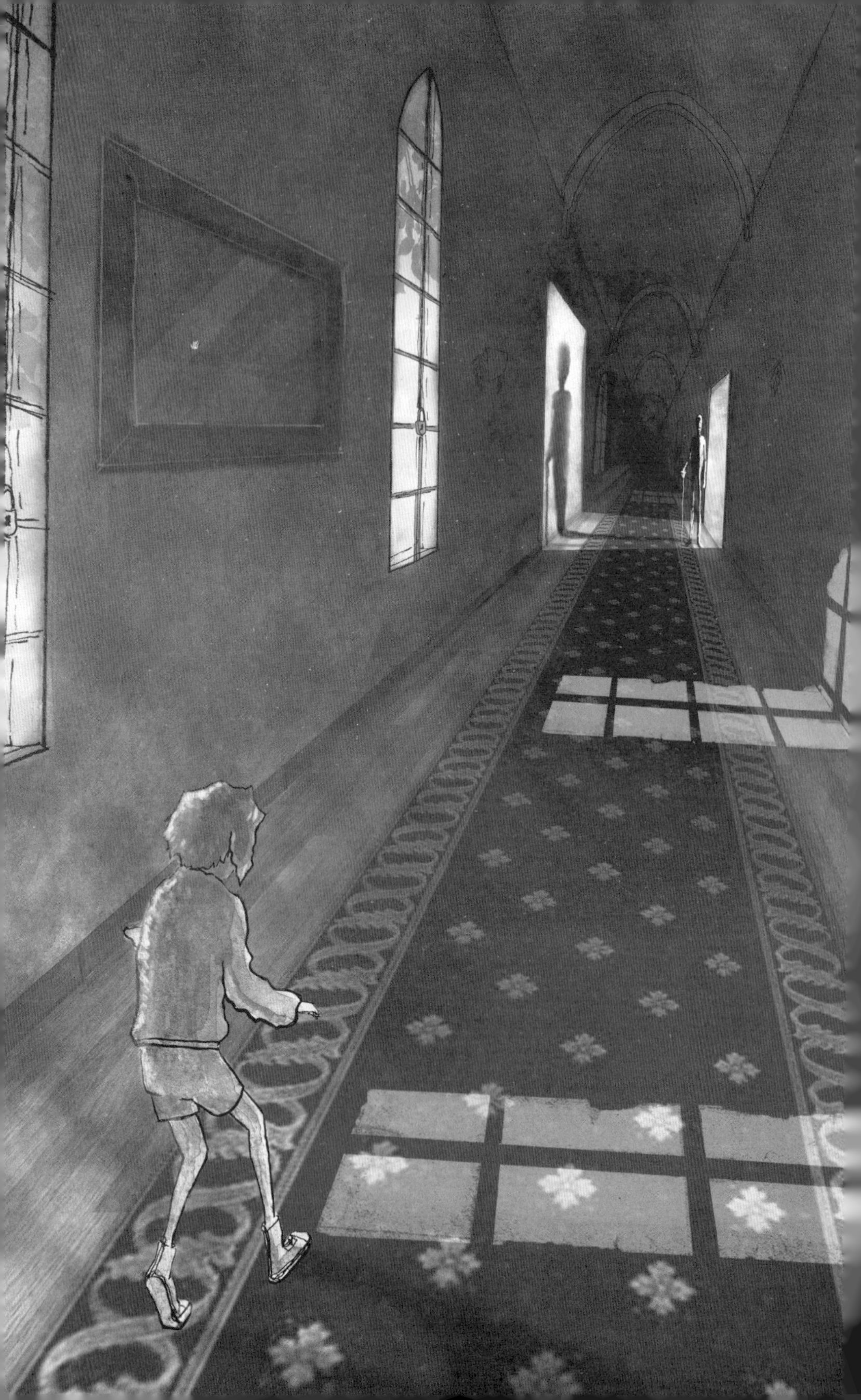

II

Olívia foi acordada no meio da noite por um barulho estridente. Vinha tão de perto que parecia estar dentro do quarto. Levantou-se em um salto e começou a examinar o aposento com o canto dos olhos, mas, com as cortinas fechadas, todo o quarto estava imerso nas trevas. Piscou algumas vezes para tentar se acostumar com a escuridão.

O barulho recomeçou ainda mais forte, e uma pressão se instalou subitamente em seu peito, como se algo pontiagudo a pressionasse contra o colchão, comprimindo o seu coração e o fazendo bater com ainda mais força.

E bem à frente dos seus olhos surgiu um pequeno círculo amarelo, brilhante, que começou a inflar como um balão. O orbe dourado não parou de crescer até ocupar quase todo o quarto. Assumiu um formato oval com um círculo preto no meio. *Estranho*, pensou a garota, tão curiosa com tudo aquilo que se esqueceu completamente de continuar sentindo medo.

Outro ponto surgiu da mesma forma que o primeiro, bem ao seu lado. Continuou crescendo, crescendo, até que os dois tivessem o mesmo tamanho. Não se via mais a escuridão do quarto, eram apenas os dois globos amarelos tomando todo o seu campo de visão. Pairavam imóveis no ar. Os pontos pretos em seu interior cresciam e diminuíam, como se estivessem pulsando. Olívia não ousou se mexer por um tempo, controlando o impulso de estender o braço para tocá-los.

De repente, o barulho que a acordara recomeçou, mais estridente, mais forte, mais próximo que antes. E, dessa vez já acordada, Olívia conseguiu reconhecê-lo: o piado da coruja. Deu um pulo para trás, assustada, e a pressão em seu peito desapareceu na mesma hora. Os pontos amarelos deram um salto e flutuaram no ar, lado a lado, e se reduziram a duas pequenas faíscas ao longe.

— Então é você, dona Coruja! — gritou ela, sentando-se na cama. — Por que você pousou em mim? Me assustou com esses olhos gigantes. — Mas se corrigiu, porque detestava estar errada, até mesmo quando conversava com os bichos: — Quer dizer... gigantes não. São até de um tamanho normal para uma coruja. Você só estava perto demais.

A coruja fechou os olhos devagar. Os pontos amarelos diminuíram e diminuíram, até sumirem por completo, e o quarto voltou a ficar escuro. Olívia esfregou os olhos com as costas das mãos para tentar enxergar melhor. Vasculhou a escuridão à procura da coruja, mas não enxergava nada. Apurou os ouvidos na esperança de ouvir algum barulho de asas batendo, mas tudo que escutava eram os uivos do vento por entre as frestas da janela.

E, súbitos como um relâmpago, os pontos amarelos reapareceram ao seu lado, enormes.

Olívia deu um salto para o lado e quase caiu da cama.

— Não faça isso! — gritou, tentando alcançar a coruja para empurrá-la.

Mas os olhos sumiram novamente antes que ela pudesse tocá-los e voltaram a se abrir à sua frente, agora do tamanho normal. Brilhavam tanto que era impossível discernir qualquer outro objeto no quarto. Até mesmo o corpo da ave estava completamente camuflado na escuridão ao redor.

A primeira pergunta que passaria pela cabeça de qualquer adulto em uma situação como essa seria como a coruja chegara ali, sendo que as portas e janelas estavam trancadas. Certo? Bem, ao menos é o que eu pensaria, mas eu não sou lá tão adulto assim, na verdade. No entanto, Olívia era uma criança, e crianças têm uma lógica um tanto diferente de todo o resto do mundo. Então, com muita naturalidade, ela perguntou para a coruja:

— O que você quer?

Para sua grande decepção, a ave apenas piou algumas vezes, o que significava que, se quisesse manter o diálogo, *ela mesma* teria que inventar uma resposta.

— Queria me ver, é? Hm...

Os olhos da coruja sumiram e reapareceram no mesmo lugar, o que Olívia imaginou ser uma resposta positiva. *Uma piscada para sim e duas para não*, pensou. *Lógico*.

— Você devia ter batido, sabia? É o que pessoas educadas fazem. Você me acordou de um sonho que eu estava tendo. — E, ajeitando-se na cama, perguntou, toda empolgada: — Quer saber o que eu sonhei, dona Coruja?

Dessa vez, a ave piscou duas vezes, mas Olívia ignorou a segunda e já emendou:

— Sonhei com você. É, você estava lá. Estava de terno e tudo. Era o seu julgamento. Por quase ter arrancado a minha cabeça ontem. E todo mundo julgou você culpada, só porque você não pediu desculpas. — E, como a coruja piou exatamente quando ela disse isso: — *O quê?* Agora você quer se desculpar?

Olívia fez uma pausa dramática, fingindo pensar no assunto, como se a ave fosse ficar profundamente abalada com aquele gesto. Por fim, propôs:

— Tá bom, então. Vamos fazer assim: eu te perdoo, mas com *uma* condição: você tem que me ensinar a música que você estava cantando no sonho. Porque você cantava tão bonito! — Fingindo agora que a coruja não podia entender, desabafou: — Não eram esses seus piados esquisitos do mundo real. Era uma música mesmo. Muito bonita. Mas como você me acordou no meio eu não consigo lembrar. Então se você me ensinar eu te perdoo. Que tal?

Os olhos permaneceram imóveis.

— Eu sei que você sabe a música, não adianta mentir. E, não, não venha me dizer que no sonho era outra coruja, porque eu não conheço nenhuma outra coruja vermelha, então *só podia* ser você. — (Ela se orgulhou desse argumento mais tarde.) — E aí? Vai me ensinar?

A ave bateu as asas contra o corpo e começou a piscar várias vezes em sequência. Olívia teve dificuldade para decidir se aquilo era um monte de "nãos" ou um monte de "sins". Por conveniência (e como um "não" acabaria arruinando as suas chances de aprender a música), escolheu a segunda opção.

— Ah, que incrível! — disse, batendo palmas. — Vá lá, cante!

Mas a coruja não cantou. Começou apenas a piscar os olhos. Dessa vez, porém, a cada vez que piscava, os pontos amarelos surgiam em lugares diferentes do quarto, em uma alternância tão rápida de grande e pequeno, perto e longe, que o aposento mais parecia uma rua à meia-noite, com milhares de sinais de trânsito desligados piscando amarelo por toda parte. As luzes eram tão caóticas que a coruja parecia estar em dois, três, quatro lugares ao mesmo tempo. Olívia chegou a achar por um instante que os olhos dela haviam se separado e ido parar em paredes opostas.

Da mesma forma como começara, o festival de luzes teve um final repentino, e tudo voltou a ficar escuro.

— Ei! Cadê você? — chamou Olívia.

Ouviu-se o piado fraco da coruja, distante. A menina não pensou duas vezes e se levantou da cama, indo na direção de onde o som parecia vir. Andava com as mãos à frente do corpo para se orientar. *Então é assim que o tio Lucas vê*, pensava. *Ou melhor, não vê. Ah, se ao menos eu estivesse com a bengala dele agora, isto aqui seria* muito *mais fácil.* E continuou andando, um passo após o outro, até a porta. Estava trancada, mas a menina nem parou para pensar que seria impossível a coruja ter atravessado a madeira e saído do quarto por ali. (*Se ela deu um jeito de entrar...*, pensou.) Destrancou a porta e espiou o corredor. Os pontos amarelos brilhavam ao longe, piscando despreocupadamente, como se à espera de seu próximo movimento.

Deu o primeiro passo à frente. E mais um, e mais um. Todo o corredor estava em um silêncio tão grave que o mínimo som de um passo em falso poderia alcançar todos os salões da casa. Olívia rezava para que a coruja não piasse e revelasse sua posição. A ave, no entanto, parecia entender tudo que se passava e ficou tão calada quanto imóvel. Com a lua cheia encoberta pelas nuvens do lado de fora, seus olhos cor de âmbar eram a única fonte de luz do corredor imerso na escuridão.

Pé ante pé, a menina cruzou descalça o corredor, testando as tábuas no chão com a ponta dos dedos para garantir que não estalariam se pisasse com mais força. Rangiam ao menor toque, um som grave que soava como um choro distante, como milhares de tias Felícias juntas. *Mais um passo*, pensava a menina. *Mais um pouco, mais um pouco...*

Os pontos dourados limitavam-se a brilhar ao longe, impassíveis. Olívia sentiu que se moviam de um lado para o outro, como um navio ao sabor das ondas, mas, sem nenhum outro ponto de referência na escuridão quase absoluta, podia muito bem ser um truque dos seus olhos.

Passou pelo quarto de Thomas com relativa facilidade. O menino roncava alto – mais alto do que uma criança deveria roncar. Mais alguns metros e chegaria ao quarto de tia Felícia. Um odor pungente de cigarro irrompia pelas frestas da porta. Olívia sentiu vontade de vomitar. Tapou o nariz com uma das mãos e continuou com ainda mais cuidado. Com o corpo colado à parede, escutou alguns murmúrios vindos do interior. Uma conversa. A voz fraca e chorosa de tia Felícia. E a voz grave de um homem, rouca como o motor de um carro antigo. *Tio Lucas*. No quarto de tia Felícia, no meio da noite. Assunto importante. Assunto *muito* importante.

Assim que ela conseguiu reconhecer, a voz do homem se apagou por completo. O quarto, o corredor e toda a casa pareceram congelar no tempo. Olívia parou e pesou mentalmente os prós e os contras de continuar ali tentando escutar a conversa às escondidas. Mas não, não, arriscado demais. Continuou devagar, arrastando os pés pelo chão em vez de levantá-los. Quando já havia passado da porta, ouviu novamente um filete de som vindo do interior.

A voz de tia Felícia, fraca como um sussurro.

Perguntando. Perguntando... alguma coisa.

Olívia não conseguiu ouvir a pergunta, mas algo em seu interior parecia gritar: "Corra!".

Mas já era tarde. Passos ecoaram de dentro do quarto, e a porta se abriu com um estrondo. Um brilho pálido irrompeu ao lado de Olívia, claro apenas o suficiente para desenhar um tapete prateado no piso, por onde surgiu a imensa figura do tio Lucas. Seus ombros subiam e desciam, subiam e desciam, a respiração nervosa e descompassada. As mãos abriam e fechavam com gestos duros, mecânicos, como as de um predador saboreando a ideia de agarrar a presa. A cabeça virava de um lado para o outro, à espreita, a audição ainda mais aguçada pela ausência da visão.

A venda nos olhos não seria uma barreira para ele notar a presença de Olívia ali.

A menina paralisou quando viu seu rosto encarando-a, do alto, a ponta em brasa do cigarro em sua boca fazendo brilhar como lava a sua pele albina. Estava tão perto que Olívia podia quase sentir o calor da fumaça.

Tio Lucas ergueu a mão aos olhos e passou os dedos sobre a gaze, pousando-os sobre o nó que a mantinha atada.

Ele ia arrancar a venda. Ia arrancar de uma só vez. E dar de cara com ela. Ia pensar que ela estava escutando a conversa escondida (o que, bem... ela estava). E seria o fim! Olívia sentiu um arrepio invadir a base da espinha, enroscando-se por sua coluna conforme subia, subia. Parecia comprimi-la por dentro, retesando os seus músculos como se uma serpente de gelo subisse por suas vértebras e avançasse até os pelos eriçados da nuca, congelando o seu corpo de dentro para fora por onde passava.

O homem permaneceu naquela posição pelo que pareceram horas. Por fim, deu uma longa tragada no cigarro, resmungou algo consigo mesmo e entrou no quarto novamente, batendo a porta atrás de si. Tudo voltou a ficar escuro. Olívia permaneceu imóvel por alguns instantes, ainda prendendo a respiração. Quando já tinha certeza de que ele não voltaria, deixou escapar todo o ar de uma só vez.

Tio Lucas andava de um lado para o outro dentro do quarto, com passos tão pesados que abafariam qualquer som vindo de fora. E Olívia saiu correndo em direção à escadaria, sem se importar com o ranger das tábuas no chão. Em poucos instantes, já estava livre do ambiente claustrofóbico do corredor, e conseguiu alcançar a coruja mais uma vez.

A ave piscou sem pressa quando ela se aproximou, como se tivesse todo o tempo do mundo. Parecia estar empoleirada no corrimão, a julgar pela altura de onde a encarava. *Ou está flutuando no ar sem fazer barulho.* Como das outras vezes, seus olhos desapareceram, um de cada vez, e reapareceram ao pé da escada, sem nenhum som, nenhum vento. Por mais certeza que tivesse de que a coruja *tinha* que ter descido as escadas voando (*Ela não pode ter escorregado pelo corrimão*), Olívia não conseguia ouvir o barulho das asas. No entanto, a curiosidade de saber aonde iam era tanta que ela nem se incomodou e seguiu a coruja de aposento em aposento até que enfim chegaram ao saguão principal.

— Onde você se meteu? — chamou Olívia.

Deu alguns passos adiante, olhando para os lados à procura da ave. Quando estava prestes a chamar de novo, os dois pontos amarelos surgiram repentinamente na parede do lado oposto. A parede sem janelas. Dessa vez, porém, não estavam pequenos, como seria de supor a toda aquela distância: agora eles cobriam tudo, do piso ao teto, iluminando o semicírculo de pedra ao redor da lareira como dois faróis de sinalização.

Mas Olívia não achou aquilo estranho. Só continuou caminhando, como se olhos gigantes estampados em paredes fossem a coisa mais natural do mundo. Quando pôs os pés no piso em meia-lua, os olhos da coruja desapareceram, e o eco de um piado soou alguns metros à frente. De dentro da lareira.

E Olívia se agachou para entrar.

No chão, os gravetos secos formavam uma floresta em miniatura.

— Francamente, dona Coruja — falou ela, meio para si mesma, meio para a coruja —, você não cuida disto aqui, não? Que sujeira!

No entanto, como não podia enxergar a ave, limitou-se a repetir as críticas para si mesma, grunhindo e resmungando conforme avançava em direção ao fundo.

— Pelo menos não tem teias de aranha...

À sua frente, o chão empoeirado começou a reluzir, desenhando um quadrado amarelo na área sob a boca da chaminé. As pedras ficaram mornas ao toque e aqueceram suas mãos e seus joelhos conforme ela engatinhava.

Um brilho à meia-noite...

Chegando perto do quadrado dourado, Olívia sentiu um calor na nuca que a obrigou a olhar para cima. Um feixe de luz incidiu sobre ela, tão intenso que parecia um holofote, um incêndio, o próprio sol. Baixou a cabeça e olhou de novo ao redor: todo o resto da lareira estava escuro, ainda imerso na noite.

Um piado irrompeu do alto, distante, e contra a fonte de luz misteriosa que surgia pela chaminé a silhueta da coruja de asas abertas cruzou os céus em alta velocidade.

Por mais argumentos que Olívia conseguisse pensar para se defender, parecia haver apenas um caminho possível:

Para cima? Ah, Olívia..., pensou, com um suspiro, *você tinha que inventar de seguir essa coruja, né?*

E continuou a falar consigo mesma, agarrando-se à parede da chaminé, preparando-se para a escalada: *Agora você tem que ir até o fim. Não dá mais pra voltar atrás.* Mas se corrigiu após pensar por alguns segundos e olhar por sobre os ombros para o saguão: *Ah, que dá, dá... mas qual seria a graça?* E começou a subir, apoiando-se nos sulcos dos tijolos que estavam mais desgastados.

Coruja besta, pensou, impulsionando o corpo para cima. *Me obrigando a fazer essas coisas. Só porque é vermelha, se acha especial. Quando eu puser as mãos nela, é bom que... é bom que... é bom que o quê? Ah, não sei, mas é bom que alguma coisa. Mas... que esquisito! Devia ser mais difícil subir uma chaminé.*

De fato, a escalada tornou-se surpreendentemente mais fácil do que Olívia esperava. Os espaços em que apoiava os pés estavam dispostos

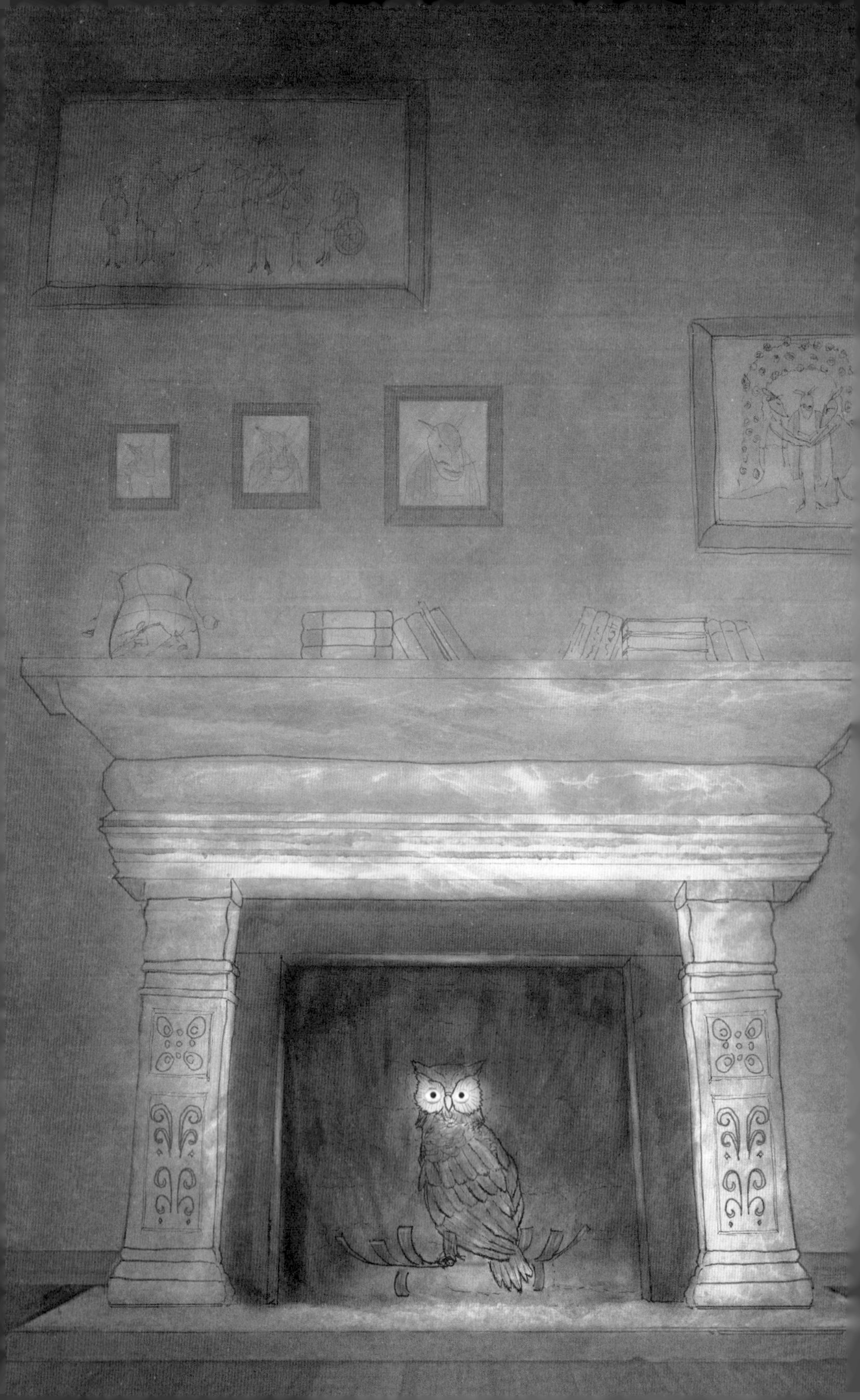

em zigue-zague e brilhavam de uma cor vermelha mais chamativa, diferente dos outros tijolos. Era quase como se alguém os tivesse pintado daquele jeito para facilitar a subida. E ela podia jurar que se sentia tão leve que, caso se soltasse, continuaria flutuando no ar como um astronauta – é claro que não ousou largar as mãos para conferir, porém *se sentia* mais e mais leve a cada passo que dava. Conforme subia, o brilho misterioso no alto se intensificava, e ela precisava fazer cada vez menos força para continuar.

E, assim, o que era para ser uma chaminé gigante e impossível de escalar transformou-se em uma pequena escada, como as tantas outras que Olívia já conhecia.

Chegou ao topo sem nem se cansar. Enquanto os olhos se acostumavam com a claridade, tateou a superfície à procura de algum ponto para se apoiar e sentiu com a ponta dos dedos uma textura que em nada se parecia com a dos tijolos ásperos das paredes da chaminé. Pelo contrário, tudo parecia coberto de veludo. Seus dedos afundavam quase por completo em uma superfície quente, felpuda e levemente úmida.

— Que esquisito — falou em voz alta, sem se preocupar se alguém poderia ouvi-la.

E, quando a luz intensa finalmente cedeu, deparou-se com uma visão completamente diferente de qualquer coisa que se poderia pensar sobre o topo de uma casa.

CAPÍTULO 7

A CASA INVERTIDA

Grama...

Em vez de telhas, antenas parabólicas e ninhos de pássaros aqui e ali, Olívia viu grama, grama e mais grama. Tudo estava coberto de grama, verde de ponta a ponta. Gotas de orvalho causavam a ilusão de que um manto de prata cobria todo o telhado. Se bem que ela não sabia se podia mais chamar *aquilo* de telhado, porque era reto até onde a vista alcançava, como uma enorme planície (e os telhados com que estava acostumada não eram nem um pouco parecidos com aquilo). *E também...*, pensou, *não faz sentido construir* outra casa *em cima de um telhado. Quer dizer... a não ser que aquilo ali não seja uma casa. Mas... É, é uma casa!*, concluiu, tapando com a mão a luz que vinha de cima.

Já não era mais noite: uma luz difusa parecia vir de todos os lugares ao mesmo tempo, como a luz do sol quando é filtrada pelas nuvens em um dia nublado, iluminando todos os cantos do mundo.

Sem desviar os olhos do casarão no horizonte, Olívia se apoiou nas mãos e pulou para fora da chaminé. Seus pés descalços afundaram na grama até os calcanhares, envolvidos por aquela manta macia e verde-clara. Ao seu lado, o que antes havia sido a chaminé não passava agora de um pequeno buraco no chão, como uma toca de coelho, os tijolos que compunham as paredes transformados em punhados de terra vermelha. Assim que pisou fora do túnel, os tufos de grama das bordas começaram a se entrelaçar como uma rede, e aos poucos a abertura foi diminuindo, diminuindo, até se fechar por completo. A menina, no entanto, limitou-se a soltar um "Hm" bem alto, como que para convencer a si mesma que não estava com medo, e começou a andar em direção à casa como se nada de surpreendente tivesse acontecido.

A grama era mais verde em algumas áreas, formando uma espécie de trilha. Para onde quer que olhasse, árvores floridas tingiam o caminho de tons de roxo, amarelo e violeta. Os galhos se entrelaçavam sobre a sua cabeça como se os dois lados do caminho se cumprimentassem em um eterno aperto de mão, compondo uma alameda que parecia levar diretamente à casa.

Olívia seguiu a trilha e, em poucos instantes, já estava frente a frente com a enorme porta de entrada.

Parece a casa do tio Lucas..., pensou enquanto empurrava a porta, que se abriu como se não pesasse nada.

E a imagem do interior não a fez mudar de opinião. Sua primeira impressão foi, de fato, que a casa era idêntica à do tio Lucas, por dentro e por fora. Sentiu como se tivesse, de alguma forma, voltado ao saguão principal e estivesse agora em frente à escadaria que levava ao segundo andar. Como se a chaminé, o bosque e a alameda de flores nunca tivessem acontecido.

Tudo era idêntico ao que Olívia já conhecia.

Mas ao mesmo tempo não conseguia afastar a estranha sensação de que as coisas ali não podiam estar mais diferentes.

Alguma coisa estava errada.

Não, não, aquela *não podia* ser a casa do tio Lucas. Caminhou de um lado ao outro, tentando descobrir *o que* estava acontecendo, examinou tudo, cada detalhe, de todos os ângulos. Para onde olhava, porém, via sempre o mesmo piso, os mesmos móveis antigos... e até os mesmos quadros, igualmente enormes, emoldurados nas mesmas molduras e pendurados nas mesmas paredes. Todos idênticos. Teve até a mesma sensação de três meses antes, quando estava explorando a casa dos tios pela primeira vez. Naquele momento, porém, a curiosidade inocente ao perambular pelos salões havia sido substituída por uma curiosa sensação de que as coisas não estavam no lugar certo.

E, como andar de um canto para o outro não estava ajudando em nada, decidiu subir as escadas.

— Tio Lucas? — chamou. — Tia Felícia?... Thomas?

Sem resposta. Sua voz apenas reverberava pelas paredes do corredor, produzindo um eco que, em vez de se dissipar, parecia ficar mais e mais forte ao longo do tempo. Olívia parou de falar por um instante para ver se conseguia escutar algum outro som, por mais baixo que fosse, porém tudo o mais estava tão quieto que dava quase para ouvir as batidas do próprio coração. *Eles não podem ter saído todos de uma vez*, pensou consigo mesma. Continuou andando pelos corredores mal iluminados, examinando as portas de cada quarto na esperança de encontrar alguém ou alguma coisa que lhe pudesse explicar o que estava acontecendo. Por mais longe que fosse, no entanto, todas as portas estavam trancadas: o quarto do tio Lucas, o da tia Felícia, o de Thomas... todos. Quando finalmente chegou à porta do que em tese era o seu quarto, já havia desistido de encontrar algum cômodo aberto, mas acabou girando a maçaneta de qualquer maneira.

Trancada.

— Ei! — exclamou para si mesma, soltando a maçaneta.

E finalmente estranhou que, durante todo o percurso, todas as portas estiveram à direita, e não à esquerda, como estava acostumada.

— Está tudo invertido!

E era verdade: todos os móveis, todas as portas e todos os cômodos estavam dispostos de maneira espelhada. Tudo perfeitamente simétrico. Até os quadros estavam pendurados nas paredes opostas, retratando cenas milimetricamente invertidas.

Olívia deu meia-volta e foi correndo até as escadarias. *Elas deviam estar do outro lado!*, pensava enquanto descia, de dois em dois, os degraus que faziam uma curva para a esquerda, e não para a direita, como tinha que ser. Em poucos instantes, estava de volta ao saguão principal, olhando de um lado para o outro, pensando: *Aquilo devia estar ali e aquilo... aquilo devia estar ali!*

Continuou formando uma imagem mental de como a casa *realmente* deveria ser, até que reparou algo que definitivamente não estava ali antes:

— Janelas! — gritou, e saiu correndo pelo saguão.

O que na casa dos tios era um amontoado de tijolos cinzentos e sem vista para o lago havia se transformado em uma parede repleta de janelas de vidro que se estendiam quase até o teto. Vitrais enormes e coloridos as enfeitavam, tingindo de azul, verde e amarelo a luz do sol que entrava pelas vidraças e banhava o aposento. Cada peça brilhava como pedras preciosas, arranjando-se em imagens vívidas de aves, flores e jardins suntuosos, uma mais realista que a outra. Homens e mulheres pintados na parte mais alta pareciam dançar sobre toda a cena de mãos dadas. Suas roupas eram simples, blusas azuis e calças cor de feno, meio desbotadas. Contra a luz que entrava pelas janelas, os tecidos pareciam brilhar como trajes de gala.

Olívia percebeu que estava prendendo a respiração diante de tanta beleza. Soltou o ar e se forçou a respirar novamente. As enormes figuras a encaravam do alto. Pareciam sorrir para ela em meio à sua dança. A menina sorriu de volta.

Bem à sua frente, algumas peças de vidro davam vista para o exterior. Olívia colou o rosto à janela e conseguiu ver: o lago em frente à casa já não estava congelado como da última vez. Era uma linda tarde de verão, e todos os fractais e mandalas no gelo haviam desaparecido. A superfície do lago estava tão calma, sem uma única onda, que refletia perfeitamente a imagem das nuvens no céu. Parecia que ovelhas gigantescas haviam combinado de mergulhar no lago, todas ao mesmo tempo, e agora boiavam preguiçosamente sobre as águas, quase à deriva. Olívia não pôde evitar sorrir para aquela ideia e deixou escapar uma risada ao imaginar o que as ovelhas diriam umas às outras se sem querer dessem um esbarrão no meio do lago.

Mas seus devaneios foram interrompidos de súbito quando ela deslocou o olhar para a outra margem. A alguns metros da orla, outra casa reinava sobre o cenário: torres negras brotavam do teto, tão altas que pareciam rasgar o céu em dois. A estrutura de madeira e pedra era gigantesca, imponente como um santuário. Todos os detalhes assustadoramente reais. Mas o que realmente chamou atenção de Olívia era que aquilo... bem, que aquilo mais parecia *uma casa virada do avesso* do que qualquer outra coisa. Porque, a julgar pelo tamanho, tudo dava a entender que aquele era para ser um prédio suntuoso, digno de abrigar a realeza. Mas toda a fachada estava coberta de tijolos, de cima a baixo: não havia uma janela sequer, nenhum detalhe, escultura, vitral... nada. Era uma enorme parede de tijolos no formato de casa. *Só pode ser a casa do tio Lucas, para não ter janelas assim*, pensou.

Mas... se lá é a casa dele, então aqui...

Um pensamento lhe ocorreu de súbito, e um frio se instalou em seu estômago. O coração acelerou. Olívia sentiu a cabeça virando involuntariamente em direção ao semicírculo de pedra no piso.

A lareira... onde ela havia se escondido. Onde ela havia sobrevivido.

Mas como aquela podia ser a sua casa? Estava intacta! Nem sinal do incêndio. Tinha visto um casarão em ruínas algumas horas antes, através da lareira na casa dos tios. Através da portinhola. E naquele instante tudo parecia em perfeita ordem de novo. Como? Era quase como se aquilo fosse apenas uma memória, um resquício de algo já consumido sem piedade pelas chamas.

Uma memória...

Sentiu-se andando em direção à lareira. Não tinha mais controle sobre as pernas.

E subitamente uma voz grave e rouca começou a chamar pelo seu nome. Soava distante, indistinta, vinda de todos os lugares ao mesmo tempo: "Olívia! Olívia!", dizia, e as paredes pareceram ondular ao ritmo dos chamados, como se algo em seu interior quisesse escapar. Mais alguns passos. A voz tomou forma, mais próxima. A luz que entrava pelas janelas extinguiu-se devagar, como a chama de uma vela quando vai chegando ao fim. E uma outra voz se juntou à primeira: a voz de uma mulher, fraca, quase em pânico: "Olívia!", gritava. E uma terceira voz. Uma quarta, uma quinta... e, em poucos instantes, um coro parecia chamar pelo seu nome, em uníssono: "Olívia! Olívia!", cada vez mais alto.

A menina pressionou os ouvidos com força, gritou para tentar abafar os sons, mas os chamados pareciam ecoar direto em sua mente, fluindo como um rio, mesclando-se em um turbilhão caótico de grunhidos, gemidos, sussurros, cochichos, respirações pesadas...

— Ela vai morrer!

— É, é! Vai morrer!

— Estúpida!

— A lareira é ruim! Não, não vá lá!

— Não dê ouvidos a eles, Olívia!

— É, é! Não dê ouvidos!

— Inútil! — As vozes não são reais! Não são reais!

— Ela vai morrer?

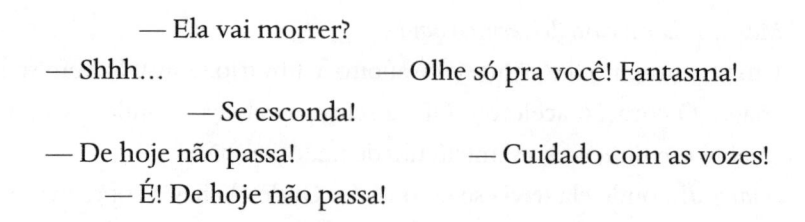

— Shhh...   — Olhe só pra você! Fantasma!

— Se esconda!

— De hoje não passa!   — Cuidado com as vozes!

— É! De hoje não passa!

E uma legião de mulheres e crianças começou a gargalhar ao mesmo tempo.

Olívia prosseguiu, vacilante. Olhava para os lados, procurando desesperadamente a origem das vozes, mas tudo que via era a imagem dos corredores vazios.

E, quando estavam prestes a alcançar o seu clímax, as vozes cessaram de uma só vez. Como se nunca tivessem existido. A luz que vinha das janelas se apagou subitamente.

O coração de Olívia parecia uma bomba golpeando o peito. Os ouvidos pulsavam com a dor do súbito silêncio.

Estava sozinha novamente. Era apenas ela. Ela e a lareira. A mesma lareira... idêntica à da outra casa. Tentou erguer a mão para tocá-la, mas seus braços não obedeciam. E foi então que reparou, em meio à penumbra, algo diferente: sobre o console da lareira, um espelho enorme com moldura de ferro refletia tudo às suas costas. A imagem invertida da casa invertida. Como um portal para o outro lado. A menina fitou seu próprio reflexo, embaçado, distante. Continuou examinando a imagem, sem saber exatamente pelo que estava procurando.

E repentinamente uma sombra cruzou a sala. Olívia deu um salto quando passou às suas costas uma criatura com capa negra e um longo capuz pontiagudo que cobria o rosto, flutuando a poucos centímetros do chão. Por onde passou, deixou um rastro denso de fumaça que pairava no ar por alguns instantes antes de se assentar e ser sugada pelas frestas do piso.

Olívia virou-se, trêmula. Mas nada se movia. Nada ousava se mover. Toda a casa estava imersa na mesma atmosfera gélida, inerte, como uma fotografia em baixa exposição.

Quanto tempo passou naquela posição? Um minuto? Uma vida? Não soube dizer. Tentou contar o número de batidas do coração, mas ele pulsava tão rápido que até mesmo um segundo pareceria uma eternidade. E a sombra não voltava. A menina esperou e esperou, encarando o salão, os olhos já doendo de tanto se mover ao redor. Mordeu os lábios com tanta força que sentiu uma dor aguda no interior das bochechas, seguida de um gosto repentino de ferrugem que se alastrou por toda a boca.

Sangue. Engoliu de uma vez e passou a língua para estancar a ferida.

No mesmo instante o vulto passou de novo, ainda mais rápido, ainda mais próximo. Olívia deu um salto, deixando escapar um grito de terror. Cambaleou para trás e acabou batendo a cabeça no espelho. E tudo depois pareceu acontecer ao mesmo tempo.

O som dos estilhaços do espelho.

Uma dor lancinante na nuca.

Um líquido quente escorrendo pelo pescoço. Muito.

E o peso do mundo sobre as suas costas.

Caiu de joelhos no chão, as mãos tapando o rosto, sem saber como ou quando as pusera ali.

E tudo ficou escuro.

CAPÍTULO 8
PELOTÃO, SENTIDO!

— Ei! Ei, você!

Olívia acordou devagar de um sono sem sonhos. Um burburinho parecia vir de todos os lados, como se dezenas de vozes insistissem em falar ao mesmo tempo. Falavam tão alto, e tão juntas, que não conseguiu identificar uma única palavra. Vultos agitados passavam à sua frente, bloqueando por breves instantes a luz que vinha de cima. Produziam um efeito estroboscópico de claro-escuro-claro-escuro que a deixou ainda mais desorientada com o que estava acontecendo. Tentou dar umas curtas espiadas ao redor, mas a luz era intensa demais para enxergar, e só via silhuetas disformes rodopiando diante dos seus olhos.

E de repente uma textura áspera e rugosa começou a roçar por seu rosto. Dava a impressão de que alguém estava esfregando um pano grosso em suas bochechas.

Uma voz fina destacou-se entre as outras da multidão, ao longe:

— Deve ser o sol, major! *O sol!* Tem que tapar o sol!

Todas as vozes se elevaram a um coro alegre e agitado, como se aprovando em uníssono aquela observação. Uma voz mais grave que as outras, e muito mais imponente, disse logo em seguida:

— Claro que é! Bem pensado, sargento! — E, elevando o tom a quase um grito, falou: — Bloqueiem o sol! Aqui! Usem isto!

No mesmo instante, a luz ficou mais fraca. Olívia sentiu a textura áspera passar ao redor de seu pescoço e puxá-la para cima, ajudando-a a se sentar.

— Abram espaço, homens! — disse a voz que parecia ser do major.
— Abram espaço! Esta aqui perdeu muito sangue!

Olívia sentiu um arrepio correr a espinha.

— Como o senhor sabe, major? — perguntou a voz fina.

— Pelo cabelo, sargento! Olhe! Está todo ensanguentado, não está vendo? Ela deve ter sido alvo das aranhas!

E passou as mãos – ou fosse o que fosse aquilo – pelo cabelo da menina.

— Mas essa é a cor normal, major — retrucou o sargento. — Cabelo vermelho!

Uma pausa. Todas as vozes do coro silenciaram.

— Cabelo... *vermelho?!* — perguntou o major, quase com nojo.
— *Oui, oui.*
— Se você diz, sargento... — e acrescentou: — Mas que é *esquisito*, é!
— *Oui, c'est vrai.*[1]

Olívia abriu os olhos. Quando as figuras começaram a tomar alguma forma, percebeu que estava em uma espécie de clareira, em um bosque, cercada por dezenas de criaturinhas das mais curiosas – criaturas, sim, porque eram tudo menos humanas – que pareciam dançar, formando círculos ao seu redor e girando alegremente de mãos dadas. Era como se celebrassem o fato de ela estar acordada (e, se não fosse isso, ninguém a desmentiu depois).

O major naturalmente devia ser o maior de todos. E quão maior! Enquanto as criaturinhas não deviam ter mais de um palmo de altura (pelo que ela conseguiu estimar com a visão ainda embaçada, pois não paravam quietas), ele devia ter quase o tamanho de duas ou três Olívias! De joelhos ele já a fitava de cima, mas, quando o major se ergueu, ela percebeu que ele era *muito* mais alto do que qualquer ser humano teria condições de ser. Olívia precisou levantar tanto a cabeça para enxergá-lo que se sentiu tonta e quase perdeu o equilíbrio.

---

1. Sim, é verdade.

O major deve ter percebido o seu espanto e logo se agachou para falar, deitando a barriga no chão para manter os olhos na altura dos dela.

— Você está bem? — perguntou, com uma voz tão poderosa que Olívia sentiu como se estivesse sentada bem em frente a uma caixa de som no volume máximo.

— Estou... — disse ela. — Só estou um pouco tonta, mas já estou bem. — E acrescentou, pois era a coisa educada a se fazer naquele tipo de situação: — Obrigada.

O burburinho das criaturas ao redor ficou mais alto, e Olívia conseguiu escutar "tonta, tonta, tonta" repetidas vezes. Na verdade, parecia ser tudo o que eles falavam, embora tão descompassados, e com tanto entusiasmo, e com uma variedade tão grande de vozes, que soava como palavras completamente diferentes. Por fim, a vozinha fina ("o sargento", deduziu ela, mas sem conseguir enxergá-lo) falou, quase gritando para ser escutado em meio a toda aquela confusão:

— Se ela está *tonta*, major... — começou (tinha um sotaque levemente francês e pronunciava a palavra "major" como *"majeur"*) — é só girá-la no *sentido contrário*!

As vozinhas se combinaram em um grito de êxtase.

— Brilhante, sargento! — exclamou o major. — Continue assim que vai ser promovido logo, logo! — Virando-se para Olívia, perguntou com um ar amável (na medida do possível, com aquela voz): — Para qual lado você girou primeiro?

Olívia não sabia responder. Pelo que se lembrava, não tinha girado para lado nenhum. Estava tonta, e ponto-final.

— E então? Para qual lado?

— Você precisa lembrar, *mademoiselle* — completou pacientemente a voz do sargento —, senão não vamos poder ajudá-la.

Para não discutir, a menina escolheu um lado qualquer e se deixou girar no sentido oposto. As vozinhas do coro soltaram um brado de alegria, que logo se transformou em uma série de resmungos conforme as pequenas criaturas se aglomeravam ao redor de Olívia, disputando entre si para ver quem iria girá-la.

Devem ser os soldados, pensou ela. *Sempre cumprindo ordens, coitados.*

Par a par, dezenas de mãozinhas geladas começaram a agarrar as suas pernas, joelhos e calcanhares de todos os lados. "Isso vai resolver", garantiu o sargento com ar de triunfo conforme giravam Olívia como um pião. No entanto, em vez de ficar *menos*, a menina foi ficando *mais e mais* tonta a cada volta (porque é o que geralmente acontece quando você gira uma pessoa como um pião). E, por mais que ela protestasse, os soldados pareciam não lhe dar ouvidos, continuando a girá-la como se mais nada no mundo importasse. Não pararam até o major gritar "BASTA!", com um grito tão alto que fez as pequenas criaturas tremerem de medo e se encolherem, soltando alguns gritinhos que pareciam o de vários ratos guinchando em coro.

— E agora, *ma chère?*[2] — perguntou a voz do sargento, que parecia vir de todos os lugares ao mesmo tempo.

De início, Olívia concentrou todos os seus esforços apenas para não cair no chão e ignorou por completo a pergunta (o que deixou o sargento um tanto desconfortável, a julgar por seus resmungos). Cambaleou de um lado para o outro enquanto tentava recuperar o equilíbrio, quase pisando em alguns soldados no processo.

— Ai, perdão! — desculpava-se.

— *Quiii!* — guinchavam eles.

Conforme o mundo ia parando no lugar, Olívia sentou-se novamente e conseguiu enxergar melhor a cena.

Todos a encaravam com olhares apreensivos. O major já estava de pé novamente, seu rosto se perdendo nas alturas. Perto dele, Olívia não devia ser maior do que os soldados eram para ela. *Os soldados...* que bando de criaturinhas engraçadas eram eles. De início, ela pensou que eram apenas capacetes ambulantes, sem braços, nem pernas, nem nada, apenas com números marcados com tinta branca na testa. E eram dezenas – se não centenas – de capacetes dos mais variados: dourados, prateados, brilhantes, foscos, manchados, polidos... e alguns nem capacetes eram! Mais pareciam frigideiras, canecas, escorredores de macarrão, panelas, ou qualquer outro objeto de metal que de alguma forma poderia ser usado como proteção. Quanto aos números, não pareciam seguir nenhuma lógica: não havia soldados 1, 2, 3, nem nada que indicasse uma mínima ordem em tudo aquilo. Com uma primeira olhada, o número mais baixo que Olívia conseguiu encontrar foi o 43, e o maior tinha

---

2. Minha querida.

quatro ou cinco algarismos. *Se os números que faltam são os soldados que morreram na guerra*, refletiu a menina, notando que todos carregavam espadas na cintura, *então* que guerra!

Conforme olhava melhor, porém, pôde perceber que não eram só capacetes. Eles tinham, sim, um corpo: os elmos eram apenas grandes demais, cobrindo-os quase até os joelhos. E furos improvisados nos lados permitiam que seus bracinhos ficassem de fora (o que era bastante útil, a julgar pelo tanto que eles pareciam gostar de agitá-los). Camadas e camadas de tecidos coloridos enrolavam suas pernas, e eram presas por dezenas de alfinetes que pareciam ter sido colocados sem a mínima lógica, só para prender tudo no lugar. *Que uniforme engraçado*, pensou Olívia, e os chamou em sua mente de "pequenos bonecos arco-íris", mas concluiu (e com toda razão, por sinal) que os soldados não gostariam de ser chamados por aquele nome e o manteve para si. Ainda assim, não conseguiu conter a risada ao pensar naquilo, e alguns dos soldados perceberam o sorriso da menina. Achando que ela estava sorrindo para eles, começaram a cantar e dançar novamente e, em poucos instantes, todos estavam celebrando de novo, sem nem saber por quê.

Uma figura um pouco mais alta que os soldados se aproximou com as mãos juntas às costas e a examinou de cima a baixo em silêncio. Chegou tão perto que Olívia sentiu um forte cheiro de peixe vindo de sua boca – ou melhor, de seu rosto... ou melhor, dele inteiro. Para dizer a verdade, quanto mais ela olhava, mais a criatura parecia, de fato, um peixe. *Um peixe de monóculo...*, pensou, enquanto ele abria e fechava a boca sem dizer nada, do mesmo jeito que um peixe de verdade faria. Por fim, a criatura disse, com a voz esganiçada e uma pitada de impaciência (e só então, ouvindo sua voz, Olívia percebeu que *aquele* era o sargento):

— *E agora*, meu bem? Melhor?

(Pronunciava "melhor" como *"melheur"*.)

Olívia assentiu com a cabeça e examinou a criatura. Teve dificuldade para decidir se estava mais para um homem meio peixe ou um peixe meio homem. Como nunca tinha visto um peixe com pernas, ou um peixe usando uma farda, e menos ainda um peixe com medalhas penduradas no peito, concluiu que se tratava apenas de um homem muito feio. Quando percebeu que ela o olhava, o sargento estufou o peito com orgulho, como se à espera de um agradecimento por ter sido o responsável pela recuperação tão rápida de sua tontura. Olívia, porém, estava tão concentrada na sua farda – que parecia feita inteiramente de escamas – que se esqueceu completamente de agradecer.

— Ei, você! — a voz do major irrompeu em meio às copas das árvores. — Você nos deu um susto daqueles! O que você estava fazendo aqui, sozinha?

E estendeu a mão para ajudar Olívia a se levantar, erguendo-a como se não pesasse nada. A menina sentiu em sua pele a mesma textura áspera que havia roçado em seu rosto momentos antes. Quando já estava de pé, e tendo garantido aos dois militares que não, não estava *mesmo* tonta, muito obrigada por perguntar, o major deu a volta ao seu redor com alguns passos meio desengonçados e ficou a favor da claridade. Agachou-se para ficarem à mesma altura, e Olívia pôde então observá-lo melhor.

A primeira coisa que chamou sua atenção foram os olhos: podiam ser tudo, menos olhos. Eram círculos enormes, de um branco tão claro, e tão brilhante, e tão inusitado, que por um momento Olívia não acreditou que fossem reais. Não tinham pálpebras, estavam completamente à mostra, e parecia que só não caíam do rosto porque estavam presos por uma pequena estrutura em formato de X, que a menina supôs serem as pupilas. Depois de muito fitá-los, ela concluiu, por mais inclinada que estivesse a não acreditar, que as pupilas eram na verdade feitas com linha de costura, e os olhos haviam sido costurados ao rosto com uma agulha. *Ora, são botões!*, pensou, surpresa. *E dos grandes!*

E eram mesmo botões: enormes e brancos, círculos perfeitos pregados ao seu rosto com linha de costura verde-oliva. Eram os olhos mais diferentes que ela já havia visto, mas, ainda assim... olhos. Na verdade, também o rosto daquela estranha criatura – ou melhor, *toda* aquela estranha criatura – parecia ser feito de algo muito diferente, que, sem dúvida, não era pele: o major era bege, todo bege, e seu corpo estava coberto por fibras minúsculas que se entrelaçavam e se sobrepunham, formando uma espécie de malha quadriculada que o cobria de cima a baixo. Parecia um enorme boneco de pano com aqueles olhos costurados ao rosto. E quanto mais Olívia o examinava, mais percebia que, se algum dia bonecos de pano pudessem caminhar, se agachar e falar, seria provavelmente do mesmo jeito que o major caminhava, se agachava e falava.

Um boneco gigante..., pensou, e cogitou novamente a possibilidade de o sargento-peixe ser de fato um peixe.

O major a encarava com seus olhos de botão, e a costura em seu rosto que fazia as vezes de boca estava curvada, formando uma espécie de sorriso.

— E então? — disse ele. — O que você estava fazendo aqui no bosque, desacompanhada? Não sabe que aqui é perigoso? Está machucada? Como você chegou aqui? De onde você é? Quantos anos você tem? Qual a raiz quadrada de oitenta e um? Está com fome? Por que não responde? Quando é que você...

— Uma pergunta de cada vez, *majeur*! — interrompeu o sargento. — Senão ela pode ficar tonta de novo, e os rapazes estão sugados[3] de tanto girar.

— Ah, sim! — respondeu ele. — Tem razão, sargento! Aquilo foi cansativo só de olhar! Fiquei até suando! Bem, então... — E olhou novamente para Olívia. — Como você chegou aqui? Nunca vi ninguém por estes cantos antes, tirando as aranhas e os fantasmas! E você não parece nenhum dos dois, se me permite o comentário!

— Eu *não* sou uma aranha! — disse Olívia, ofendida. E acrescentou: — Muito menos um fantasma. Sou uma menina.

Os soldados começaram a falar novamente, em sussurros, alguns repetindo "menina, menina, menina", outros, "aranha, aranha, aranha", e outros, ainda, "muito menos, muito menos, muito menos".

— Pois você tem muita sorte, menina! — comentou o major boneco de pano. — Porque, se fosse um fantasma, nós teríamos que te eliminar! Nada pessoal, sabe? Estamos apenas cumprindo ordens! Esse é o dever do nosso pelotão! Mas, como você não é um fantasma, nós não precisamos te eliminar! Isso é questão de lógica! E você tem mais sorte ainda de ser só uma das coisas! Porque, se fosse menina, mas *também* fosse um fantasma, ainda assim nós teríamos que te eliminar! E se você fosse só uma aranha... — hesitou por alguns instantes. — É, aí não teríamos motivos, porque isso é tarefa para outros pelotões! Talvez pudéssemos esmagar você sem querer durante a marcha! Mas eu *juro* que não ia ser de propósito! Agora, se você fosse uma aranha-fantasma, a história seria outra! "Cortem as cabeças!", como diria mamãe!

---

3. Exaustos, em linguagem militar.

O major articulava bem as palavras, como se apreciasse o som da própria voz. Parecia mais estar falando consigo mesmo do que realmente explicando a situação para Olívia.

— Agora, a pior situação de todas seria se você fosse uma menina, *e* uma aranha, *e* um fantasma! Mas esses tipos não existem! Ao menos, eu não consigo me lembrar de ter visto um desses! E sinceramente acho que iria lembrar de algo como uma menina-aranha-fantasma! Ou uma aranha-fantasma-menina! Se é que tem diferença entre as duas! Mas é como eu disse: você tem sorte de ser só uma menina!

O sargento deu alguns cutucões no ombro do major para alertá-lo que estava fugindo do assunto.

— Enfim! — retomou o boneco de pano. — Acabei te interrompendo, menina! E, se a minha memória não falha (e ela não falha mesmo), eu perguntei como você chegou aqui! Não foi isso, sargento?

— *Oui.*

— Pois bem! Como você chegou aqui?

A menina ficou em silêncio por alguns instantes, os dois militares a encarando de mais perto do que seria conveniente. Suas respirações estavam pesadas, e o cheiro de peixe ficou mais forte.

— ... Eu não lembro como cheguei aqui — disse ela, afinal. — Lembro que segui a coruja do tio Lucas... e aí eu estava em uma casa. Uma casa grande. Tinha umas vozes. Olhei pela janela. A lareira... o espelho! E aí tudo ficou escuro do nada. — E concluiu com: — E eu acordei aqui...

— Hm, isso é muito, muito interessante — disse o sargento-peixe sem nem pensar, como se tivesse entendido tudo. Tirou um bloquinho do bolso e rabiscou algumas notas a respeito. Por fim, perguntou à menina, ajeitando o monóculo: — É tudo que você lembra?

— Sim, senhor — disse ela (pois essa devia ser a forma mais apropriada de responder a um militar).

O major deixou escapar um "Hm!" profundo e sonoro, levantou-se em um movimento meio desajeitado (exatamente como um boneco de pano de três metros se levantaria) e começou a andar de um lado para o outro com um semblante grave, as mãos atrás das costas *à la* Sherlock Holmes. Seu jeito de caminhar era tão hipnótico que os soldados pararam o que estavam fazendo e simplesmente começaram a acompanhá-lo com as cabecinhas, virando-as para a esquerda e para a direita, para a esquerda e para a direita, todos sincronizados. Davam a impressão de que o chão estava coberto com minúsculos bonecos de pescoço de mola.

Daquela posição, Olívia pôde ver melhor a farda do major: parecia com a do sargento, mas ao mesmo tempo não podia ser mais diferente. A roupa do sargento parecia feita de escamas. A do major, naturalmente, era feita de pano. Mas nem pareciam roupas de verdade: quanto mais a menina olhava, mais o pano de suas roupas parecia ser do mesmo material de que o major era feito. A mesma malha quadriculada, com as mesmas fibras entrelaçadas, como se ele tivesse sido apenas pintado com uma tinta verde-oliva nas pernas e um bege mais claro, cáqui, na área onde deveria ser a camisa.

Logo abaixo das medalhas, um pequeno retângulo preto com letras brancas destacava-se sobre a lapela do bolso. Com exceção da enorme espada prateada que o major carregava na cintura, parecia a única parte do uniforme que não havia sido pintada. Era como uma plaqueta de metal pregada ao tecido. Mas estava tão alta que a menina precisou apertar os olhos e ficar na ponta dos pés para conseguir ler o que estava escrito, o que resultou em comentários um tanto incômodos por parte do sargento sobre sua indiscrição (não que a opinião dele importasse, mas a voz era tão rachada que chegou a importunar quando ele repetiu pela décima vez *"Mon Dieu"*,[4] ou então "Menina intrometida!"). Olívia fez o melhor possível para ignorar os comentários e finalmente conseguiu ler: estava escrito MAJOR, em letras garrafais. Branco no preto, MAJOR. *Que estranho...*, pensou ela, *eu podia jurar que devia vir um nome escrito junto!*

O boneco ainda caminhava de um lado para o outro, e Olívia examinou com o canto do olho a farda do sargento para comparar. A plaqueta dizia SARGENTO SARDIN. *Sardin*, pensou. *Hm, deve ser francês. Sargento "Sardã". Que nome esquisito! Mas ainda assim... ao menos é um nome. O major é só "major", é mais esquisito ainda.* E então algo lhe ocorreu: *Será que ele é "major Major"? Não, não pode ser.*

Sacudiu a cabeça para afastar esse pensamento e continuou a observar a farda do sargento. Também dava a impressão de que era apenas sua própria pele pintada de tinta, com as mesmas cores com que o

---

4. Meu Deus.

major estava pintado. Calças verde-oliva, blusa cáqui e algumas medalhas no peito. Menos medalhas no peito. Olívia ficou se perguntando se eles mesmos haviam se pintado e concluiu que seria um tanto improvável. *Devem ter uma cerimônia de pintura*, concluiu, e começou a imaginar quão engraçada deveria ser a cerimônia de entrega de medalhas, com o rei, a rainha, ou fosse qual fosse a autoridade daquelas terras, com um pincelzinho cerimonial na mão, pintando os militares ao som de tiros de canhão. Olívia deixou escapar uma risada com essa ideia absurda, o que fez o sargento encará-la com um olhar de reprovação. Ela mordeu o lábio para tentar controlar o riso, mas não conseguiu se conter quando ele esbugalhou os olhos e começou a abrir e fechar a boca de peixe. Caiu na gargalhada. O sargento pareceu profundamente ofendido com tudo aquilo e fechou a cara para ela, cruzando os braços e franzindo a testa. Virou-se para o outro lado e assim permaneceu, em silêncio. Às suas costas, a menina percebeu um arco de madeira e uma aljava de couro com cinco ou seis flechas pendendo da espinha dorsal eriçada em sua nuca.

Olívia estava prestes a tocar o ombro do sargento para se desculpar, mas nesse instante o major parou de andar e disse, ainda do alto, fazendo sacudir algumas folhas com a sua voz imponente:

— Bem... não tem nenhuma casa por aqui, então não podemos levá-la de volta para lá! Questão de lógica! Mas você pode nos acompanhar se não quiser continuar sozinha! E eu acho que seria uma ideia inteligente, sabe, porque você não parece ter se dado lá muito bem por conta própria, já que estava desmaiada! Isso também é lógica! — E, após fazer uma pausa propositalmente dramática no discurso: — Você pode ser a nova recruta! O sargento Sardin aqui vai te dar todas as instruções!

O homem-peixe tentou protestar, mas o major prosseguiu antes que ele pudesse dizer qualquer coisa.

— E então, menina? — disse, inclinando-se para ficar à altura dela. — O que você me diz?

Todos os soldados fizeram um círculo ao redor de Olívia, à espera de sua resposta. Seus olhinhos brilhavam como pequenos diamantes em meio à escuridão dos capacetes.

— Eu... — começou ela, meio desconfortável com quão próximos todos estavam.

O major a encarava tão de perto que os botões em seu rosto ocupavam quase todo seu campo de visão. A menina baixou os olhos instintivamente, fugindo de seu olhar, e pôde enxergar melhor a plaqueta entre suas dezenas de medalhas: MAJOR. No entanto, agora que estavam mais próximos, reparou algo diferente: não era do mesmo tamanho da plaqueta do sargento. Era menor. E, próximo a onde o nome deveria começar, parecia rachada. *Como se tivesse quebrado bem no meio.* Ainda dava para ver o início da primeira letra do nome, gravada de branco no fundo negro. E, ou F, ou algo parecido. *Major E*, pensou. *Deve ser um nome bem feio para ele ter quebrado a plaqueta de propósito.* E ficou tão entretida em tentar adivinhar qual seria o nome ("Major Epístola, aposto que é isso!") que precisaram repetir a pergunta.

— E aí, menina? Você vem ou não vem?

Mas não parecia uma escolha tão difícil assim. Seria questão de lógica, como parecia gostar de afirmar o major. Afinal, qualquer coisa seria melhor que perambular sozinha pelo bosque desconhecido. E o sol estava quase se pondo, o que significava que logo iria escurecer – o que era mais um ponto a favor de aceitar a oferta. E ela tinha certeza de ter ouvido o major falar em aranhas, e das grandes (essa parte ela mesma acrescentou), e também em *fantasmas*, o que acabou com qualquer resquício de dúvida. Então ela assentiu com a cabeça, aceitando o convite, e no mesmo instante todos os soldados deram cambalhotas no ar, bateram palmas, assobiaram. Seus capacetes colidiam uns com os outros, produzindo uma sinfonia de sons alegres e metálicos.

O sargento deu um longo suspiro, que fez sua espinha dorsal se retrair e desaparecer por completo nas escamas da farda, e consentiu a contragosto.

O major, por sua vez, abriu o sorriso costurado, os olhos brancos de botão parecendo brilhar ainda mais. O enorme boneco de pano deu então um salto, cruzando as pernas ainda no ar em um único movimento, e caiu sentado no chão, com um estrondo tão forte que fez toda a terra tremer.

— Pelotão, *ATENÇÃO!* — gritou ele.

No mesmo instante, todos os soldados começaram a correr de um lado para o outro, soltando gritinhos desesperados. Deram tantos encontrões no meio do caminho que pareciam estar mirando uns nos outros. Os capacetes se chocavam com um baque seco, e as pobres criaturas caíam de costas no chão, agitando os bracinhos e as pernas coloridas para o alto, em uma tentativa frustrada de se levantar. *Como uma tartaruga*, pensou Olívia, tapando a boca para não rir.

Sempre que caíam (e caíam muito), o sargento ia até eles e os punha de pé novamente, e voltavam a correr. O major esperava pacientemente, limitando-se a examinar o pelotão do alto, como se estivesse acostumado com tudo aquilo.

— Não seria mais fácil se eles tirassem o capacete? — atreveu-se a sugerir a menina. — Aí eles podiam levantar por conta própria.

O major fez que não com a cabeça.

— Eles não podem! Nem se quisessem! Quando se alistam, eles concordam em soldar o elmo à cabeça, entende? Para não esquecerem por aí! Por isso se chamam *soldados*! — E, virando-se para ela: — Você não sabia disso? Qualquer bisonho sabe!

Olívia se irritou por ser chamada assim. Apesar de não saber o significado de bisonho, o tom que o major usou não podia indicar coisa boa.

— Não é uma coisa tão normal assim, de onde eu venho — justificou ela.

— Os soldados não usam elmos por lá?

— Eu... eu acho que não.

— Então por que se chamam soldados?

Olívia não soube responder.

— Lugar estranho, esse seu! — murmurou o major.

Levou alguns minutos e muitas quedas até que todos estivessem em suas devidas posições. Com as mãos às costas do corpo, imóveis como estátuas, os soldados ocupavam quase toda a clareira com dezenas de fileiras, cada uma com dezenas de elmos. Deviam ser mais de duzentos, espalhados pela grama até onde a vista alcançava. Estavam tão alinhados que, da posição onde a menina estava, a fileira à sua frente parecia ter apenas uma única criatura. E Olívia pôde jurar que um dos soldados, de número 110, deu um rápido sorriso para ela de dentro do capacete, mas ela ficou com medo de sorrir de volta e ter sido apenas uma impressão.

Ficaram assim por alguns instantes até que o major finalmente comandou:

— Pelotão, *SENTIDO*!

E todos os soldados, em um único movimento, bateram os calcanhares com força e colaram as mãos espalmadas às coxas.

O major se ajeitou na grama e pigarreou, como que se preparando para dar um discurso solene.

— Homens! — começou, e fez uma longa pausa. — Vamos montar nosso acampamento aqui! Mas não pensem que hoje foi um dia perdido! Podemos não ter logrado êxito em nossa missão! Mas amanhã é um novo dia! Demos nosso melhor ontem! Demos nosso melhor hoje! E, com Deus como testemunha, daremos nosso melhor amanhã!

O major falava com tanto entusiasmo que Olívia quase bateu palmas involuntariamente. As palavras fluíam tão eloquentemente que era quase como se ele viesse repetindo o mesmo discurso todos os dias desde que começaram aquela missão (o que era até bastante provável, concluiu ela depois).

— E hoje, homens, foi um dia *muito* importante! Encontramos uma nova recruta para nos auxiliar na missão!

Dito isso, virou a cabeça para Olívia e falou com um tom um pouco menos ameaçador:

— Seja bem-vinda... recruta!

Olívia não pôde deixar de sorrir. Assumiu a posição de sentido para imitar os soldados, colando as mãos espalmadas às coxas e juntando os calcanhares.

— Excelente marcialidade! — elogiou o major. — E como é o seu nome?

— Olívia — respondeu ela, com um certo orgulho no tom de voz.

— Recruta Olívia! Seja bem-vinda ao nosso pelotão!

O major ergueu a mão espalmada à testa em um movimento ágil. Os soldados e o sargento o imitaram e permaneceram em posição de continência por alguns instantes. Olívia estufou o peito e retribuiu o gesto da maneira mais vigorosa que conseguiu. Com o canto do olho, dava para ver alguns dos soldados pulando no mesmo lugar, como se celebrando o fato de ela agora ser um deles. O sargento-peixe, vendo aquilo, pigarreou alto para repreendê-los, e eles voltaram a ficar imóveis. O major então comandou:

— Descansar *ARMA*!

E todos baixaram as mãos de uma vez, batendo-as com força nas coxas. De tão sincronizados, pareciam um relógio, cada soldado sendo apenas uma engrenagem em perfeita harmonia com as demais.

De volta à posição de sentido..., concluiu Olívia.

O major prosseguiu:

— Homens! Agora prestem atenção! Vou contar para vocês por que esta missão é tão importante! — E chamou: — Sargento Sardin!

(De fato, pronunciava-se "Sardã".)

— *Oui, majeur?*[5] — disse o sargento.

— Eu já contei para eles a história de quando encontrei o meu primeiro fantasma?

Sardin soltou um suspiro meio indiscreto e disse:

— Sim, senhor... — E logo acrescentou, meio para si mesmo, meio para o major: — O senhor conta todos os dias.

Ahá!, pensou Olívia.

— Ah! Sim! Claro! — disse o major. — Para mantê-los motivados! É preciso que a história fique sempre fresca na memória, sargento! Esta é a nossa missão, afinal de contas! Vou contar de novo! E desde o início desta vez, para a nova recruta entender!

O sargento revirou os olhos. Olívia percebeu sua falta de entusiasmo e lhe deu um cutucão no ombro para implicar um pouco. Ele, no entanto, apenas virou a cabeça para o outro lado e fingiu que ela não estava ali.

O major começou a história.

---

5. Sim, major?

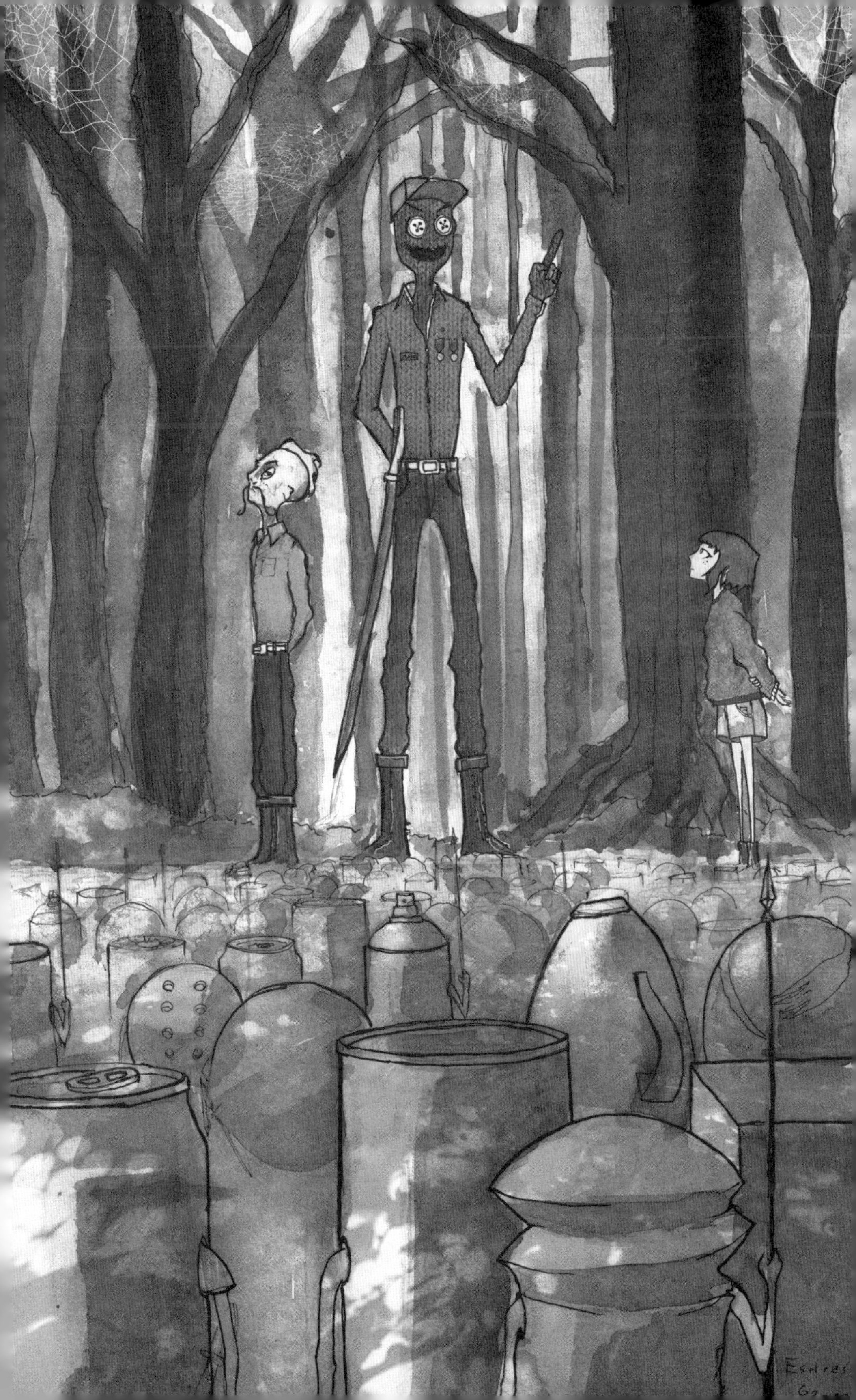

CAPÍTULO 9

FANTASMAS

— Desde o meu primeiro instante neste mundo, eu já sabia o meu propósito! — narrou o major em um tom solene. — Meu Pai, meu Criador, já me dizia a cada ponto: "Major, você foi feito para caçar!". "Você foi feito para lutar!" "Você vai livrar Onira de todos esses fantasmas!" "Um a um, se for preciso!" "Nem que leve toda a eternidade!" Ah, a eternidade! Não se enganem, homens! Ela não é a inimiga! É a nossa maior aliada! Os fantasmas são muitos! São ardilosos! Sorrateiros! Sem a eternidade, nós sucumbimos! Sem a eternidade, eles prosperam! E eu digo: não! Avante, camarada! Até que derramem todo o nosso sangue, e a nossa carne vire comida de lagarto! Mas em nossas veias o sangue ferve, e os lagartos podem esperar! "Onira está cansada de se esconder", disse meu Criador! "Cansada de viver às sombras!" "Onira está com medo!" E o arremate foi: "Onira precisa de você!".

O boneco de pano então calou-se subitamente, com uma expressão tão solene que os soldados prenderam a respiração com medo de o som tirá-lo de seus devaneios. Passados alguns instantes, ele completou, levando a mão ao peito:

— Ah, e só Deus sabe como eu preciso dela! Onira, ninguém te manchará!

— *Onira, ninguém te manchará!* — repetiram todos os soldados em uníssono, como um grito de guerra.

— E lá estava eu, homens! — prosseguiu o major, com ainda mais entusiasmo. — No meu primeiro dia! Caçando! Sozinho! Mas não se enganem, que eu não conheço o medo! E eu tinha a eternidade ao meu lado! Eles que se preparassem! E como se prepararam! Quando eu menos esperava... *BAM!* — Bateu com os punhos cerrados na terra, e alguns soldados quase caíram no chão. — Fantasmas! Ali! Ali! Ali! De todos os lados! Todos os fantasmas de Onira! Juntos! Era um milhão contra um! Atacavam por cima! Por baixo! Pelos flancos! Pela retaguarda! E eu me esquivava! Mas fui feito para lutar, não para fugir! Isso qualquer bisonho sabe! Então eu lutei! Lógico que lutei! Em um piscar de olhos, minha mão estava sobre o punho da espada! E eu puxei com toda a força! Mas a espada não saiu, homens!

Dito isso, o major deixou escapar um uivo agudo e melancólico, como o de um lobo quando vê a lua. E começou a chorar, gritar, bater na própria cabeça. Dava quase para escutar o enchimento em seu interior indo de lá para cá, de lá para cá, conforme ele se batia.

Por aquela reação absurda Olívia não esperava, e por muito pouco não começou a rir. Conseguiu a tempo, porém, transformar a risada em um falso acesso de tosse. Meio desajeitado, mas conseguiu. Olhou para os lados para ver se alguém havia percebido e reparou que o sargento a fitava com o canto do olho. Quando notou que ela o olhava, o homem-peixe lançou-lhe um sorrisinho rápido de cumplicidade, discreto, e virou a cabeça de volta para a frente.

Olívia sorriu de volta.

— Estava presa, homens! — retomou o major como se nada tivesse acontecido. — Foi como a lenda do rei Arthur! Mas eu não era o Arthur! Eu puxava! E puxava! E puxava! Mas não saía do lugar! E, quando finalmente consegui tirar a espada, todos os fantasmas tinham sumido! Eu estava sozinho de novo! Se espalharam por Onira! Ah, se naquela época eu já tivesse o meu pelotão, os fantasmas estariam no sanhaço![6] — E, após uma longa pausa para recuperar o fôlego: — Que isso sirva de lição, homens! Lembrem-se sempre de polir a bainha, por dentro e por fora! Para que a espada obedeça quando precisarmos dela! A espada é a sua melhor amiga, homens! Nunca a abandonem, e ela nunca vai abandoná-los! Eu perdi os fantasmas por não saber isso! Fui um fracasso! *Eu perdi! PERDI!*

---

6. Em apuros, em linguagem militar.

O major então baixou a cabeça e se enrolou em si mesmo, assumindo o formato de uma enorme bola de meia.

Os soldados esperavam ordens; o sargento esperava ordens; e Olívia esperou, sentindo que ainda devia ter *alguma coisa* a mais naquela história, que ela *não podia* acabar daquele jeito.

Após alguns minutos de uma longa espera, o major finalmente se desenrolou. Deu alguns pigarros e prosseguiu o discurso como se nada tivesse acontecido.

— Homens! Os fantasmas são ariscos! Não é todo dia que vamos ver um! E menos ainda capturar um! Mas anotem as minhas palavras! *Ei, não ao pé da letra, 137! Guarde esse caderno! Isso!* Onde eu estava? Ah! Podemos não ter capturado um fantasma hoje, mas eu garanto que amanhã vamos capturar o dobro! O TRIPLO! O QUÁDRUPLO! — E sua voz foi crescendo até culminar em um grito.

(Com os ouvidos tapados, Olívia concluiu que, se houvesse de fato algum fantasma por perto, o discurso do major já o teria espantado. E para bem longe.)

— Agora, homens, vamos para a contagem! Sargento Sardin, por favor!

O homem meio peixe tirou o bloquinho do bolso e começou a chamar os soldados pelos números. As criaturas, quando chamadas, erguiam o punho cerrado no ar e, em vez de "Eu!", "Presente!" ou "Aqui!", como em qualquer chamada convencional, gritavam *"ONIRA!"*, o mais alto que conseguiam, como se aquilo fosse uma grande competição.

— Bom! — exclamou o major depois de concluída a contagem. — Ninguém se perdeu hoje! Já podemos considerar o dia um sucesso! Agora vamos montar o nosso acampamento, homens, que é hora do catanho![7] E depois direto para a cama! Quero todos descansados para amanhã! — Após pensar um pouco, corrigiu-se: — Quer dizer, menos o 7.760, que vai ficar de sentinela hoje à noite por ter gritado "Onira" fraco demais! Entendido, 7.760?!

O soldado com o número 7.760 pintado no elmo tomou então a posição de sentido, prestou continência para o major e guinchou algo parecido com: "Obrigado, major!".

Olívia não entendeu nada.

---

7. Pequeno lanche, refeição militar.

— Agora, pelotão... — prosseguiu o boneco de pano — fora de forma...

O major estava prestes a dar o comando quando o sargento o interrompeu:

— *Majeur, majeur,* antes de liberar os soldados, tem uma coisa que podemos fazer!

— Hm! Diga, sargento!

— A nova recruta! — disse, apontando para Olívia com um dedo que mais parecia uma barbatana. — Ela pode ter visto algum fantasma. Talvez ela saiba onde está o ninho deles.

— Brilhante, sargento! — elogiou o major. E, virando-se para Olívia, perguntou: — Você viu algum fantasma por aqui, recruta?

Mas ela não soube responder. Não se lembrava de ter visto um fantasma na vida real, então não fazia a mínima ideia de como um fantasma *era,* para início de conversa. Tentou se lembrar de como eles eram na TV para ver se ajudava, mas isso pareceu confundir ainda mais as coisas, porque na TV existiam fantasmas de todas as formas, cores, tipos, sabores e tamanhos. Então, mesmo que tivesse visto um, talvez nem saberia dizer.

— Eu... — começou ela, meio decepcionada consigo mesma, quando subitamente lhe ocorreu uma ideia: — Ah, eu acho que vi!

Os soldados começaram a pular no mesmo lugar. Os olhos de botão do major brilharam, e o sargento passou a abrir e fechar a boca ainda mais rápido que antes, exatamente do jeito que um homem meio peixe faria para demonstrar entusiasmo.

— Eu acho que vi um na casa! — disse a menina. — Na casa de onde eu vim! Tinha um monte de vozes, mas eu não conseguia ver ninguém. E apareceu um negócio preto, uma sombra do outro lado do espelho! Ela estava voando!

— Fantasma! — gritou o major.

— *Fantôme!* — exclamou o sargento.

— Fantasma! — guincharam os soldados em uníssono.

— Fantasma! — disse Olívia, com os olhos brilhando.

— Pois então fica decidido! — disse o major. — Amanhã procuramos a casa! Ela deve ser o ninho dos fantasmas! E desta vez eles não vão escapar! Onira, ninguém te manchará!

Arrancou a espada da bainha, erguendo-a aos céus, e assim permaneceu como uma estátua de bronze, em um gesto imortal de desafio à morte. Todos os soldados o imitaram. As espadas unidas cintilavam como um espelho com a luz do sol que se infiltrava por entre as copas, banhando a clareira com um brilho metálico que tocava todas as folhas, todos os troncos e todas as almas ali presentes com o que mais precisavam naquele momento: foco, determinação e, acima de tudo, esperança por dias melhores.

Após alguns minutos sem se mover (isso mesmo, *minutos*; Olívia já estava começando a achar que ele ia ficar parado para sempre), o major embainhou novamente a espada e comandou:

— Pelotão, fora de forma... MARCHE!

E todos os soldados deram um passo à frente ao mesmo tempo, batendo o pé com tanta força no chão que fizeram a terra tremer. Dispersaram-se às pressas, como um exército de formigas, cada um correndo para um lado. De início parecia um movimento totalmente caótico, mas aos poucos Olívia pôde perceber que cada membro do pelotão tinha uma função bem específica: enquanto alguns retiravam armações de metal e cordas das mochilas, outros martelavam pinos de madeira no chão para sustentar as barracas, e outros ainda se embrenhavam em meio à mata para buscar galhos e folhas secas. O sargento, por sua vez, pegou o arco das costas e atirou três flechas para o alto, e três aranhas enormes, maiores que os próprios soldados, caíram mortas no chão, com a ponta da flecha cruzando suas cabeças. Sardin recolheu as flechas novamente e entregou as aranhas para um soldado como se aquele fosse o procedimento mais normal do mundo.

Em questão de segundos, todas as barracas já estavam armadas, formando um grande círculo ao redor da clareira. Cada uma devia acomodar uns vinte ou trinta soldadinhos. Uma fogueira ardia ao centro com os gravetos que haviam sido recolhidos. As aranhas eram cozidas dentro de um caldeirão sobre o fogo, e um soldado com um chapéu branco de *chef* equilibrado sobre o capacete, em um banquinho de madeira para alcançar a boca, mexia constantemente o caldo com uma colher de pau – e ainda, vez ou outra, erguia a viseira do elmo, provava uma colherada e sacudia a cabeça com ar de aprovação ou reprovação, acrescentando uma pitada de sal ou de um pó verde que Olívia não soube identificar.

Quando o líquido do caldeirão começou a ferver, todo o acampamento foi infestado pelo cheiro amargo de carcaça de aranha defumada (e eu espero que você consiga imaginar como é isso, porque não tem outra forma de descrever o cheiro do acampamento).

Os outros membros do pelotão agora dançavam despreocupadamente ao redor da fogueira, cantarolando ritmos alegres e agitados que Olívia nunca tinha ouvido antes. Pareciam empolgados para o banquete. Alguns que não conseguiam esperar pularam para tentar alcançar a boca do caldeirão e provar a sopa antes da hora, mas o *chef*, de cima do banquinho, golpeou seus capacetes com a colher – o que soou quase como um sino de igreja –, e eles caíram estatelados de costas no chão. Dessa vez, o sargento não foi ajudá-los a se levantar.

— É lá que você vai dormir, recruta! — disse o major, apontando para uma das barracas. — Fácil de reconhecer, né?!

Mas não era assim *tão* fácil: todas as barracas eram idênticas, de um verde-escuro manchado de verde-claro. Ou de um verde-claro manchado de verde-escuro. E até as manchas pareciam estar nos mesmos lugares. Eram tão padronizadas que era quase como se o autor do dicionário, para descrever o vocábulo "padronizado", tivesse se inspirado naquele acampamento. Olívia marcou mentalmente a posição de sua barraca como "a terceira à direita daquele graveto" e ficou se perguntando pelo resto do dia se os soldados também tinham um lugar certo para dormir ou se entravam na primeira que aparecesse – e, caso tivessem um lugar específico, como conseguiam encontrá-lo.

— Gosta de guisado de aranha, recruta?! — perguntou o major, interrompendo o fluxo de seus pensamentos.

— ... Eu nunca provei.

— Para tudo tem uma primeira vez! — disse ele com um sorriso.

O boneco se ergueu e foi em direção à fogueira, deixando a menina a sós com o sargento.

CAPÍTULO 10

CONSELHOS DE ONIRA

Sardin olhava para a frente, a espinha dorsal se levantando e abaixando na nuca. Parecia estar sonhando acordado. Olívia se aproximou e, de leve, puxou-lhe a manga da farda para chamar sua atenção (e sem querer arrancou algumas escamas da superfície, mas conseguiu escondê-las a tempo de ele não perceber).

— *Pardon?*[8] — disse ele, virando a cabeça em sua direção.

Olívia tentou formular uma pergunta para puxar assunto, meio tímida:

— Você... gosta de aranha?

Ele fez que não com a cabeça.

— Prefiro as minhocas. São menos peludas.

— Ah...

E voltaram a se calar. O sargento virou-se para a frente de novo e parecia nem mais notar a presença da menina. Olívia já estava prestes a desistir da conversa e ir provar um pouco do guisado, quando ele disse com sua voz esganiçada e os olhos perdidos:

— Você não é daqui, é?

---

8. Perdão.

A menina pensou um pouco antes de responder.

— O que você quer dizer com "aqui"? — perguntou.

— Ora, *aqui* — disse ele, como se fosse óbvio. — Onira. Tudo isto aqui é Onira. — E apontou com a cabeça para as árvores ao redor. — O nosso mundo. Você não é daqui, é?

— Não, eu sou de...

E Olívia não soube como completar a frase. Quão específica deveria ser? Era para dizer o nome da cidade? Do país? Do planeta? Não se lembrava de nenhum país que se chamasse Onira, mas eram quase duzentos países no mundo, e nenhuma criança poderia saber o nome de *todos*. Podia muito bem ser um país de que ela nunca tinha ouvido falar e que estava ali, no meio do nada.

Quando estava prestes a explicar de onde era, o sargento a interrompeu:

— Deu para ver. Você é de longe.

— E... e vocês vão me ajudar a voltar para casa? — perguntou ela.

O sargento deixou escapar um suspiro grave, pensativo.

— *Non, ma chère.*[9] Nós vamos cumprir a missão, e só. Levar você para casa não faz parte dela. Não é nada pessoal, mas ordens são ordens. Você vai entender com o tempo se for mesmo ficar com a gente: não podemos nos afastar da missão.

Se for mesmo ficar com a gente... Por quanto tempo ela ia ficar com eles? Um dia? Uma semana? O resto da vida? As palavras do sargento não eram nada animadoras. Olívia tentou visualizar-se voltando para casa, revendo os tios, porém, por mais que forçasse, a imagem da velha casa ia parecendo cada vez mais distante, mais utópica, até se apagar por completo em sua mente.

Após algum tempo em silêncio, o sargento tentou emendar um pouco de otimismo:

— Mas... se você quer encontrar o caminho de volta, o lugar mais provável é o ninho. Afinal, se de algum jeito você foi da sua casa para o ninho, então no ninho *tem* que ter algum jeito de você voltar para casa. — E, pousando delicadamente a barbatana sobre o ombro dela: — Olhe, eu não garanto nada... mas é a sua melhor chance. Sua única chance por enquanto, para ser sincero. Onira é um mundo grande, e você não

---

9. Não, minha querida.

vai encontrar nada se só perambular por aí. Então você precisa de um plano. E o melhor por enquanto é encontrar o ninho.

Silêncio novamente.

— Chegando na casa, eu acho que sei como voltar — murmurou Olívia. — Tinha umas árvores na frente, uma trilha... e no fim tinha a chaminé por onde eu subi.

O sargento virou-se para ela, intrigado.

— Uma chaminé?

— É.

E Olívia contou toda a história: o momento em que acordou com o piado da coruja e a seguiu até a lareira, a casa invertida, as vozes sem corpo e o vulto através do espelho. As memórias soavam tão distantes em sua mente que a história nem parecia ter ocorrido naquele mesmo dia. De olhos fechados, era como se tudo aquilo fosse um passado remoto, praticamente esquecido. Como se ela tivesse estado naquele lugar, Onira, por toda a sua vida. Ou mais, até. Como se todos os outros lugares em que estivera antes tivessem sido apenas um sonho. Podia jurar que, ali, conhecia cada bosque, cada árvore, cada pedra ao longo do caminho. Era quase como se pudesse reconhecer o vento gelado em seu rosto, a melodia que brotava das folhas ao alto, o suave toque nostálgico da grama afundando sob os seus pés. Mas, quando abria os olhos, estava perdida em um mundo misterioso. O vento cessava, as folhas apenas farfalhavam sem nenhum sentido, e a grama espetava os pés.

Estava tudo tão diferente... mas diferente *do quê*? Não conseguia se lembrar.

O sargento permaneceu calado durante toda a história, fitando-a sem nem piscar. Quando a menina contou sobre o incêndio, ele deu um longo suspiro e comentou:

— Então você perdeu os seus pais... sinto muito.

Olívia demorou para responder.

— É... — E, erguendo as sobrancelhas de um jeito sugestivo: — Ao menos foi o que o tio Lucas e a tia Felícia falaram.

— E você acha que eles mentiram? — perguntou o sargento, ainda mais intrigado.

Olívia repassou mentalmente os últimos dias. O pavor injustificado da tia Felícia ao vê-la explorando a lareira, a recusa dos tios em contar os detalhes da história do incêndio, a conversa em segredo no meio da noite...

— Tem coisa que eles não contaram — disse ela. — E vou descobrir. Quando eu voltar para casa, não vou descansar até eles falarem.

O sargento Sardin pareceu pensativo por um momento.

— Onira é um lugar estranho — murmurou ele, afinal, mais para si mesmo que para Olívia. — Às vezes Ela fala comigo enquanto eu durmo. Faz com que eu lembre coisas que achava que já tinha esquecido. Quando eu paro de me preocupar, fecho os olhos. E as lembranças simplesmente vêm. Não é bem um sonho, porque eu ainda tenho controle do meu corpo, mas é naquele ponto pouco antes de dormir, em que nada faz sentido, sabe? É quando a voz de Onira chega com mais força.

Olívia precisou prender a respiração para escutá-lo.

— Talvez Onira possa te ajudar — prosseguiu ele. — Talvez Ela te ajude a se lembrar do que aconteceu.

— Onira? — perguntou Olívia, intrigada. — Como "Ela" pode me ajudar?

O sargento respondeu com um ar misterioso:

— Onira não é só um lugar. Dê ouvidos a Ela, que Ela te conta o que você quiser. Onira sabe tudo. É só questão de ficar atenta aos sinais e saber escutar o que Ela tem a dizer.

— Escutar? Você diz... — hesitou — as vozes que eu ouvi no ninho?

Mas com essas palavras a respiração do homem-peixe acelerou.

— Não! — disse ele de uma vez, cravando os olhos arregalados nos dela. — Não essas vozes! As vozes são ruins!

— Então...

Ele logo a cortou, balbuciando:

— O que... o que as vozes disseram, Olívia? O que você ouviu no ninho?

A menina parou por um instante e tentou se lembrar. As dezenas de vozes pareciam ainda ecoar em sua memória, de tão recentes, porém por mais que se esforçasse soavam apenas como sussurros incompreensíveis, vazios.

— Eu... eu não lembro — respondeu ela. — Eram tantas vozes ao mesmo tempo que eu não consegui entender.

— Ah, ótimo! — suspirou o sargento, assentindo com a cabeça. — A Onira verdadeira não tem voz. Ela fala com você de outras maneiras. O que você ouviu no ninho foram os fantasmas. — Pegando com firmeza no ombro de Olívia, ele falou: — E nunca dê ouvidos a eles! Nunca, ouviu bem? Os fantasmas são ardilosos. Não acredite no que eles falam. Quem dá ouvidos demais aos fantasmas pode ficar louco.

— Louco?!

— *Oui*. Muitos caçadores de fantasmas perderam a cabeça por darem ouvidos a eles. Então cuidado com as vozes, Olívia. — E, erguendo discretamente a sobrancelha: — Mas quer saber? Acho que essa história de fantasmas tem mais a ver com o seu passado do que você imagina.

Olívia o encarou, perplexa.

— E por que você acha isso?

Mas o sargento apenas deu de ombros.

— Intuição — disse. — É coincidência demais o ninho deles ser justamente a imagem da sua casa. Tem alguma coisa aí...

— Alguma coisa do meu passado? Dos meus pais?

— Creio que sim...

— E o que eu faço, então? — perguntou ela.

Sardin molhou os lábios e deu um suspiro.

— Venha com a gente — disse —, e vamos encontrar o ninho juntos. Tudo parece estar convergindo para ele de qualquer forma. Nós encontramos os fantasmas, e você encontra o seu caminho. Deve ter alguma coisa lá que possa te ajudar a lembrar. É só não dar ouvidos às vozes. E ficar de olho aos sinais que Onira der para você.

— Não dar ouvidos às vozes — repetiu Olívia. — E ficar de olho aos sinais. — Assentindo com a cabeça, completou: — Entendi! Vou ficar de olho.

— Faz bem — respondeu o sargento, mecanicamente.

E voltaram a ficar em silêncio.

Após alguns instantes, o homem-peixe franziu a testa e começou a abrir e fechar a boca, devagar, como se ponderando se valia a pena fazer a pergunta que tinha em mente:

— Mas... você quer mesmo?

— Quero mesmo o quê? — perguntou Olívia.

O militar gesticulou com as barbatanas no ar e disse simplesmente:

— Se lembrar, ora. Se lembrar de tudo. Se lembrar de como era antes do incêndio, com os seus pais vivos... se lembrar da sua vida antiga, de como era. Ter que carregar para sempre na memória um tempo que passou, e que provavelmente não tem como voltar. — E repetiu a pergunta: — *Quer mesmo?*

A menina refletiu por um instante, tempo suficiente para o sargento acrescentar:

— Esquecer nem sempre é uma coisa ruim. É uma defesa natural. Pode até ser uma bênção. Então cuidado, porque se você conseguir se lembrar... não dá para voltar atrás.

A menina assentiu com a cabeça.

— Eu quero me lembrar!

Sardin a examinou com o olhar.

— Bom. Então você sabe o que quer. Já é meio caminho andado.

— Agora só falta a outra metade.

— Descer a chaminé. O caminho de volta...

— Está perto do ninho, em algum lugar. — E pediu: — Sargento Sardin... quando *nós* conseguirmos eliminar os fantasmas — o sargento sorriu quando ela disse isso —, vocês me ajudam a encontrar a chaminé?

— Ah, isso, sim, nós podemos fazer. *Oui!*

E Olívia o abraçou. Era todo gosmento, gelado, e tinha cheiro de peixe de supermercado. Mas ela não se importou. O sargento passou a barbatana por sobre o seu ombro, e os dois ficaram contemplando o acampamento em silêncio por um tempo.

Capítulo 11

O Major tem um plano

O pelotão estava frenético como sempre. O soldado-*chef* servia uma concha de guisado para cada um, e, conforme terminavam de comer (alguns soltavam guinchos e engoliam tudo de uma vez; outros pareciam saborear cada colherada, quase ronronando), dirigiam-se às suas barracas, espreguiçando-se e soltando sonzinhos engraçados que lembravam bocejos. Em poucos minutos, só restavam Olívia, o sargento e o major acordados. O boneco de pano tinha acabado de servir uma concha de guisado para cada um, e, como não havia mais ninguém do pelotão para alimentar, arrancou o caldeirão do suporte e bebeu em um gole o que havia sobrado, mastigando o caldo como se apreciando o buquê de um bom vinho. Deu ainda alguns tapinhas nas bordas para que as patas das aranhas desgrudassem do fundo e caíssem direto na sua boca. Quando já estava satisfeito, abriu um largo sorriso, pegou as tigelas e foi até onde Olívia e o sargento estavam. Os dois se afastaram um pouco para ele se sentar entre eles.

— Já fizeram amizade?! — perguntou ele, de bom humor.

— *Oui, majeur.*

— Assim que é bom! — disse, e, entregando os pratos: — Com fome, recruta? Está melhor que das outras vezes! Não tinha quase nenhuma teia! E o 235 colocou umas ameixas secas junto para deixar mais saudável!

Comeram em silêncio. Tinha exatamente o gosto que se esperaria de um guisado de aranha com ameixas feito em caldeirão de barro. Um pouco mais de sal teria caído bem.

— Do que vocês estavam falando? — perguntou o major após algum tempo.

O sargento olhou para Olívia, como se perguntando se seria o caso de contar.

— Sobre lembrar ou não lembrar — disse a menina prontamente, meio curiosa para saber qual seria a opinião do major sobre aquele assunto. — Se vale a pena eu tentar me lembrar do que aconteceu comigo antes do incêndio.

— Hmm... um incêndio, é?! — perguntou ele, tamborilando os dedos no queixo. — Ah, sim! É lógico que não vale a pena!

Os dois o encararam com a mesma expressão curiosa que já dizia tudo:

— Por quê?

— *Pourquoi?*

— Ora! — começou o major, dando de ombros. — É mais óbvio que náilon! Só tem duas possibilidades: ou uma coisa é boa ou uma coisa é ruim, certo? Então isso nos dá quatro possibilidades no total: se antes desse incêndio a vida dela era ruim, e agora continua ruim, não faz sentido querer lembrar, porque só vai prolongar o sofrimento! Mas se antes do acidente era ruim, e agora está bom, então lembrar faz menos sentido ainda, porque se lembrar dessa vida antiga pode traumatizar a coitada! E se antes do acidente era bom, e agora está ruim, mil vezes pior! Porque aí ela vai ficar olhando para trás o tempo todo, querendo que uma coisa impossível de voltar volte! — E, endireitando a coluna: — Agora, a única das quatro possibilidades que *poderia* ser boa de lembrar é se o passado fosse bom e o presente continuasse bom! Porque aí não vai ter sofrimento! E isso nos dá vinte e cinco por cento de chance de ter felicidade contra setenta e cinco por cento de ter sofrimento! Então não tem por que tentar se lembrar! É questão de lógica!

Concluído o argumento, Olívia e o sargento assentiram com a cabeça em um gesto automático e responderam em uníssono:

— Isso... faz muito sentido, major.

— Isso... faz muito sentido, *majeur*.

O enorme boneco de pano respondeu:

— Eu sei! Às vezes até eu me surpreendo comigo mesmo!

E ficou rindo sozinho feito bobo, olhando para o horizonte.

Olívia tentou mudar um pouco de assunto. Bebeu toda a sopa em um só gole para não sentir muito do gosto (do que se arrependeu bastante, porque até que estava razoável para um guisado de aranha) e perguntou aos dois militares:

— Tem muitos fantasmas em Onira?

O major respondeu, apontando para as copas das árvores:

— Tantos fantasmas quanto aranhas! Mas as aranhas são praticamente inofensivas! O problema é só quando elas se juntam e formam um bando! Ou então as tarântulas! Elas metem medo! Mas os fantasmas são muito piores! Até um sozinho já pode matar! E eles sempre andam em bando! Gritam nos nossos ouvidos e tentam nos enlouquecer! E não é nada fácil matar um fantasma!

— Eles se escondem por qualquer coisa — acrescentou o sargento. — Por isso nós temos que encontrar o ninho. *Le nid*. Encontrando o ninho, encontramos os fantasmas. E de lá eles não podem escapar.

Olívia ainda se atreveu a perguntar:

— E vocês acham que tem mais de um ninho?

O sargento virou a cabeça para o major, como se repetindo a pergunta. Mas o boneco de pano apenas riu. Uma risada grave, potente, que reverberou por todo o acampamento como se a clareira fosse uma enorme concha acústica. Alguns soldados saíram assustados de suas barracas para ver o que estava acontecendo e, quando perceberam que era apenas o major, resmungaram baixinho e entraram novamente.

— Vamos primeiro achar esse ninho, recruta! — disse ele, afinal, com um sorriso bondoso. — Depois nós pensamos em encontrar outro! Mas enfim... — prosseguiu, botando sua tigela no chão. — Como estava o guisado?!

— *Délicieux...*[10] — resmungou o sargento, com a ponta da barbatana enfiada na boca. Parecia tentar tirar os fiapos de aranha de entre os dentes.

— Gostoso — a menina limitou-se a dizer.

— Bom! Aranha faz muito bem para as pernas! E a partir de amanhã vamos precisar delas!

— Aonde vamos, *majeur*? — perguntou o sargento.

— Então, sargento, ninguém faz ideia de onde seja a casa! Então precisamos deixar o orgulho de lado e ir pedir informação! E eu sei de um lugar para conseguir!

— O senhor quer dizer...

— *Oui, sergent!* — disse ele, forçando um sotaque francês por sabe-se lá qual motivo. — O lugar mais asqueroso de toda Onira! O submundo do submundo! Onde o povão se embriaga e fala palavrões aos quatro ventos! O lugar sem regras!

Sardin apenas revirou os olhos.

— Hm... o bar?

O major fulminou o sargento com os olhos de botão. Seu rosto ficou vermelho.

— Já te falei que aquilo não é um *bar*, sargento! O Tatu-Bola é uma *ta-ver-na*!

— *Pardon, majeur*[11]— disse ele, secamente.

— E, *oui*, sargento Sardin! Nós vamos à taverna! *Nous allons à la... à la...* ah, sei lá! Nós vamos à taverna! E não vamos parar de marchar até chegar lá! A não ser para dormir, lógico, porque nós ainda não aprendemos a marchar dormindo! Mas só por isso!

— E onde fica essa taverna? — arriscou-se a perguntar Olívia.

O enorme boneco de pano apontou para o horizonte, de onde a luz do sol parecia vir, e disse:

— Do outro lado desta floresta! Vai levar uns dias para atravessar! Mas é o lugar mais provável de encontrar alguém que saiba onde o ninho está! — E, virando-se para ela: — Mas tome cuidado, recruta! Nunca se sabe quem podemos encontrar! Lá só tem monstros e assassinos! A escória da escória! Ouviu bem?!

---

10. Delicioso.

11. Perdão, major.

O boneco de pano então a encarou com o olhar de um pai quando dá um conselho meio exagerado à filha. A menina, porém, soltou apenas um "Hmm...", exatamente como uma filha quando recebe um conselho meio exagerado do pai.

— Certo, então! — exclamou o major, pondo as mãos na cintura. — Agora vamos torar, que amanhã vai ser um dia cheio! — E, inclinando-se para fitar Olívia nos olhos: — "Torar" quer dizer "dormir", em linguagem militar, recruta! É bom você já ir aprendendo o linguajar, que aí já fica bizurada![12]

Sem esperar resposta, o enorme boneco de pano foi para a sua barraca. Era do mesmo tamanho que as outras, mas, em vez de trinta soldados de um palmo, cabia apenas um boneco de três metros. E bem apertado.

Olívia virou-se para o sargento, tentando conter o riso.

— Ele é meio esquisito — disse.

— Um pouco — respondeu ele. — Mas tem quem goste.

— E o que tem no bar?

— *Information*.[13] Mas não se preocupe, ele é exagerado com esse negócio de bar. O perigo mesmo é chegar até lá. Muitas aranhas vivem na floresta. Talvez até uma tarântula... então você tem que ficar com os olhos bem abertos o tempo todo.

(Olívia teve dificuldade para decidir se "ficar com os olhos bem abertos" tinha sido uma metáfora ou não. Para o sargento meio peixe, que provavelmente já nascera com os olhos esbugalhados, podia muito bem ter sido as duas coisas ao mesmo tempo.)

O sargento prosseguiu, sem ter ideia de seus pensamentos:

— Quando chegarmos lá, o perigo é mínimo. O Tatu-Bola é um lugar tranquilo. — E completou, após pensar um pouco melhor: — Desde que você não compre briga, claro.

Olívia olhou para ele, intrigada.

— E por que eu compraria briga?

— Não custa avisar...

— Justo — concluiu ela, e agradeceu: — *Merci, sergent Sardin.*[14]

---

12. Ligada, em linguagem militar.
13. Informação.
14. Obrigada, sargento Sardin.

Olívia se enrolou bastante para pronunciar aquilo, mas o sargento apenas sorriu.

— *De rien, mademoiselle.*[15]

A lenha da fogueira já tinha quase se esgotado, e o murmúrio das folhas mesclava-se com as primeiras notas da sinfonia dos grilos. O olhar do sargento estava distante, como se ele já não estivesse mais ali.

A menina ainda tentou puxar assunto:

— Então... aranha é bom para as pernas?

Mas ele respondeu secamente:

— *Oui.* Já viu uma aranha de cadeira de rodas?

— Não...

— Pois então.

Não havia como argumentar contra aquilo. Olívia decidiu então comentar, apenas para ver qual seria a sua reação:

— Já me disseram que peixe é bom para o cérebro.

Mas com aquelas palavras o sargento imediatamente virou a cabeça para a garota e começou a bufar pelas brânquias. Seu rosto ficou todo rosa, quase vermelho.

— E já me disseram que criança é bom para o intestino! — gritou. — Mas nem tudo que dizem por aí é verdade! *Bonsoir!*[16] — E saiu.

Aquilo encerrou o assunto, e Olívia foi para a sua barraca, a terceira à direita do graveto. Estava tão cansada que, antes de a cabeça tocar o travesseiro, já havia adormecido.

---

15. De nada, senhorita.

16. Boa noite.

CAPÍTULO 12

O SONHO DE OLÍVIA

Sonhos têm uma lógica própria, quase uma lei própria. Parece que todos os que sonham assinam um contrato quando estão prestes a adormecer, em que a única cláusula vem em letras garrafais: "NÃO QUESTIONE O QUE VIER! NADA MESMO!". E, logo em seguida, dorme-se, com a certeza de que a sequência de eventos, por mais absurda que soe a uma mente acordada, vai fazer total sentido à mente que dorme. "Os monstros são reais, corra!", diz o sonho. E quem sonha corre, corre, corre. Nunca olha para trás, não questiona o aviso.

E o sentido persiste durante todo o sono, se estendendo pelos breves momentos de transe de quando se acaba de acordar, quando o coração ainda bate forte no peito, e o suor da fuga ainda escorre pelas têmporas. Não se duvida. O monstro é a única verdade: a que sempre foi e a que sempre será – ao menos até se acordar de vez, quando a realidade bate à porta e insiste em chamar tudo de "fantasia", "faz de conta" e tantos outros nomes. "Não foi real", dizem, e alguns ainda acrescentam: "Foi só um sonho".

Só um sonho…

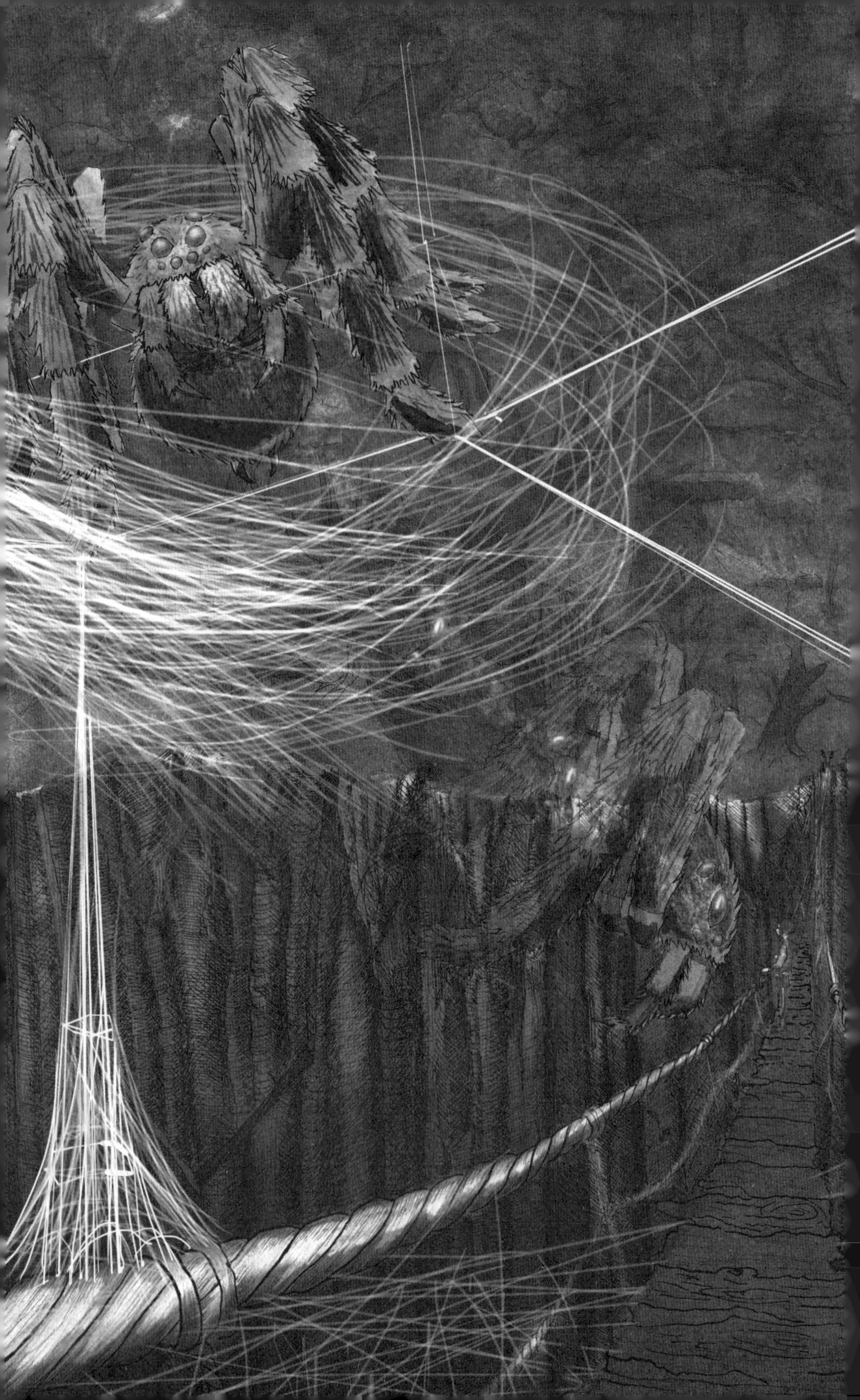

Tudo se esvai à primeira espreguiçada, e só a vida consciente passa a fazer sentido. A "vida real", chamam. E os sonhos tornam-se um delírio de uma mente fértil. Porém, quando se sonhava, faziam tanto sentido e eram tão reais quanto a vida. E, da mesma forma que durante o dia não se questiona a vida, durante a noite não se questiona o sonho. Então o que diferencia a vida de um sonho? Sim, o sonho acaba. Mas e a vida, não? Sim, o sonho não faz sentido. Mas a vida faz? Por quanto tempo?

Não seria tudo um sonho?

E o que acontece quando acordamos?

Naquela noite, Olívia teve um sonho tão real que seu sentido não se perdeu depois de acordar. Tudo estava tão fresco em sua memória – os cenários, as emoções, os diálogos... – que, se fechasse os olhos por um instante que fosse, poderia vivenciá-los de novo e de novo, quantas vezes quisesse, em todos os detalhes.

Sonhou que estava voando. Voando nas costas de uma coruja vermelha.

Mas não era uma coruja...

Conforme batia as asas, seu corpo todo parecia se transmutar, tornando-se mais ágil, mais longo, esguio como o de um cisne. O pescoço se alongou, os olhos amarelos encolheram, e uma crista de plumas cor de ferrugem brotou de sua cabeça e começou a ondular ao vento. A cauda não parou de crescer até ficar maior que o próprio corpo, agitando-se como um chicote em brasa conforme ela cortava os céus.

Uma fênix, a voz de Olívia ecoou em sua própria mente.

Por onde passavam, a cauda de fogo da ave deixava um rastro alaranjado no ar, fagulhas que estalavam e crepitavam por alguns instantes até desaparecerem em uma nuvem de fumaça.

A ave cortava o céu como uma flecha incandescente. Olívia precisou se agarrar com força para não ser arremessada para longe.

Enfiou as mãos sob as plumas. Estavam mornas, como se tivesse agarrado um cobertor elétrico. Deixou as labaredas passarem por entre os dedos e acariciarem as costas das mãos. Faziam cócegas. Quando afagou o pescoço da fênix, porém, subitamente a ave explodiu como um vulcão em erupção, e um oceano de lava jorrou de sua crista.

Mas Olívia não se assustou, não questionou em momento algum. Observava tudo de fora, como se nada daquilo fosse ela. Não sentiu dor quando o fogo escalou pelos seus braços, incendiando o seu corpo. Assistiu sem reação à própria pele queimar, carbonizar, derreter, dar lugar a uma poça de líquido borbulhante que escorreu das costas da fênix e manchou o ar de vermelho.

Viu a si mesma gotejando das penas da ave, inerte, carregada para longe pelos fortes ventos das alturas.

A fênix deu um último piado e se afastou voando em círculos.

E Olívia respingou no chão, gota a gota.

Estava marchando...

Sons de passos ecoavam à sua volta, e gritinhos inflamados de alegria.

— Direita! Esquerda! Direita! Esquerda! — comandava uma voz imponente ao longe. E, de súbito: — Pelotão, *ALTO!* Pelotão, *SENTIDO!*

Olívia parou quase que por instinto e olhou ao redor.

Estava cercada de pequenos capacetes ambulantes em uma clareira no meio da floresta. A mesma do dia anterior, a mesma clareira de quando encontrou pela primeira vez o major de pano, o sargento-peixe e o bando de criaturinhas engraçadas que se diziam soldados. E estavam todos ali de novo. Por menor que tivesse sido o tempo passado com eles enquanto acordada, cada membro do pelotão parecia irromper em sua mente de forma tão real e tão palpável como em uma fotografia.

— Eu comandei *sentido*, recruta! — ralhou a voz, e Olívia imediatamente desviou o olhar dos soldados para o major.

Mas não era o major.

O boneco de pano parecia humano. Era humano.

A pele quase albina realçava seus lábios escuros comprimidos um contra o outro. O quepe, anteriormente costurado à cabeça, cedeu lugar a mechas de um cabelo dourado, liso.

Diante de seus olhos, o rosto inexpressivo do boneco de pano transmutou-se nas feições alongadas e ossudas do tio Lucas. Mas seus olhos não estavam cobertos pelo curativo como a menina se lembrava. Agora eles brilhavam, à mostra, refletindo a luz do sol que incidia sobre eles.

Olhos... botões...

E não eram mais olhos.

Todo o corpo era idêntico ao do tio Lucas, mas os olhos... eram os maiores botões que Olívia já tinha visto. Discos negros costurados às órbitas, como duas luas novas incrustadas em seu rosto.

Dois botões pretos.

— Recruta! — gritou o homem, com uma voz mais grossa que a do tio Lucas e a do major juntas. — SEN-TI-DO!

Olívia viu a si mesma juntar os calcanhares e bater as mãos espalmadas nas coxas.

— Bem melhor! — disse ele, e, dirigindo-se a todos de uma vez: — Dia importante, homens! Hoje os fantasmas não escapam! Preparem suas espadas para arrancarem algumas cabeças!

Todos os soldados deram gritinhos de *Viva!*, saltando de alegria.

— Avante! Avante, camarada! — gritava ele, agitando a espada no ar. — Rumo ao ninho! E não vamos parar até toda a grama de Onira morrer sufocada com o protoplasma dos fantasmas!

E voltaram a marchar. Tio Lucas, à frente dos soldados, erguia as pernas tão alto no ar que seu corpo parecia de borracha, sem nenhum osso. Os outros militares o imitavam, batendo com força as botas no chão, fazendo a terra sacudir.

E como sacudiu! Ondulou e ondulou, como se cruzassem de canoa uma tempestade em alto-mar. As árvores pareciam chicotes estalando no ar, se agitando e se contorcendo, e o mundo virou uma imagem caleidoscópica que girava, girava, tão rápido que tudo se converteu em borrões verdes sem forma definida.

Quanto tempo se passou daquele jeito Olívia nunca soube dizer: o tempo onírico não corre do mesmo jeito que na vida real. Algumas horas, minutos ou anos depois, porém, o mundo foi parando de ondular, e o som da marcha dos soldados começou a ficar mais e mais abafado, até quase se apagar por completo. Soava constante, ritmado, mas praticamente extinto, como as batidas de um coração.

Tum-tum, tum-tum.

Quando olhou para baixo, Olívia descobriu o porquê da ausência de som: o problema não eram os soldados, que continuavam a marchar com o mesmo ímpeto – se não maior – que antes. O problema era o chão.

A grama aos seus pés subitamente deu lugar a uma superfície espessa de um cinza pálido, quase branco. Seus pés afundavam até os calcanhares, amortecendo qualquer tentativa de pisar com mais força. A luz do sol incidia sobre todo o emaranhado, fazendo as gotas de orvalho sobre ele brilharem como pedras preciosas incrustadas em uma nuvem.

Era lindo. Olívia sentiu como se estivessem marchando sobre uma calçada de algodão-doce. Abaixou-se para pegar um pouco nas mãos.

Mas não era algodão-doce.

— *Eca!* — deixou escapar em voz alta, e todos do pelotão se viraram para ela.

— Cuidado, recruta! — gritou o tio Lucas. — Pode ter uma aranha nessas teias!

O homem ergueu o braço com o punho cerrado para que todos parassem e comandou em um sussurro:

— Vamos entrar no pântano das aranhas agora, homens, então lembrem-se: movam as pernas bem... devagar... desse... jeito... para não chamar atenção. Quero todos vivos do outro lado, ouviram? Quem morrer aqui vai virar um fantasma, e aí vai ter que se ver com o resto do pelotão. Agora vamos lá. Um... passo... de... cada... vez...

Os soldados o imitaram, seguindo-o de perto.

Olívia sentiu um arrepio correr a espinha. Uma manta branca e opaca parecia cobrir tudo ao redor, seus fios e tranças derramados sobre a terra, sufocando as plantas por debaixo como uma gigantesca erva daninha. A cada metro que avançavam ela ficava mais espessa, mais densa – e mais profunda. A atmosfera tornava-se mais fria conforme as teias embalavam as copas das árvores, reduzindo tudo a um único aglomerado cinzento e pegajoso que filtrava os raios de sol. Em poucos instantes, a penumbra tomou conta da terra, e o emaranhado sobre suas cabeças escureceu como uma nuvem de tempestade.

O pântano das aranhas, a voz do tio Lucas ecoou na mente de Olívia.

Para onde quer que olhasse, milhares de vultos pareciam se arrastar pelos troncos, rastejando pelas sombras, tecendo suas teias penduradas de ponta-cabeça nos galhos. Moviam pacientemente as patas para cima e para baixo, para cima e para baixo, secretando pelo abdome fios prateados que pairavam no ar como fibras de um lençol fantasma. Escondidas nos buracos das árvores, legiões de aranhas examinavam cada membro do pelotão, os olhos verdes brilhando do interior das tocas.

O emaranhado pegajoso cobria até a cintura dos soldados, que agora carregavam as espadas sobre a cabeça. Arrastavam os pés o mais devagar que conseguiam para não atrair as aranhas, criando por onde passavam um rastro profundo, como uma espécie de trincheira. Conforme avançavam, as teias às suas costas pareciam se regenerar quase instantaneamente, como se uma horda de aranhas estivesse escondida no fundo do pântano, de prontidão, com a única função de manter o ninho intacto.

Tum-tum, tum-tum...

Tum-tum...

E foram aos poucos parando de andar.

— Só pisem na teia branca, homens! — disse o tio Lucas sem se virar. — A preta não dá pé nem para mim! É bem fundo! E é uma morte lenta morrer asfixiado em teia, então todo cuidado é pouco! Agora todos em fila indiana para atravessar a ponte!

Os soldados assentiram com a cabeça e obedeceram. Desesperados para não serem os últimos da fila, começaram a se meter sem nenhuma cerimônia à frente de Olívia, atropelando-se, lutando entre si para ficar o mais adiante possível. A silhueta do homem foi se apagando por entre o nevoeiro conforme a menina era violentamente arrastada pelo que parecia uma única entidade viva incrustada de minúsculos capacetes.

Olívia foi empurrada sem piedade até o fim da fila. Às suas costas não restou nenhum soldado, apenas o véu de teias que cobria o pântano, intacto novamente, ocultando sob a superfície quaisquer pegadas, quaisquer rastros, quaisquer indícios de que momentos antes um exército de seres vivos havia estado ali.

Atravessavam em fila uma estreita ponte de madeira, margeada dos dois lados por um fosso negro como piche. As tábuas apodrecidas, cobertas de teias, rangiam a cada passo que davam, como se estivessem vivas e pudessem ceder a qualquer momento.

Por mais que a menina apertasse os olhos para tentar enxergar no escuro, não podia distinguir as sombras de mais nada além de poucos palmos sob os pés. Ainda assim, teve a angustiante certeza de que uma queda dali, do alto da ponte, duraria um bom minuto antes de se encerrar de uma vez de um jeito nada agradável para alguém feito de ossos, e não de pano.

Apesar do abismo que cruzavam, o topo da floresta ainda se mostrava pintado pelo cinza esverdeado das copas embrulhadas em teias. Sem troncos aparentes para sustentá-las, era como se as folhas pairassem sobre o céu como nuvens de chuva. Nuvens de chuva que pareciam se mexer conforme as aranhas que as cobriam rastejavam pela superfície, ocultas nas brumas.

Olívia avançou a passos lentos, segurando com as mãos trêmulas as cordas do corrimão. Tinham quase a mesma textura que o corpo de pano do que um dia tinha sido o major. Talvez um pouco mais ásperas e, de alguma forma, assustadoramente mais frias. Muito mais frias. Como se fossem feitas de gelo.

E foi aí que sentiu.

Como se uma força invisível a controlasse, a menina desacelerou o passo e esticou o pescoço para olhar o fundo do abismo. O restante dos soldados continuou caminhando sem perceber que ela havia parado.

Um lençol negro pairava sobre o despenhadeiro, inflando e esvaziando lentamente, como os tecidos de um gigantesco pulmão. Abaixo, um mar de trevas. Aranhas minúsculas rastejavam sobre a superfície da teia, as patas distribuindo seu peso sobre a fina camada que as sustentava. Uma atmosfera cáustica emanava do buraco.

Subitamente, uma chama esverdeada começou a brilhar ao fundo, tímida, aumentando em tamanho e brilho até reluzir como uma enorme esmeralda. Parecia distante, mas a cor era tão viva que resistiria por quilômetros sem perder a coloração. E mais um ponto verde surgiu ao seu lado, ainda maior.

E mais um, e mais um, e mais um.

E mais um.

Seis esferas enormes, verdes, reluzindo no fundo do fosso. Duas maiores, no meio, e uma fileira de quatro, um pouco menores, logo abaixo. Assim que a última surgiu, uma voz pareceu emanar de seu interior: um grunhido rouco, distante, amorfo.

Chamava pelo seu nome:

— *Olívia...*

A menina sentiu a garganta secar. Ainda sentia o leve balançar da ponte. Olhou para os lados e viu a distância os soldados se afastando. Tentou juntar-se a eles, mas suas pernas não obedeciam mais.

— *Olívia...*

Os grunhidos que irrompiam do precipício tornaram-se mais próximos, mais altos, e, quando se converteram em um urro ensurdecedor, emudeceram de uma única vez. Toda a atmosfera pareceu congelar: as tranças cinzentas que pendiam das árvores se imobilizaram como em uma fotografia em preto e branco.

A calmaria antes da tempestade... silêncio absoluto.

E subitamente a voz recomeçou, tão clara, e tão medonha, que parecia vir de dentro da sua cabeça:

— *SAIA DAQUI!*

Sons de pedra sendo esmagada e ruindo das paredes do fosso ecoaram pelo pântano, como se a boca do abismo fosse um gigantesco amplificador. Em um salto, uma perna do tamanho de um tronco irrompeu do fundo e rasgou de uma vez as camadas de teia que cobriam a superfície, indo cravar-se com um estrondo sobre a beirada do precipício. Longos pelos escapavam das articulações, envolvendo-a com tiras rajadas de preto e branco que lembravam enormes cicatrizes de batalha.

Outra perna surgiu das trevas, e as duas impulsionaram para fora do buraco o corpo de uma aranha monstruosa, que se prendeu nas teias que envolviam as árvores, no alto, e encarou a menina com seus olhos de esmeralda.

Mais dois orbes surgiram em sua cara deformada. Oito olhos, e um único alvo.

— Tarântula! — ouviu-se a voz do tio Lucas gritar. — Corra, recruta!

Mas Olívia não correu. O sonho não permitiu.

Com uma pata, a aranha arrancou o emaranhado de teias enroscado em seu corpo e examinou melhor a menina. Ergueu as gordas quelíceras, revelando as presas por debaixo, amarelas, ocas, de onde escorria um filete de veneno. Sua mandíbula abria e fechava lentamente, como se saboreasse a ideia de mastigá-la.

A tarântula se inclinou até a menina e apoiou as patas dianteiras sobre seus ombros. Escondidas nas sombras ao alto, legiões de minúsculas aranhas fugiam ao menor contato com a luz morta que emanava dos olhos do monstro, dando a impressão de que uma onda negra se espalhava pelas copas das árvores.

A menina não moveu um músculo. Podia sentir os pelos da tarântula vasculhando cada centímetro de seu corpo, tateando-lhe o rosto, o cabelo, as roupas, envolvendo-a em um abraço de onde não poderia escapar.

As vozes do tio Lucas, dos soldados e do sargento esvaneceram, e tudo que se ouvia era a respiração pesada da aranha, o bafo quente que soprava em seu rosto.

De súbito, uma voz ecoou pela mente de Olívia, profunda, rasgada. E a menina soube que era a voz da tarântula:

— *O que você e esses seus brinquedinhos pensam que estão fazendo?* — ouviu-se, e as quelíceras da aranha pulsaram como dois corações.

Por um momento, Olívia não soube o que fazer. Tinha escutado direito? Não, não tinha *escutado,* porque definitivamente nenhum som saiu da boca da tarântula. Mas, ainda assim, de alguma forma ela tinha dito... dito *o quê?*

— *Eu fiz uma pergunta* — insistiu a voz em sua mente. — *Já não basta você ter destruído o meu ninho? O que vocês querem agora, andando por aqui?*

— Eu... — hesitou a menina — eu não sei do que você está falando.

A tarântula abriu a boca e rugiu, e suas vísceras pareceram latejar de raiva.

— *E ainda finge que não lembra! Invade a minha toca, rasga as minhas teias... e nem me agradece! E agora ainda traz um exército para marchar em cima do meu pântano!*

Olívia foi ficando cada vez mais confusa.

— Mas agradecer pelo quê? Eu nunca te vi na vida!

A tarântula deixou escapar um som gutural, quase como se estivesse rindo, e apertou com mais força os ombros da menina.

— *Nunca me viu na vida? Nunca?! Então vai aí uma dica, menina que nunca me viu na vida: se não fosse por mim, você estaria morta!* — E rugiu: — *Eu devia ter deixado você queimar para deixar de ser insolente!*

Com aquelas palavras, Olívia sentiu o coração pesar como se fosse de chumbo. Não se lembrava daquele monstro, claro, mas se bem que... do que ela se lembrava? Sua memória era apenas dos três últimos meses, na casa dos tios. A vida antiga com seus pais era um completo mistério, algo apagado de sua existência. *Devia ter deixado você queimar?*

Será que...?

— Queimar? Você diz... no dia do incêndio?

Os olhos de esmeralda a encararam, brilhando com ainda mais força.

— Até que enfim! — disse a voz. — *Palmas para Olívia, a menina do cabelo de fogo.* — E, com uma risada maldosa: — *Literalmente!*

Olívia fez força para ignorar aquela última parte e prosseguiu:

— Você é a aranha da lareira? Você que...?

— *Sim, fui eu que teci as teias* — interrompeu a tarântula, secamente. — *Então, sim, eu te salvei. Mas não devia! Devia ter deixado você queimar junto com a sua mãe. As duas mereciam.*

— A minha mãe?! — assustou-se ela. — Você... sabe quem é a minha mãe?

— *Era!* — corrigiu o monstro. — *Ela está morta. E é como você também deveria estar.*

Olívia sentiu lágrimas brotarem do canto dos olhos. Perdendo todo o senso de perigo, deixou escapar de uma só vez:

— E por que você não salvou ela também? Por que você não salvou o meu pai?!

A tarântula respondeu com indiferença:

— *Você não lembra mesmo, não é? Ela escolheu não entrar na lareira. Ela te olhou bem nos olhos e foi correndo na direção contrária! E queimou. Deve estar queimando até agora! Ainda dá para sentir o cheiro, consegue sentir?*

E inspirou o ar ruidosamente, soltando uma gargalhada sádica.

— Mentirosa! — gritou Olívia, entre soluços. — Meus pais morreram por culpa sua!

— *Seu pai não morreu!* — urrou a tarântula. — *Quem disse isso? Levaram ele embora, isso sim! E, se você quer saber, demoraram demais. Se o tivessem levado antes, talvez esse incêndio nem teria acontecido! E a minha lareira ainda estaria intacta!*

Olívia prendeu a respiração ao ouvir aquelas palavras. Ainda podia ouvir a voz do tio Lucas e do sargento ao longe, chamando pelo seu nome, mas sentiu como se o tempo ao redor tivesse congelado.

— Levaram?! — perguntou, sem conseguir se mover. — Levaram para onde?

— *Para um lugar bem longe de você* — limitou-se a dizer a aranha, cutucando-a com as quelíceras ao ritmo das palavras, e voltou a gargalhar.

— *E ele não vai voltar!*

Olívia sentiu o rosto se inflamar. A respiração ficou ofegante, e ela apertava as mãos com tanta força que chegava a doer. Empurrou violentamente as patas peludas dos ombros e gritou a plenos pulmões para o monstro:

— Quem você pensa que é para falar assim dos meus pais? Vá embora daqui e volte pra lareira, que é o seu lugar! Aproveite e queime junto com a casa!

Mas a tarântula não se abalou e apenas gargalhou mais alto, as presas expostas pingando veneno.

— *Voltar?!* — disse, rindo, e gritou: — *Mas eu nunca saí de lá!*

E aproximou a cara grotesca de Olívia, tão perto que o bafo de sangue a envolveu dos pés à cabeça, completando em um rugido medonho:

— *E você também não!*

A risada foi ficando mais alta, descontrolada, e culminou em um urro de puro êxtase. Olívia tentou aproveitar a oportunidade para sair correndo, mas as patas firmemente enroscadas ao redor de seu corpo a impediam de se mover.

Então em uma fração de segundo a risada se converteu em um ganido estridente de dor. Com um gesto violento, a aranha empurrou a menina para trás. Olívia caiu em um baque de costas no chão, e a frágil ponte de madeira tremeu como uma cama elástica.

A aranha começou a se contorcer, guinchando, agitando desesperadamente as patas no ar.

— Corra, Olívia! — gritou uma voz às suas costas.

O encanto se desfez. O tempo voltou a correr, e a menina se virou e viu o sargento com o arco em punho, pronto para disparar.

A aranha se recompôs e já se aproximava de novo. Um dos olhos estava apagado, atravessado por uma flecha. Todo o seu corpo parecia inflar e murchar a cada respiração. Veneno escorria de suas presas, reluzindo como duas cascatas de diamante. A tarântula avançou em sua direção. Olívia sentiu o zunido de uma flecha voando a poucos centímetros de seu ouvido: um tiro certeiro no olho mais ao alto da cabeça. O monstro se contorceu e parou por um instante, gemendo de dor. Um líquido azul viscoso começou a jorrar do olho perfurado.

— Corra, recruta! O que você está esperando?

Mais um tiro. A aranha desviou agilmente a cabeça para o lado, e a flecha quebrou-se em estilhaços de madeira ao se chocar contra sua couraça dura como aço. Os fragmentos despencaram inúteis no fundo do abismo. O sargento arrancava as flechas da aljava às suas costas com tanta agilidade que, enquanto uma ainda cruzava o ar, já havia outra no arco pronta para ser lançada. Guinchos brotavam da boca da tarântula a cada golpe, fazendo tremer todas as teias que cobriam o pântano. Olívia levantou-se e correu até o pelotão.

Não havia mais olhos acesos. O monstro se arrastava às cegas na direção de Olívia, a mandíbula aberta, pronta para engoli-la.

— Na perna, sargento! — gritou o tio Lucas. — Atire na perna!

— Acabaram as flechas, senhor!

O homem praguejou de raiva e desembainhou a espada.

— Será possível que eu tenho que fazer *tudo* neste pelotão?

E arremessou a espada na aranha, bem onde a perna encontrava o corpo. A lâmina rodopiou no ar e atingiu a carne exposta da articulação. A criatura gemeu de dor quando a pata foi arrancada em um só corte, perdendo o equilíbrio por um instante e despencando no fundo do abismo. Seu corpo chocou-se contra as tábuas podres da ponte, rompendo as cordas como se fossem feitas de papel.

Olívia ainda tentou correr, mas subitamente as tábuas sob seus pés cederam, deram lugar ao nada, e tudo despencou em direção ao vazio.

E começou a cair.

Como que por instinto, a menina conseguiu agarrar-se às cordas e descreveu um movimento pendular até se chocar com força no paredão de pedra na borda do abismo. Do alto, tio Lucas e o sargento a observavam preocupados.

— Suba, recruta! — chamou o homem.

Devia estar suspensa a quase cem metros de altura. Com o canto do olho, Olívia deu uma última olhada para baixo e começou a escalar as frágeis tábuas da ponte como se fossem degraus de uma escada. A madeira apodrecida cedia quando ela apoiava todo o peso de seu corpo, e, não fossem as mãos firmemente agarradas às cordas, a menina teria despencado no abismo.

Com passos vacilantes, Olívia finalmente conseguiu chegar ao topo. Tio Lucas estava na beirada e prontamente estendeu o braço para ajudá-la a vencer os últimos degraus.

— Peguei!

A menina agarrou a sua mão e foi colocada em segurança no solo, mergulhando até os joelhos na teia do pântano. Podia sentir o aperto no coração e o pânico das tábuas podres se rompendo sob os seus pés, como se ainda estivesse constantemente caindo. Seu coração parecia querer explodir no peito, pressionando os pulmões, que ardiam em uma luta desesperada por ar.

— Obrigada... tio Lucas! — ouviu a si mesma dizer.

Mas aquilo não era mais o seu tio. A textura de pele cedeu lugar a um emaranhado de tranças grossas, ásperas como um pano velho. Seu rosto moldou-se novamente ao redor dos olhos de botão, cuja cor negra como de um corvo aos poucos tornou-se pálida, pálida, passando de um cinza esverdeado ao tom de uma fumaça clara, até mais uma vez culminar no brilho intenso dos olhos brancos do major.

— Deixe os agradecimentos para depois, recruta! — exclamou o boneco de pano, e desviou o olhar para o abismo às suas costas.

Sem a ponte, apenas as trevas reinavam sobre o fosso. O outro lado perdia-se nas névoas do pântano, apagado a distância.

O sargento foi até a beirada e olhou para baixo.

— Ela morreu? — perguntou a menina quando recuperou o fôlego.

Como em resposta, um rugido gutural irrompeu de dentro da toca da tarântula. Um som profundo, grave, uma combinação de dor e ódio. Um urro monstruoso mesclado ao som de pedras sendo estraçalhadas no fundo do poço.

— Ela está subindo! — disse o sargento.

Todos os soldados começaram a guinchar, desesperados, encolhendo-se nos capacetes em uma tentativa inútil de se proteger do monstro a caminho.

Olívia virou-se para o major. O boneco de pano acariciava a bainha vazia na cintura em silêncio, agarrando o nada como se ainda pudesse sentir o punho da espada. Os dois se fitaram por um instante. Um único instante.

De todo o tempo que passaram juntos em Onira, só houve dois momentos em que Olívia sentiu um verdadeiro pânico em seus olhos de botão. Um em sonho e um acordada. Aquele foi o primeiro.

Mas, tão rápido como veio o medo, ele desapareceu, e o major desviou o olhar para longe do abismo, para longe de Olívia.

— Vamos, homens! — comandou ele, novamente inabalável.

Com um único movimento, ajoelhou-se sobre as teias e juntou nos braços todos os soldados, colocando-os sobre os ombros. As pequenas criaturas começaram a se espalhar pelos seus braços e pernas e a escalar as suas costas, cobrindo-o de elmos como se fossem uma armadura viva.

O major estendeu a mão para Olívia, que se deixou ser erguida no ar e foi sentar-se em sua nuca. Ele parecia ainda maior do que no dia anterior. Do alto, ela pôde ver o sargento escalando a perna do boneco de pano, agarrando-se da melhor forma que podia nas suas costas.

O som das pernas da aranha fincando nas pedras se aproximava. O cheiro cáustico ficava mais forte.

— Segurem-se! — disse o major.

— Não me diga! — resmungou o sargento. — Corra!

— Me poupe, Sardin!

E ele deu um salto para a frente, tão súbito que o vento que atingiu o rosto de Olívia quase a fez se desprender. O major parecia voar como um bailarino, percorrendo o triplo de sua altura a cada passo. Os capacetes dos soldados chocavam-se com força a cada movimento de seu corpo, produzindo uma sinfonia metálica, descompassada, como milhares de vacas com sinos no pescoço sendo carregadas por um furacão. O major corria mais rápido que qualquer ser humano seria capaz de correr. Mais rápido que qualquer animal, mais rápido que o vento. Com os braços estendidos, abria caminho entre as árvores, empurrando os troncos para trás para se impulsionar ainda mais para a frente.

Os gritos da tarântula ficavam mais altos a cada passo que davam. O monstro avançava às cegas, orientando-se pelas vibrações nas teias, a perna arrancada jorrando rastros de sangue azul por onde passava. Os olhos estavam completamente opacos, atravessados pelas flechas. Arrancava as árvores pelas raízes com as patas para abrir espaço. Avançava como uma cobra pronta para dar o bote, a boca aberta em um grito surdo, as presas pingando veneno.

Quando estava prestes a alcançá-los, feixes de luz começaram a irromper por entre as copas das árvores, banhando todo o seu corpo. Os pelos da tarântula tornaram-se laranja, os olhos refletindo a luz como um espelho, brilhando como se tivessem voltado à vida.

— O sol! — exclamou Olívia. — Estamos saindo do pântano!

— Quase lá! — gritou o major.

Mas a aranha não piscou com o brilho, não baixou a cabeça, não reduziu a velocidade. Seus olhos estavam mortos, não se incomodavam com a luz. Pareciam arder em chamas. Chamas cada vez mais próximas, cada vez mais quentes.

E, em um salto, a tarântula impulsionou o corpo pela última vez, a boca aberta em sua direção.

Olívia sentiu o bafo quente e os pelos da aranha envolvendo o seu corpo, as entranhas do monstro pulsando quando foram engolidos.

E o mundo se apagou.

CAPÍTULO 13

ENTRE DOIS MUNDOS

— Major! — Olívia flagrou a si mesma gritando.

Mas não houve resposta. Nenhum som ousava romper o silêncio.

Onde estava? O que estava acontecendo? Abriu os olhos devagar, preparada para a escuridão do interior da tarântula.

Mas não...

Tudo estava claro. Halos de luz branca e amarela bailavam ao seu redor, indistintos, como se a menina não tivesse aberto os olhos durante uma eternidade.

— O quê...?

Já não estava mais no pântano, na toca da tarântula. Já não estava mais na barraca em que havia passado a noite.

O bosque... o acampamento...

— Major? — disse de novo, baixinho. — Sargento... Sardin?

Conforme os feixes de luz iam se aglomerando em figuras concretas ao seu redor – em paredes, e em uma cama, e em quadros pendurados por todos os lados –, a ilusão sucumbiu ao real, e Olívia finalmente distinguiu onde estava.

O quarto. O quarto a que já estava tão acostumada. O quarto da casa do tio Lucas.

Estava de volta. Ou melhor... nunca havia saído.

— Então foi tudo... — murmurou consigo mesma, mas nem chegou a completar a frase.

Sentou-se na beirada da cama e começou a repassar mentalmente os últimos acontecimentos. Podia ver à sua frente o imenso boneco de pano, os botões no lugar dos olhos, as medalhas pintadas no peito... além da curiosa criatura em forma de peixe que se dizia sargento caçador de fantasmas, e seu bando de soldadinhos não tão obedientes.

Era tudo tão real...

— Jade! — disse a menina, erguendo a cabeça em direção ao espelho.

O reflexo a encarava, seus olhos verde-musgo cravados nos dela, assustados.

Olívia se ergueu da cama e foi até ela.

— Você não vai acreditar, Jade — disse, acariciando a superfície do espelho. — Eu tive o sonho mais... louco do mundo! Foi mais real do que tudo que já sonhei antes.

E, por um motivo que até mesmo ela não entendia muito bem, a menina começou a contar o sonho para a irmã através do espelho. Contou tudo, nos mínimos detalhes, como se Jade saber daquela história fosse uma questão de vida ou morte.

— E o sargento... — disse, fingindo que segurava um arco e flecha para simular os tiros do homem-peixe contra os olhos da tarântula. — Ele me salvou! Mas se o major não estivesse lá pra jogar a espada e cortar a perna dela... ai, que sonho louco!

Nisso, um ruído se fez ouvir do corredor. Uma respiração pesada.

Olívia instintivamente desviou o olhar para a porta. Uma pequena fresta dividia o interior do quarto, invadido pela luz do dia, do corredor ainda escuro.

E, em meio à penumbra, um par de olhos se destacou. Um par de olhos detrás dos óculos de armação redonda, fixos nos de Olívia. Olhos que se arregalaram e tentaram fugir quando perceberam que a menina os havia notado.

— Thomas! — gritou Olívia, e correu em direção à porta. Conseguiu agarrar o menino pela gola antes que ele conseguisse escapar.

— Me largue! — resmungou ele, debatendo-se.

— Largo nada. Isso que dá ficar me espionando. O que você quer?

Thomas conseguiu se desvencilhar de suas mãos e se afastou. Mas não fugiu. Limitou-se a encarar a prima de frente, com os braços cruzados.

— Eu não estava te espionando — disse. — A mamãe mandou eu vir te chamar pro café porque você estava demorando. Mas você estava aí, falando sozinha, e eu não...

— Falando sozinha nada! — interrompeu Olívia sem a menor cerimônia. — E não te importa o que eu estava fazendo, seu... — E o empurrou com força. — Você veio e ficou me olhando sem eu saber. Se isso não é espionar, eu não sei o que é.

O menino deu um longo suspiro.

— Tá bom, eu estava "espionando". Desculpe, Olívia. — E simulou uma reverência. — Feliz agora?!

Olívia o encarou de cima a baixo, desconfiada.

— Hm... tá bom. Tá perdoado.

Thomas revirou os olhos.

— Então... — disse — um boneco gigante, é?

— É. Ele era major — disse a menina. E, como contar o sonho para alguém real era mais interessante do que contar para um reflexo que não responde nada, prosseguiu: — Ele era o líder dos soldadinhos. E tinha o sargento também. Ele era meio homem, meio peixe. E tinha um sotaque francês esquisito.

— Por que francês? — perguntou o menino, torcendo o nariz.

— E por que não? — retrucou ela. — Foi um sonho, não precisa fazer sentido.

— Ok, ok... Mas tá, e aí? Que que eles faziam?

Olívia começou a morder o lábio.

— Caçavam fantasmas, eu acho. Pelo menos é o que eles disseram. Eu lembro que o major fez um discurso sobre caçar fantasmas... Disse que era a missão deles.

— Fantasmas? — perguntou Thomas. — Fantasmas tipo... gente morta?

Olívia pensou por um instante antes de responder.

— Acho que não. Não sei. — E outra parte do sonho voltou à sua memória: — Ah, mas eu lembro que tinha um monte lá na minha casa antiga. Eu estava olhando pelo espelho em cima da lareira e comecei a... a ouvir umas vozes. Umas vozes estranhas. Elas ficavam gritando no meu ouvido, dizendo... — hesitou — dizendo...

— Dizendo o quê?

Mas Olívia não respondeu.

— Ah, não importa! Mas eram muitas vozes falando ao mesmo tempo. Só que era como se... não tivesse mais ninguém lá. Eu estava sozinha na casa, não tinha mais ninguém. Eram fantasmas, então eram invisíveis. — E prosseguiu: — Mas foi tão estranho! Era como... como se as vozes estivessem dentro da minha cabeça. Como se não tivesse nada lá fora.

Thomas observava a prima sem uma expressão definida, com uma mistura de interesse e incredulidade. Quando a menina finalmente parou de falar, ele deu uma risadinha irônica e deixou escapar com um olhar cínico:

— Ih, tadinha, endoidou que nem o pai...

Mas ainda no meio da frase o garoto percebeu o que havia acabado de dizer. Viu os olhos da prima se arregalarem, perderem a cor, fixos nos seus.

— Meu pai?! — disse Olívia, agarrando os braços do menino. — O que tem o meu pai?!

— Não, nada! — respondeu Thomas, tentando se afastar.

Mas Olívia apertava com força.

— O que tem o meu pai, Thomas? Você conhecia ele?

— Me largue!

— Quando você me responder!

Mas Thomas começou a choramingar. Os lábios tremiam sem controle, e lágrimas começaram a escorrer por seu rosto.

— Não era pra eu falar — disse, soluçando. — O papai pediu pra não falar.

— O tio Lucas?!

O garoto fez que sim com a cabeça.

— Agora me largue — resmungou.

Olívia não o soltou. Apertou o braço do garoto com ainda mais força.

— Ai!

— O tio Lucas não tá aqui. Fale! O que tem o meu pai, Thomas?!

— Não posso...

— Se você não me disser por bem, eu conto pro seu pai que você me falou dele. A gente desce agora pro café, e eu conto pra ele, que tal?

Com essas palavras, o menino desistiu de lutar. Enxugando as lágrimas nos ombros da camisa, disse em meio aos soluços:

— Você vai contar pra ele de qualquer jeito...

Olívia fez que não com a cabeça.

— Se você me contar, não. Prometo. — E o soltou.

Thomas esfregou os braços onde a menina o havia agarrado. Marcas de dedo ainda estavam vermelhas sobre sua pele.

— Você é mais forte do que parece — disse, fazendo uma careta de dor.

— Tá bom — disse Olívia. — Agora conte.

O garoto deu um longo suspiro.

— Eu nem sei direito... — começou. — Só vi ele uma vez. E eu nem lembro. O que sei dele foi do que ouvi os meus pais conversando.

— Você espiona eles também, é?

Thomas fez uma careta para ela.

— Eu não espiono coisa nenhuma! Só ouvi eles falando mesmo...

— Falando o quê?

Thomas mordeu o lábio. E confessou, baixando a voz:

— Que o seu pai também tinha isso de ouvir vozes. Mas ele não ouvia só em sonho. Era o tempo todo. E as vozes... mandavam ele fazer coisas.

Olívia sentiu a garganta fechar.

— Que tipo de coisas?!

O garoto aproximou o rosto.

— Coisas ruins... — sussurrou. — Mas eu não sei o quê. O papai nunca falou. Ele só disse isso.

— E ele... fazia o que as vozes mandavam?

— Acho que não — disse o menino, sacudindo a cabeça. — Ele fazia de tudo pra ignorar. Sabia que era tudo da cabeça dele. Mas depois de um tempo foi ficando pior, pior... e ele foi ficando louco.

— Louco?

Thomas deu um longo suspiro e começou a andar de um lado para o outro pelo quarto, calado, olhando por sobre os ombros o tempo todo. Notando a porta do quarto entreaberta, foi até ela e a fechou, com cuidado para não fazer nenhum barulho.

E se virou para a prima.

— Louco... — murmurou. — Não aguentou lutar contra as vozes. — E disse: — O papai falou que era uma doença. Uma doença da mente que fazia ele escutar vozes, ver coisas que não estavam lá. Eu lembro que um dia os meus pais estavam falando dele, e a minha mãe disse que não aguentava mais. Que ele ia acabar machucando alguém. E aí o meu pai disse que ele não podia mais ficar morando com a família, que isso... — e olhou para a prima de cima a baixo — ia acabar mal pra você, pra sua mãe...

— Acabar mal? — murmurou Olívia consigo mesma. — Mas... e aí?

— E aí o quê?

— O que eles fizeram?!

Thomas fechou os olhos, como se estivesse fazendo força para tentar se lembrar.

— Eles falaram alguma coisa de ele ter sido levado para um hospital ou algo do tipo. Pra cuidar dele. — E fez questão de terminar com: — É só isso que eu lembro, juro!

Nisso, as memórias do sonho voltaram a ecoar pela mente de Olívia. A voz gutural da tarântula soou tão próxima que parecia vir de dentro do quarto:

——*

Seu pai não morreu! Quem disse isso? Levaram ele embora, isso sim! E ele não vai voltar!

——*

— ... Levado? — disse Olívia, mais para si mesma que para Thomas.

O menino fez que sim com a cabeça.

— Foi. — E, erguendo o dedo para ela: — E você não vai falar nada pro meu pai! Você prometeu.

Mas a garota não lhe deu ouvidos.

— Ele foi levado! — disse, pegando no ombro do primo. E começou a gargalhar. — Sabe o que isso quer dizer, Thomas? Quer dizer que ele está vivo! Meu pai não morreu no incêndio que nem o tio Lucas disse. Ele só falou isso pra eu achar que o meu pai tinha morrido! Mas ele está vivo! — Sacudindo-o com força, completou: — E eu vou descobrir onde ele está.

Thomas afastou a mão da prima e disse:

— É, mas não vai chegar no meu pai e perguntar, né? Ele vai saber que eu te contei. — E repetiu: — Você *prometeu* que não ia contar pra ele!

Olívia sacudiu a cabeça.

— Ah, não — disse com um ar de triunfo. — Eu não vou perguntar pro tio Lucas. Se ele não contou até agora, não vai contar nada de qualquer jeito.

— Então o quê?

A menina respondeu com uma única palavra:

— Onira.

E saiu do quarto.

Capítulo 14
A ESCALADA DE VOLTA

Olívia saltava pelos corredores. Thomas ia correndo atrás da prima sem entender nada, mais preocupado com a possibilidade de ela dizer algo ao pai do que qualquer outra coisa.

— O que tem Onira? — perguntou.

— Onira tem as respostas — disse a menina. — E eu vou descobrir.

— Onira? Você diz… o lugar que você sonhou? Mas foi só um sonho! Não aconteceu de verdade. Ei, aonde você vai?

Olívia parou no meio do corredor e olhou para o primo.

— Não foi *só* um sonho — disse. — O sargento Sardin comentou que Onira falava com ele enquanto ele dormia. Ajudava ele a se lembrar das coisas. E foi o que Ela fez comigo! Ela falou comigo, e eu nem percebi! Ah, eu sabia que era real demais pra ser um sonho! Aconteceu mesmo! Onira, o major, o sargento… os fantasmas! — E completou, voltando a andar: — Aposto que o meu pai foi levado para o ninho dos fantasmas. Aposto que ele está lá! E vou encontrar ele, nem que seja a última coisa que eu faça.

— Endoidou? — disse o menino. — Foi um sonho, besta! Você dormiu na sua cama e acordou na sua cama, não tem ninho nenhum!

— É real — respondeu ela. — Você vai ver! Mas antes… café. Não vai dar pra subir a lareira com a tia Felícia olhando da cozinha.

— Você vai subir a lareira? Mas não tem nada lá em cima! É só um telhado.

Olívia fez que sim com a cabeça.

— Eu vou subir a lareira e chegar em Onira. Eu sei que Ela está lá! E você... — disse, empurrando-o com a ponta do dedo. — Você não vai contar! Se você abrir a boca mais uma vez, eu amasso o seu nariz, seu bisonho!

Não houve resposta por parte de Thomas. O olhar confuso deixava claro que ele também não entendia o que era "bisonho", mas o tom de Olívia não deixava dúvida de que não era coisa boa.

Tio Lucas e tia Felícia estavam à mesa tomando um farto café da manhã. A mulher segurava a filha recém-nascida no colo, com um seio de fora para amamentá-la. Quando viu a sobrinha chegando, ergueu-se e abriu um largo sorriso.

— Bom dia, bela adormecida — cumprimentou. — Alguém dormiu demais hoje, hem? — E, apontando com a cabeça para a mesa: — Ó, tem de tudo um pouco. Pegue um pratinho ali e pode se servir. No forno tem um guisado de aranha quentinho para você e para o Thomas.

— *Guisado de aranha?!* — espantou-se o menino.

Mas tia Felícia começou a gargalhar.

— Estou brincando, filho — disse a mulher, beijando a testa do menino. — Não posso nem brincar mais, credo. — E riu ainda mais enquanto saía da cozinha. — Bom apetite para vocês. Se precisarem de mim, vou estar no meu quarto.

Tio Lucas murmurou algo que soou como:

— Como sempre...

E voltou a mastigar ruidosamente uma fatia de pão com manteiga.

Olívia e Thomas pegaram seus pratos e se serviram, mas, por melhor que a comida estivesse, não conseguiram dar uma única mordida.

Tio Lucas pareceu notar que o encaravam e, tão desconfortável quanto as crianças, se ergueu devagar, a cabeça voltada em direção aos dois.

— Vou cuidar dos pássaros — disse. — Quando terminar, você me ajuda, Olívia?

A menina precisou pensar por um instante. Trocou um olhar de cumplicidade com Thomas antes de responder.

— Hoje não, tio — disse, afinal. — Vou ficar... lendo no quarto.

O homem franziu a testa por uma fração de segundo.

— Tá bem — disse. — Se mudar de ideia, sabe onde me encontrar. E você, Thomas, vá se arrumar, que está quase na hora da aula de piano.

— Tá bom, papai — disse o menino.

E tio Lucas foi embora, ainda mastigando sua fatia de pão. O *tec-tec-tec* da bengala foi ficando mais baixo, mais baixo, até desaparecer por completo.

Olívia desviou lentamente o olhar para Thomas. Um esboço de um sorriso correu por sua boca quando disse:

— Onira, ninguém te manchará.

E ela se ergueu sem esperar resposta, indo em direção à lareira do saguão principal.

— Você é doida! — disse o menino, seguindo-a de perto.

— Posso até ser — respondeu ela. — Agora vá se arrumar pra aulinha de piano, vá, Thomas.

— Eu não! — disse ele. — Eu não perderia você caindo lá de cima por nada neste mundo.

Quando chegaram à lareira, a menina parou e olhou para o primo.

— Sinto muito, mas eu não vou cair. Se você for ficar aqui embaixo, quando eu chegar em Onira, vou jogar uma aranha pela chaminé para ela cair bem na sua cara tonta. — E o empurrou.

Thomas a empurrou de volta.

— Vamos ver quem ri por último — disse, e, apontando para a entrada da lareira: — Vá lá, então. Agora eu quero que você suba. Prove pra mim que estou errado. Me mande um postal de Onira.

Olívia respondeu com um franzir de testa e se agachou para entrar.

— Certeza de que não quer levar um lanchinho? — zombou o menino conforme ela se arrastava para dentro. — Você vai ficar com fome... recruta. — E riu.

— Eu não preciso — respondeu Olívia. — O 235 cozinha pra gente! Agora cale a boca e fique de olho pra ver se não tem ninguém vindo.

Mais risadas.

— Bobona!

E, nisso, um pensamento ocorreu à menina. Parou no meio do caminho, deu meia-volta e retornou à entrada da lareira.

— Ué, desistiu? — perguntou o menino, com um sorrisinho vitorioso.

Mas Olívia apenas fechou o punho e deu um soco bem forte em seu nariz. Thomas caiu como uma fruta madura e começou a rolar no chão, a mão colada no rosto.

— Ai, ai! — gemeu ele.

— Isso é pra você deixar de ser dedo-duro — disse a menina.

— Eu não disse nada!

— Mas pensou em dizer! Dá no mesmo.

— Agora que eu vou contar mesmo! — resmungou ele.

— Viu só? Dedo-duro — disse ela com ar de triunfo. — Levante pra eu te dar outro.

Thomas se ergueu e, ainda meio zonzo, subiu as escadarias gritando:
— Mamãe!

Olívia revirou discretamente os olhos e entrou mais uma vez na lareira. Engatinhou até o meio e se enfiou no duto da chaminé. Parecia mais estreito que da última vez, quase sem espaço para mover os braços. Esticou o braço, agarrou um dos tijolos e fez força para puxar o corpo para cima.

E começou a subir.

Em poucos instantes, seus pés já haviam desaparecido da lareira. Todo o seu corpo já estava dentro da chaminé, suspenso no ar. Em comparação com a noite anterior, porém, escalar os tijolos foi tudo menos fácil. Seus braços latejavam, e ainda faltava muito até o topo.

Passos se ouviram do saguão principal. Passos de um menininho vingativo e de uma mulher apressada.

— Olívia, saia daí agora! — gritou a mulher, que naturalmente era tia Felícia.

Olívia não deu ouvidos e continuou a escalada. A boca da chaminé ainda estava longe.

— Volte aqui, por favor! — insistiu a mulher.

Olívia apoiou as costas em uma parede e os pés na outra para se sustentar e esfregou os braços para afastar a dor da subida.

E qual não foi sua surpresa quando uma força invisível a puxou para o alto de uma só vez, pela gola da camisa, erguendo-a como se não pesasse nada.

— Socorro! — foi a primeira coisa que ela conseguiu falar, impotente, agitando-se no ar para tentar se desprender.

Em vão.

A luz ficava mais próxima, mais forte e mais real conforme Olívia era arrastada sem controle para o alto.

— Me solte! — disse ela, e começou a gritar.

Mas a força não cedia.

Em meio ao desespero, uma voz grave irrompeu quando a menina atravessou a boca da chaminé:

— Calma, recruta! Somos nós!

E uma outra, um tanto mais aguda, logo em seguida:

— *Oui, oui.*

Olívia parou de se debater e abriu os olhos. Já não estava mais dentro da chaminé. Estava em um bosque, cercada de plantas por todos os lados. O brilho do sol se infiltrava por entre as folhas, quase apagado por tantas camadas de árvores. Suspendendo-a no ar com apenas dois dedos, um imenso boneco de pano com os olhos brancos de botão encarava-a de frente. De baixo, um homem meio peixe agitava as barbatanas no ar para tentar acalmá-la, e, à sua volta, dezenas, se não centenas, de minúsculas criaturinhas cobertas até os joelhos com elmos prateados.

— Major! — disse a menina.

— Recruta! — disse o boneco de pano, abrindo um sorriso.

— Major! — repetiu ela.

E o boneco começou a gargalhar tão alto que acidentalmente a deixou cair no chão.

— Opa! Perdão!

O homem-peixe correu até Olívia e a agarrou ainda no ar.

Os soldados do pelotão celebraram a agilidade do sargento, aplaudindo, assobiando, batucando os capacetes entre si.

— Olá, Olívia — disse o sargento, colocando-a em segurança no chão e fazendo uma reverência elegante.

— *Merci, sergent!*[17] — disse ela. E, para todos ao mesmo tempo: — Sabia que vocês estariam aqui!

Os militares a encararam com um olhar desconfiado. O major perguntou:

— Você estava nos procurando?!

— Lógico — respondeu ela. — Vocês sumiram!

O boneco de pano e o sargento se olharam por um instante em

---

17. Obrigada, sargento.

silêncio. Por fim, Sardin se aproximou e disse, meio nervoso:

— Mas... foi você quem sumiu, *mademoiselle*. Tem uma semana que nós não te vemos.

— Uma semana?!

— Onde você esteve, recruta?! — perguntou o major, do alto. — E por que sumiu no meio da noite, de repente?! Agora aparece toda surrada, uma semana depois, de dentro de uma vala! — E apontou para o duto da chaminé por onde Olívia havia escalado.

— Uma... vala? — perguntou a menina.

E, de fato, já não havia mais chaminé, mais nenhum tijolo. Tudo que restava era um buraco no chão, cheio de terra, poças de lama, gravetos e teias de aranha.

— Mas eu... — balbuciou ela, apontando para o buraco no chão. — Isso era uma...

— Nós ficamos preocupados! — interrompeu o major. — Achamos que você tinha sido atacada por aranhas! Ou pior... fantasmas!

Olívia não soube responder. Em sua mente, ela tinha ficado fora por poucos minutos, poucas horas. *Uma semana?! O que estava acontecendo...?* Mas...

— Fantasmas? — disse ela, tentando afastar a imagem da vala da mente e alternando o olhar entre o major e o sargento. E repetiu: — Fantasmas! Fantasmas, major!

— Sim, fantasmas! — disse o boneco de pano. — Você nos deu um susto daqueles, recruta! É bom que tenha uma desculpa para ter sumido assim!

— Eu tenho! — E tentou botar em poucas frases tudo que havia acontecido naquela manhã: — Eu voltei para casa! Acordei lá na casa do meu tio, em frente à casa dos meus pais. — Virando-se para o sargento, exclamou: — Mas o meu pai não está morto. Ele não morreu no incêndio. Ele foi levado! E eu acho... que ele está no ninho dos fantasmas.

O major deixou escapar um "Hm!" e trocou olhares preocupados com o sargento.

— Mas recruta... — disse, apontando para o buraco. — Não tem nada aí! Como você teria voltado para casa?! — E, pousando a mão delicadamente sobre o ombro de Olívia: — Você deve ter saído no meio da noite, recruta! E acabou batendo a cabeça e perdendo a consciência! Você deve ter imaginado tudo isso! Mas não se preocupe!

Vamos cuidar de você!

Mas Olívia não podia aceitar aquilo.

— Não! — disse. — É sério! Eu sei o que vi. Eu voltei. E descobri o que aconteceu com o meu pai. Ele também via os fantasmas, major! Ele sabia onde eles estavam, devia ser um caçador como vocês. E... e ele foi levado. Então, se o meu pai não estiver no ninho, ao menos lá vou descobrir onde ele está. Agora eu faço questão de ajudar vocês a encontrar a casa. — Virando-se para o homem-peixe, emendou: — É que nem o sargento falou: essa história de fantasmas tem mais a ver comigo do que eu imaginava.

O sargento Sardin abriu um sorriso para ela. Olívia retribuiu.

— Eu bem que queria acreditar, recruta! — disse o major. — Mas sem provas...

— Mas, *majeur* — interveio o sargento —, tem uma semana que nós estamos indo em frente. Não paramos de marchar a não ser para dormir. E a floresta está cheia de aranhas. Ela não teria conseguido chegar tão longe assim por conta própria! Seria impossível! Então alguma coisa *tem* que ter acontecido para ela chegar aqui ilesa. — Pousando a barbatana no braço do superior, finalizou com um sincero: — Eu acho que ela está falando a verdade, *majeur*...

O boneco de pano alternou o olhar entre o sargento e Olívia, e por fim perguntou com um ar meio desconfiado:

— É verdade, recruta? Você quer caçar fantasmas com a gente?

A menina assentiu com a cabeça.

— Então está decidido! — gritou o major, desembainhando a espada. — Se você diz que é, então é! Bem-vinda de volta a Onira! Avante, camarada! Avante! Agora a recruta foi contaminada pela febre dos fantasmas! Agora eles não escapam! Cabeças vão rolar! E de preferência não as nossas!

Os soldados do pelotão começaram a celebrar.

— Pelotão, *ATENÇÃO!*

E todos os soldados entraram em formação, em linhas e colunas, como da última vez. Olívia se juntou ao grupo, entrando em uma das fileiras ao fundo.

— *Qui qui quiiii!* — disse um soldado ao seu lado, e Olívia percebeu que era o 110.

— Oi — respondeu ela, acenando discretamente para ele.

— Pelotão, *SENTIDO!* — comandou o major, e todos os soldados colaram os calcanhares e bateram com força as mãos espalmadas nas coxas.

— Pelotão, *COBRIR!*

O movimento de cobrir era novo para Olívia. Os soldados ergueram o braço esquerdo a noventa graus do corpo, pousando as mãozinhas sobre o ombro do companheiro que estava à frente. A menina tentou imitá-los, mas era tão alta que precisou se agachar para alcançar o soldado da frente.

— Eu vou ter mesmo que explicar ordem unida?! — gritou o major, fulminando todos com o olhar. — É para alinhar por ordem de altura, homens! *Ordem de altura!*

E, como todos eram exatamente do mesmo tamanho, aquele aviso só podia ser para uma pessoa. Olívia avançou timidamente até a primeira fileira. Ficou cara a cara com o major, mas baixou a cabeça para evitar seu olhar. Com o canto do olho, viu que o 110 a havia acompanhado e agora era o primeiro da coluna ao lado. O soldado às costas da menina teve bastante dificuldade para alcançar o seu ombro e fazer o movimento de cobrir, e, depois de tanto pular em vão, se conformou em cobrir sua panturrilha.

— Ah, muito melhor! — disse o major, dirigindo a voz a ninguém em particular. — As coisas ficam tão melhores quando seguimos as regras, não ficam?! Não, não respondam! Eu mesmo respondo: ficam! As regras são nossas amigas, homens! Elas nos salvam de nós mesmos! Sigam as regras, que nada pode dar errado! Agora... *FIRME!*

Ouviu-se em uníssono a batida das mãos dos soldados nas coxas. O boneco de pano virava a cabeça de um lado para o outro, examinando todos do pelotão.

— Marcialidade impecável, homens! — elogiou ele. — Mas vamos ao que interessa! Conseguimos a recruta de volta! E ela me disse que está com mais sede de sangue do que nunca! As coisas não podiam estar melhores! Mas se controle, recruta, que em breve você vai fazer o sangue dos fantasmas jorrar! Hoje... ah, hoje vai ser necessário muito trabalho em equipe! Muita camaradagem! Muito espírito de corpo! Temos um ninho inteiro para eliminar! Então avante, camarada! Avante!

O boneco de pano desembainhou a espada da cintura e fez vários cortes no ar para simular golpes. Os soldados foram ao delírio, aplaudindo, assobiando, dando gritinhos de êxtase com a performance. Olívia, no entanto, concentrou-se apenas em não ser atingida quando ele estava demonstrando o que parecia ser o jeito mais rápido de arrancar a cabeça de um fantasma. Deu para sentir o vento e o zumbido da lâmina passando a poucos centímetros de seu ouvido. Por fim, o major guardou a espada, aparentemente satisfeito com a lição que dera aos soldados, e retomou o discurso:

— Em breve as nossas lâminas vão se fartar de protoplasma! O ninho está próximo! Já posso quase sentir o cheiro! Então preparem suas mentes para a batalha, homens! Preparem as espadas! Mas, principalmente, preparem seus narizes! Porque logo atrás dessas árvores está o lugar mais repulsivo de toda Onira: a taverna do Tatu-Bola!

Alguns soldados deixaram escapar gritinhos animados com a ideia de ir à taverna. O major pareceu não perceber e prosseguiu:

— Precisamos de informação para encontrar o ninho! Mas a taverna não é lugar de diversão, homens! Vamos entrar, conseguir o que queremos e sair o mais rápido possível! Nada de dar uma de bisonho e ficar passeando que nem o 7.760 naquela vez! *Entendido?!*

Todos gritaram ao mesmo tempo alguma coisa parecida com:
— *SIM, SENHOR!*
E deram risadinhas discretas.
— Excelente! Agora, homens... meia-volta, *VOLVER!*

Com o canto do olho, Olívia viu os soldados ao seu lado girando nos calcanhares. Imitou-os. Ela e o 110 passaram de primeiros a últimos do pelotão.

— Fora de sincronia! — disse o major às suas costas. — Mas desta vez passa!

O boneco de pano rodeou o grupo e foi para o outro lado.
— Avante, pelotão! Ordinário, *MARCHE!*

E todos os soldados começaram a marchar, erguendo os pés o mais alto que podiam, pisando com força a cada passo. Iam liderados pelo major, que marchava à frente de todos com movimentos tão mecânicos de braços e pernas que lembrava um robô. Agitava as mãos para a frente e para trás com tanto vigor que Olívia ficou aliviada de estar na última fileira, onde não poderia ser atingida nem se ele mirasse nela. O sargento Sardin marchava entre o major e o resto do pelotão, com movimentos não tão vigorosos assim. Ocasionalmente, puxava um grito de guerra, linha por linha, para que os soldados repetissem:

Saia da frente, saia da frente!

E os soldados repetiam, com seus gritinhos:

Saia da frente, saia da frente!

O sargento prosseguiu, uma linha por vez:

Saia da frente, saia da frente!
Saia da frente, ô bisonho!
Se não sair,
Vou esmagar!

Quando ele parecia estar sem criatividade para inventar algo novo, gritava:

SELVA!

E todos o imitavam, o que lhe garantia um certo tempo para pensar em outra canção. Por fim, ele puxou:

Hoje eu avistei ao longe
Uma gaivota escarlate!
Ela me orientou:
Mate, mate, mate, mate!

Com o sangue dos fantasmas
Faço uma vitamina!
E pros outros que vierem
Ofereço estricnina!

Ô fantasma, se prepare!
De hoje você não passa!
Vá dizendo o seu adeus
Que aqui é fibra, fúria e raça!

SELVA!

Saia da frente, saia da frente!
Saia da frente, ô bisonho!
Se não sair,
Vou esmagar!

O major abria espaço entre as árvores para o pelotão passar, empurrando os troncos para os lados com tanta facilidade que pareciam feitos de papel. Marcharam, e marcharam, e marcharam por horas a fio. A luz do sol parecia ficar cada vez mais forte conforme avançavam em direção à saída da floresta. Com o canto do olho, Olívia viu que seus companheiros soldados da retaguarda não estavam mais marchando: pareciam apenas caminhar normalmente, quase arrastando os pés, e alguns chegavam até a sair de suas posições para implicar com os mais certinhos que estavam à frente. Quando já estava claro que o major e o sargento não iriam mais se virar, a menina também se acomodou.

Quando a luz do sol já podia entrar quase livremente por entre as últimas camadas de árvores, o boneco de pano comandou:

— Pelotão, *ALTO!*

E todos pararam ao mesmo tempo e assumiram a posição de sentido.

— As teias estão começando a engrossar, homens! É sinal de que a floresta está no fim! Agora é uma linha reta até o Tatu-Bola! Preparem-se!

Os soldados deram risadinhas animadas. Mas o major pareceu confundir a animação com medo e tentou tranquilizá-los:

— Não tem perigo, homens! Nós *somos* o perigo! E perigo não teme perigo! Isso é questão de lógica! Então vamos logo! Quem ficar para trás é a mulher do fantasma!

E abriu caminho pela última camada de árvores que separava a floresta do mundo a céu aberto. Olívia tapou a luz do sol com as costas da mão para enxergar melhor.

Mas o que viu a fez perder o fôlego.

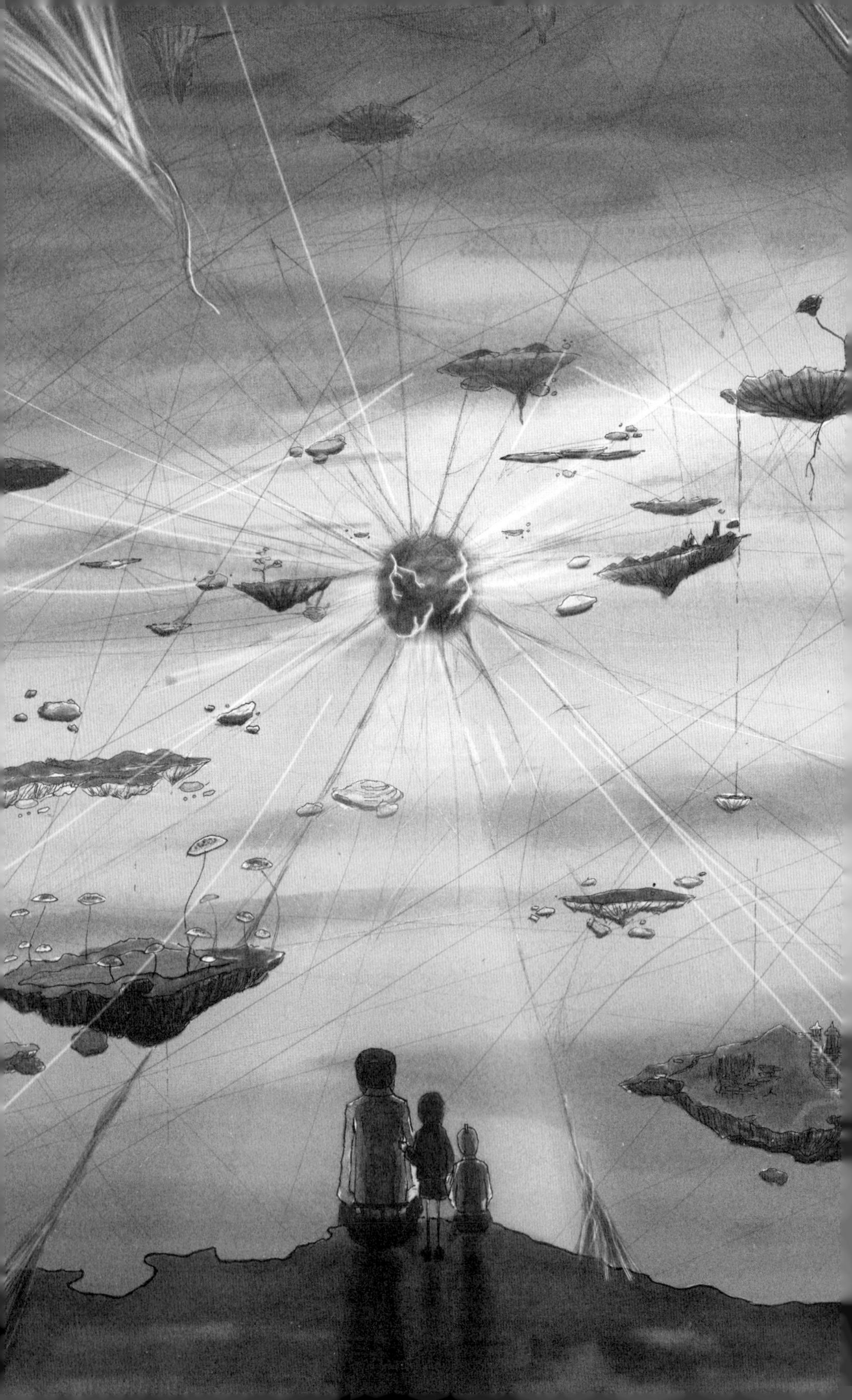

Capítulo 15

ONIRA

O vazio...

O maior abismo que Olívia já tinha visto descortinava-se à sua frente. A grama havia desaparecido sob os seus pés, o verde sendo engolfado por uma terra compacta com tufos de arbustos crescendo amarelos e ressecados. Uma grossa camada de teias de aranha tomava conta do chão, cobrindo a terra de uma superfície branca, quase transparente, como uma película de filme plástico.

Quando chegou à beirada do precipício, a menina prendeu a respiração. Quanto mais se aproximava, mais do mundo despontava no horizonte.

Ilhas. Ilhas espalhadas em todas as direções, até onde a vista alcançava.

Mas não eram ilhas.

Blocos de pedra flutuavam a quilômetros de distância. Mas não havia água entre um e outro, como em ilhas normais. Os blocos pareciam apenas boiar no céu, subindo e descendo devagar, sem nenhuma força os sustentando. Alguns eram pequenos, borrados pela distância, mas outros eram tão grandes que mesmo perdidos no horizonte pareciam tão próximos que quase daria para tocá-los. As partes de cima dos blocos, que eram também o solo, estavam cobertas com a grama mais verde que Olívia já havia visto, com árvores de todas as formas e tamanhos, construções que pareciam casas, prédios, cidades inteiras. Uma das ilhas parecia um enorme castelo medieval, com dúzias de torres pontudas, bandeiras, um fosso profundo e uma enorme muralha ao redor.

A parte de baixo dos blocos parecia um bulbo de terra marrom-escura, quase negra. Tufos do que pareciam raízes escapavam do fundo, dando a impressão de as ilhas serem plantas gigantescas que tinham sido arrancadas do solo e forçadas a flutuar contra sua vontade.

Quando olhou para baixo, Olívia involuntariamente deu um salto para trás.

Branco, branco e mais branco. As ilhas flutuavam sobre uma malha branca que cobria tudo.

Uma cidade nas nuvens..., pensou.

— É isso que Onira se tornou... — disse uma voz grave e melancólica às suas costas.

O major se sentou à beira do abismo, ao lado de Olívia. Seus olhos se perdiam no horizonte. Abria e fechava discretamente a boca, como se ainda ruminasse os pensamentos, escolhendo as melhores palavras.

— Isto aqui já foi tão lindo! — disse, afinal. — Dava gosto de olhar! Onira já foi bela um dia! Só que agora com essas aranhas... ah, dá pena!

— Aranhas? — perguntou Olívia, curiosa.

— Olhe só! — exclamou o major, apontando para as nuvens que cobriam Onira.

E, quanto mais olhava, mais a menina podia perceber que não eram nuvens que cobriam os céus de branco.

— Uma cidade nas teias... — murmurou ela, quase sem mover os lábios.

— Malditas aranhas! — gritou o major. — Destruíram Onira com essas teias!

Na beira do precipício, as teias de aranha espalhadas pelo chão formavam ganchos que se prendiam à terra. Pareciam comprimir as bordas da ilha, as paredes de pedra, que começavam a rachar em vários pontos. As teias se estendiam em direção ao vazio, em direção aos outros blocos de terra, pesadas como cabos de aço suspensos no ar. Os fios alcançavam as ilhas mais próximas, cobrindo as beiradas da mesma forma que daquele lado. Conectavam as duas ilhas, como se mantendo os blocos de pedra firmes no lugar, impedindo-os de se distanciar.

Por maiores que fossem, as ilhas pareciam apenas minúsculos pilares de sustentação para as teias, como peixes presos na maior rede de pesca do mundo.

As teias formavam uma malha branca gigantesca sobre toda Onira, um dossel que embrulhava todo o ar, todo o céu, todas as ilhas.

Um dossel que embrulhava o...

Não!

A menina olhou para o sol no horizonte. Com os olhos se adaptando aos poucos à claridade, o que antes parecia um brilho intenso transformou-se lentamente em um laranja opaco, em um amarelo fraco, quase morto.

Olívia não acreditou quando viu.

De dentro da mata densa que haviam cruzado, ainda não tinha visto diretamente o sol. Tudo que podia distinguir era uma leve insinuação de alaranjado por entre as camadas de folhas que cobriam o céu. Mas agora, livre das árvores... agora ela podia ver.

Todo o globo estava embrulhado em teias, preso no horizonte como um inseto na armadilha da maior aranha do mundo. A teia que o comprimia brilhava, resistindo ao calor, projetando cabos em todas as direções para prender o sol às ilhas. Os blocos de terra pareciam orbitá-lo como planetas, girando lentamente ao seu redor.

— Aquilo é o sol?! — perguntou ela.

— Aquilo já foi o sol! — disse o major, deixando escapar um urro para o alto. — Agora é nada!

O boneco de pano escondeu o rosto entre as mãos. Parecia murmurar consigo mesmo o grito de guerra de Onira, tão baixo que nem mesmo a menina conseguiu ouvir.

— Como era antes? — perguntou Olívia.

— Ah, era lindo, recruta! — suspirou o major. — Lindo, lindo! Não tinha essas teias horríveis, essas aranhas... nada! E Onira não era quebrada assim, com blocos espalhados para todos os lados! Era um único continente! E que continente! Ainda dá para ver lá longe um pouco de como era! Consegue?

O major apontou para uma das ilhas mais próximas ao sol. Devia ser uma das maiores. Suas montanhas pareciam as torres de um enorme castelo, subindo tão alto que quase rasgavam a camada de teia que embrulhava o céu. De entre os cumes mais elevados, cobertos de neve, um filete de água escorria pelos sulcos na pedra, tomando a forma de um rio caudaloso de onde brotavam as cachoeiras mais belas que Olívia já tinha visto. A água de um lago ao pé da montanha parecia ouro líquido contra a luz do sol.

— Que lindo! — disse ela.

Mas o major apenas grunhiu.

— *Lindo? Aquilo?* Besteira! Aquelas cachoeiras seriam cascatas na Onira de verdade! Aquele lago seria uma poça! Uma poça de lama! Aquela grama seria terra em comparação com a verdadeira grama de Onira! — E, virando-se para ela, fitou-a com seus olhos brancos de botão e disse: — Aquilo ali não é lindo, recruta! É uma foto desbotada! Uma memória quebrada! E ainda assim é uma das poucas coisas que sobrou! O resto está tomado pelas teias, pelas aranhas... pelos fantasmas!

Um pensamento ocorreu a Olívia:

— Uma das poucas coisas que sobrou *de quê?*

E algo parecido com uma lágrima escorreu no rosto de pano do boneco.

— Depois do fogo, recruta! Daquele maldito fogo que os fantasmas botaram!

— *Fogo?!* — espantou-se ela. — Você diz... um incêndio?

Mas o major não respondeu. Voltou a encarar o horizonte, em silêncio.

— *Oui, mademoiselle* — disse outra voz às suas costas.

O sargento se aproximou e foi sentar-se ao lado de Olívia.

— *Les fantômes...* — prosseguiu ele. — Os fantasmas incendiaram toda Onira. Nós nunca soubemos por quê, nunca soubemos o que eles queriam. Mas eles destruíram tudo, talvez só pelo prazer de destruir.

— Eram muitos fantasmas ao mesmo tempo, recruta! — completou o major. — Mais do que você poderia imaginar! Não dava para fazer nada!

Sardin assentiu com a cabeça.

— *Oui*. E, depois do grande incêndio, Onira começou a se despedaçar. O continente se partiu, e cada ilha foi para um canto. Eu me lembro desse dia... nós estávamos do outro lado desse bosque. — E apontou com a cabeça para as árvores às suas costas. — Nós íamos morrer, todos nós. Onira ia morrer no incêndio. Não tinha para onde fugir, o continente estava queimando todo ao mesmo tempo.

— E o que vocês fizeram?

— Nós? — interrompeu o major, com uma risada de desdém. — Nada! Não tinha o que fazer, recruta! Nós só... esperamos!

— Mas então...

— *Les araignées...* — interrompeu o sargento. — As aranhas. Elas nos salvaram. Ninguém sabe o que aconteceu, mas elas começaram a trabalhar juntas quando o fogo começou. Uma começou a tecer a teia, e outra acompanhou.

— E mais outra! E mais outra!

— E do nada estavam todas trabalhando juntas, embrulhando Onira nas teias. Embrulhando *tudo* nas teias. Você consegue imaginar uma teia do tamanho do mundo? Foi como um cobertor que abafou o incêndio. E ele apagou *assim*. — E estalou os dedos.

— Então as aranhas...?

— Elas nos salvaram, recruta, sim! — disse o major. — Sem elas, estariam todos mortos! Mas eu preferia ter queimado no incêndio a ver minha Onira desse jeito! A Onira que eu tanto jurei proteger... em pedaços! É uma pena que você só chegou aqui depois de tudo isso, recruta! Não viu a Onira de verdade! Se ao menos você tivesse chegado antes... você teria gostado de cavalgar as estrelas! Já cavalgou uma estrela? Ah, que sensação maravilhosa! Mas agora nem dá mais para ver as estrelas, com a teia no céu! As aranhas perderam o controle! Tomaram conta de tudo! — E, apontando para o sol, suspirou: — Faz tanto tempo que elas prenderam o sol que nós nem sabemos mais se ele estava nascendo ou se pondo! É tudo a mesma coisa agora!

E o major escondeu o rosto nas mãos. Sua respiração ficou mais pesada.

— Ah, mas é fácil descobrir! — exclamou a menina após algum tempo, na esperança de que a mudança de assunto o fizesse se sentir melhor.

— Hm! — murmurou ele. — E como a gente descobre?!

— É só saber onde fica o leste.

Como os dois militares inclinaram a cabeça e começaram a fitá-la com um ar curioso, a menina prosseguiu:

— Oeste? Norte? Sul?... Nada?

— Do que você está falando, recruta?!

E, como mesmo depois de ela explicar que o sol nascia no leste e se punha no oeste ainda não sabiam qual era qual, precisaram encerrar a discussão, porque para descobrir onde era leste e oeste seria necessário saber se aquilo era o nascer ou o pôr do sol, e, para saber se aquilo era o nascer ou o pôr do sol, seria necessário saber se aquilo era leste ou oeste.

— Você é tão confusa, recruta! Muito ajuda quem não atrapalha! — disse o major, e a menina baixou a cabeça. — Mas, como eu dizia... as aranhas não param de se espalhar! Acham que têm o direito, depois de terem nos salvado! Acham que podem tudo! Ah, elas podem ter nos salvado, mas não foi por bondade coisa nenhuma! Se fossem boas mesmo, iam juntar os pedaços de Onira e voltar para as tocas! Ficar na moita! Não iam deixar as coisas pela metade e ficar por aí desse jeito! Tem quem defenda as aranhas, mas não eu! Elas sufocaram Onira! Elas são más, é o que eu sempre digo!

— Onira está morrendo aos poucos, *mademoiselle* — acrescentou o sargento. — Vê essas rachaduras na borda? É a teia comprimindo a ilha. Quando a teia aperta demais, a ilha cede. Sufoca.

— ... Sufoca?

O sargento deu um suspiro.

— *Oui*. Onira não é só um pedaço de terra. Ela é viva. Ou melhor... era viva. Agora Ela só... sobrevive. E por um fio. Quando era tudo um continente, dava para saber que Onira estava rindo pelo canto dos pássaros. Estava feliz. A maré subia só para Ela poder nadar, lavar o cabelo. Quando a noite caía e o vento não soprava, era porque Onira estava dormindo. E cada estrela no céu, cada gota de orvalho era um sonho. Ela brincava, sorria... mas depois do incêndio cada ilha levou um pouco da vida embora, as memórias embora... e agora as aranhas estão matando as ilhas, sufocando-as, uma a uma. Onira está doente. Está sofrendo, dá para sentir. — E, dando um longo suspiro: — Cada ilha é uma parte do todo. Uma parte de Onira. Quando a ilha cede, quando ela morre...

— Onira esquece! — completou o major.

Olívia alternava o olhar entre os dois, perplexa:

— Esquece o quê?

— Esquece tudo que aquela ilha representava — murmurou Sardin.

— Como se nunca tivesse existido! — disse o major.

— Eu não acho que as aranhas estão fazendo de propósito — prosseguiu o sargento —, mas a teia faz as ilhas sufocarem. Isso é fato. Quando elas sufocam, se partem e caem lá embaixo. — E apontou com a cabeça para o vazio abaixo deles. — E toda a história daquela ilha se apaga.

— Não acha que estão fazendo de propósito? — gritou o major. — Sardin, as aranhas não nos salvaram porque são boazinhas! Elas só nos salvaram para terem o prazer de destruir Onira por conta própria!

— Ao menos elas deram mais uma chance para Ela — retrucou ele, secamente. — É mais fácil matar aranhas do que apagar um incêndio do tamanho do mundo.

O major balbuciou alguma coisa consigo mesmo e ficou mordendo o lábio. Por fim, foi obrigado a concordar com o sargento:

— É verdade, sargento! Essas aranhas estão com os dias contados!

Olívia arriscou uma pergunta que vinha guardando havia um bom tempo:

— E por que vocês não caçam aranhas? Tem muito mais aranha que fantasma por aí.

O boneco de pano virou a cabeça para ela como se aquilo tivesse sido uma ofensa pessoal. Seus olhos de botão pareciam mais redondos do que já eram.

— Ora, que pergunta! Porque não é a nossa missão, por isso! Nossa missão é encontrar o ninho dos fantasmas! Eles nunca mais apareceram depois do incêndio, mas podem estar planejando outro ataque! E a nossa função é cortar o mal pela raiz! Tem vários pelotões específicos para cuidar das aranhas! Estão espalhados por Onira, fazendo o trabalho deles! E nós não devemos nos meter na missão de outro pelotão!

— Eu não vi nenhum outro pelotão até agora — disse Olívia, cruzando os braços.

E o major começou a gargalhar. Se trovões pudessem gargalhar, soariam exatamente como ele naquele momento.

— Ouviu isso, Sardin?! Rá! Ela não daria uma boa militar! Questiona demais! — Inclinando para ficar frente a frente com Olívia, emendou: — Olhe só, recruta... ordens são ordens! Enquanto estiver com a gente, você tem que entender isso! — E acrescentou, erguendo a cabeça e se dirigindo para o nada, como se estivesse fazendo um discurso: — Regras! Isso, sim, faz o mundo girar! Agora, para o Tatu-Bola! Não temos tempo a perder!

O boneco de pano se ergueu e foi para a frente do pelotão cantarolando uma melodia consigo mesmo.

— Nossa missão ainda nem começou direito! — disse por sobre os ombros. — Os fantasmas não perdem por esperar! Onira, ninguém te manchará!

O sargento estendeu a barbatana para ajudar Olívia a se levantar.

— *Merci* — disse ela.

Os soldados haviam aproveitado que os dois superiores estavam distraídos e saíram de formação. Arrancavam punhados de teia da beira do abismo e os enrolavam nas mãos, brincando de arremessar bolas grudentas uns nos outros como uma guerra de bola de neve pegajosa. Corriam de um lado para o outro, agitando os bracinhos para se esquivar dos golpes e gritando de um jeito alegre e despreocupado. Não parecia haver nenhum time, era cada um por si. Quando eram atingidos no elmo e se chocavam com outro soldado – o que era mais frequente do que se imaginaria –, os dois ficavam grudados, e um terceiro soldado precisava cortar a teia com a espada.

Uma das criaturas se aproximou timidamente de Olívia, as mãos juntas atrás das costas.

— Ei, 110! — exclamou ela.

— *Qui!*

O soldado tirou uma bola de teia das costas e arremessou para o alto, mas errou (e muito) o alvo. A bola caiu no abismo.

— Ei! — repetiu a menina, rindo, e o empurrou delicadamente com a ponta do pé, apenas o suficiente para o coitado cair de costas e não conseguir se levantar.

— *Qui qui quiiiii!*

— Isso que você ganha por tentar me acertar! Agora venha cá.

Olívia ergueu o soldado pelos braços e o colocou no ombro. Afagou seu capacete do mesmo jeito que se afaga um animal de estimação.

— Pelotão, *ATENÇÃO!* — comandou o major, a plenos pulmões.

— Vamos?

— *Qui qui!*

E se juntaram aos demais.

Olívia deu uma última olhada no sol, nas ilhas flutuantes, nas teias que mantinham tudo preso no lugar. As memórias do sonho invadiram mais uma vez a sua mente por uma fração de segundo: o tio Lucas, as teias, o pântano... a tarântula. E o incêndio em Onira. Um calafrio percorreu sua espinha quando pensou no que o major havia contado sobre os fantasmas e o fogo.

Aquela história estava ficando parecida demais com seu passado para seu gosto.

Capítulo 16

O TATU-BOLA

I

Vista de fora, a taverna do Tatu-Bola podia ser tudo, menos uma taverna. Na verdade, podia ser tudo, menos qualquer coisa que Olívia já tivesse visto antes. A fachada era uma mistura meio esquisita de rústico e contemporâneo, com pitadas de surreal aqui e ali. Fazendo jus ao nome, o prédio tinha a forma de um gigantesco tatu-bola, todo enrolado em si mesmo e só com o focinho de fora, do mesmo jeito que um tatu de verdade naqueles documentários de vida selvagem. Dois rubis incrustados em suas órbitas, minúsculos em comparação com o resto do corpo, simulavam os olhos. Enquanto o pelotão marchava, ainda a distância, o brilho das pedras já se destacava em meio ao cenário desbotado de teias de aranha. Os olhos pareciam apontados diretamente para eles, e, conforme se aproximavam, fosse por algum truque de perspectiva ou por realmente estarem se movendo, continuaram fixos neles, como se os acompanhando até a entrada. As orelhas em pé do tatu giravam aos solavancos por algum mecanismo automático que tentava frustradamente dar algum realismo à estrutura.

O Tatu-Bola ficava em uma planície, às margens de um enorme espelho d'água coberto por uma fina camada de teias de aranha, uma espécie de ancoradouro onde alguns barquinhos de velas coloridas aportavam. Olívia deduziu que eram dos clientes da taverna, e por um momento ficou aliviada com a "normalidade" dos barcos (porque, como eram bem normais, com vela, casco e tudo, imaginou precipitadamente que os clientes também seriam normais).

Pendendo do focinho do tatu gigante, como um colar, um painel de neon verde e roxo piscava o nome:

O TATU-BOLA

Acendia uma letra por vez, e, a cada uma, iluminava-se no painel um novo quadro de uma espécie de animação, em que um tatu-bola de neon rolava tranquilamente por um bosque e se deparava com uma aranha de quase três vezes o seu tamanho. Ele então abria a boca e engolia a aranha em uma só mordida, e ficava rolando de um lado para o outro, celebrando, até que as últimas letras B-O-L-A surgissem. Depois, a sequência de imagens recomeçava do mesmo jeito que antes.

Porém, quando desviou os olhos do painel, Olívia notou algo estranho:

— Onde estão as portas? — perguntou para ninguém em específico.

O major respondeu com indiferença:

— Não tem porta, recruta! Nem janela, janelinha, porta ou campainha! Aqui é o Tatu-Bola! Tudo isso aqui — disse, apontando com a cabeça para o prédio — é só decoração! A taverna mesmo fica no subsolo!

— No subsolo? E como a gente entra, então?

— Ora, recruta! Como um tatu! — E apontou para um pequeno buraco no chão. — Isso é questão de lógica!

— *Por ali?!* — espantou-se a menina.

— Naturalmente! Mas você não vai entrar! Nem você nem o resto do pelotão!

Ouvindo aquilo os soldados começaram a soltar gritinhos decepcionados, mas o major não deu ouvidos:

— Não quero saber, homens! Aqui é perigoso! Esse pessoal é a escória da escória! Vocês não estão entendendo! A recruta vai ficar aqui tomando conta de vocês enquanto eu e o sargento entramos! — E, virando-se para Olívia: — Não deixe ninguém entrar, recruta! Suas vidas dependem disso!

Sem mais uma palavra, o major e o sargento se enfiaram no pequeno buraco no chão. O tatu de neon do painel na fachada pareceu fazer uma reverência quando eles passaram, e logo voltou a mastigar a aranha.

Olívia e os soldados ficaram do lado de fora, muito a contragosto, todos de braços cruzados e resmungando baixinho consigo mesmos. Depois de um tempo, porém, alguns dos mais ousados começaram a se dispersar e entrar pela toca, fingindo nem ouvir os chamados de Olívia para voltarem, até que não restou um único soldado no lado de fora.

O tatu de neon parecia exausto de tanto fazer reverências para os novos clientes. A aranha aproveitou que ele estava distraído e o atacou pelas costas, mas ele deu um jeito de virar o jogo a seu favor e a engolir mesmo assim.

Olívia e o 110 eram os únicos do lado de fora.

— Ei — chamou a menina —, como não sobrou ninguém para tomar conta, não tem motivo para a gente não entrar!

— Qui quiii. Oui!

E a menina se ajoelhou para entrar na toca, enquanto o 110 a seguiu com a mãozinha agarrada em seu calcanhar para não se perder.

O chão se inclinava para baixo, formando uma ladeira. A terra se esfarelava sob os seus dedos. Conforme engatinhavam, embrenhando-se mais e mais na toca do tatu, os sons do exterior se apagavam, abafados por toda a terra ao redor. Quando já estava tudo escuro e o silêncio parecia palpável, Olívia distinguiu uma espécie de música vinda de algum lugar à frente. De início, as notas soavam fracas como um sussurro, mas, conforme desciam, os sons se tornaram mais nítidos, converteram-se em murmúrios de conversas, e música, e sons de copos se chocando.

E subitamente não havia mais terra para cavar.

Olívia despencou do teto da taverna, caindo de costas em um amontoado de cobertores estrategicamente posicionados. O soldado 110 veio logo em seguida e aterrissou em sua barriga como um projétil.

— Ai!

— Qui.

A menina colocou o soldado no chão e olhou para cima, para o lugar de onde tinha caído. *Um buraco no teto*, pensou. *Eu devia ter imaginado! Ai! Este lugar está ficando cada vez mais estranho.*

E desviou o olhar para examinar o resto da taverna.

O interior do Tatu-Bola revolucionou toda a definição de "estranho" que ela havia tido até aquele momento. Para onde quer que olhasse, quadros enormes pendurados nas paredes retratavam tatus em poses solenes, vestidos com roupas humanas. Eram tatus generais, tatus lutadores de boxe, tatus reis, tatus rainhas, tatus com bonés, com boinas, com coroas incrustadas de brilhantes, tatus astronautas, tatus feiticeiros e todos os outros tipos de tatus imagináveis e inimagináveis. O piso parecia coberto de escamas esverdeadas, duras, exatamente como a couraça de um tatu-bola. Sem nenhum tipo de ventilação ou fonte de luz natural, o interior da toca (porque aquilo não podia ser outra coisa) era todo iluminado por pequenas lâmpadas brancas dispostas sem nenhuma lógica aparente no piso, incrustadas na couraça. A luz pálida vinda de baixo dava um ar fantasmagórico às figuras de tatus dos quadros, com as sombras compridas parecendo vivas.

Enquanto examinava a taverna, a menina se lembrou de uma vez no jantar quando o tio Lucas estava tomando um vinho e ficou quase um minuto com o nariz enfiado na taça para identificar os aromas de pimenta, chocolate, framboesa, baunilha e um monte de outros que ela nem sabia o que eram. Quando ele deu para ela cheirar, porém, Olívia só sentiu cheiro de uva (o que não é muito surpreendente, por se tratar de vinho). O tio apenas riu. E, do mesmo jeito que no caso do vinho, aquela taverna tinha apenas... cheiro de taverna. E só. Mas Olívia tinha certeza de que ali devia ter no mínimo uns mil aromas diferentes – e dos mais esquisitos, até para o nariz do tio Lucas.

Os soldados haviam se dispersado pela taverna e formaram alguns grupos menores: uns foram se sentar na bancada do bar e já estavam resmungando com o garçom por demorar demais; outros pegaram um baralho e foram jogar cartas numa mesa ao fundo, e expulsavam com gestos exagerados qualquer criatura que quisesse olhar a partida; outros, ainda, pareciam apenas satisfeitos em desobedecer às ordens do major e se contentaram em ficar andando de um lado para o outro, sem nenhum propósito maior.

Perto de uma parede, um orbe de luz um pouco maior que Olívia flutuava no ar, mudando de cor no mesmo ritmo da música que vinha das caixas de som: um tipo de rock alternativo que o fazia cintilar e pulsar como um globo giratório de discoteca. De início a menina pensou que ele fosse apenas parte da decoração e tentou cutucá-lo para ver no que dava. O orbe soltou um grito assustado e saiu correndo.

— Ai, perdão, senhor!

Mas ele já havia sumido de vista. O soldado 110 começou a gargalhar no ombro de Olívia.

— E você fique quieto. Agora... cadê o major? — disse, apertando os olhos para enxergar melhor em meio à confusão.

À sua direita, o sargento jogava uma espécie de sinuca sem buracos (depois Olívia descobriu que se chamava "bilhar") contra uma criatura ainda mais parecida com um peixe que usava um aquário na cabeça. Um grupo de soldados assistia à partida sentado na beirada da mesa, mas Sardin parecia até estar se divertindo com a desobediência deles à ordem do major de esperarem do lado de fora. Era como se aquilo acontecesse todas as vezes em que iam à taverna.

O major, por sua vez, estava sentado em uma das mesas ao fundo, tão envolvido em uma conversa com um homem de chapéu de couro que nem devia ter percebido que os soldados haviam entrado.

— Que homem estranho aquele ali com o major — disse a menina para o 110. — Tão encolhido que nem dá para ver o rosto, com aquele chapéu cobrindo a cara. E olhe só o tamanho daquela pena vermelha no chapéu! Deve dar uns três de você, 110. Deve dar... 330! — E começou a rir.

O soldado fingiu não ter escutado aquela última parte. Com o rosto oculto pelo capacete, com certeza revirou os olhinhos.

— Enfim, o que você acha dele?

— *Qui?*

— Aposto que nem é um homem. Deve ser um louva-a-deus gigante... ou coisa do tipo. Bem esquisito. Para se esconder daquele jeito, não deve ser muito normal. — E, após pensar mais um pouco: — Mas se bem que eu nem sei mais o que é normal. Para vocês, eu que sou a esquisita, né?

— *Oui.*

— Ah, cale a boca. Vamos sentar.

Sentaram-se em banquinhos giratórios em frente ao bar, e o *barman* foi atendê-los imediatamente. Usava um uniforme de garçom da década de 1950: camisa social de manga comprida, toda branca, um colete preto por cima e uma gravata borboleta ainda mais preta que o colete. Um uniforme tipicamente humano. Por baixo da roupa, porém, podia ser tudo, menos humano. Seu rosto parecia o de um javali: comprido, orelhas pretas e hirsutas, um focinho em forma de triângulo e presas afiadas que brotavam da boca e se curvavam para cima (uma estava rachada ao meio). Tufos de pelos curtos nasciam por toda a extensão do seu corpo, alguns poucos já começando a ficar grisalhos. Sem dúvida aquele javali já tinha visto anos melhores.

Ele fungava o tempo todo, o que fazia as narinas se expandirem e contraírem, pulsando como um coração. Na mão – ou casco, como preferir –, segurava um copo sujo, no qual esfregava um pedaço de pano ainda mais sujo.

Estava de pé em um corredor estreito que separava o balcão da estante de bebidas. E que estante de bebidas! Olívia nunca havia visto tantas garrafas juntas na vida. Além das tradicionais garrafas de vidro com bebida dentro, o javali parecia colecionar garrafas vazias, garrafas quebradas e miniaturas de navios dentro de garrafas. Devia ter dezenas de maquetes de navios, uma mais realista que a outra.

A criatura os acolheu com um sorriso – ou ao menos com o que Olívia supôs ser um sorriso, porque é o que geralmente se faz quando se depende dos clientes para sobreviver. Mas ele era tão ameaçador que seus dentes mais pareciam uma proposta de guerra. A menina se lembrou de uma conversa que tivera com Thomas alguns dias antes:

——*

— Você sabia que o ser humano é o único animal que mostra os dentes para sorrir?
— Não sei, não quero saber e tenho raiva de quem sabe.
— Mas é! Nós somos muito estranhos! Os outros animais só mostram os dentes quando querem brigar ou marcar território.
— Tipo os cachorros rosnando?
— Tipo os cachorros rosnando.
— E se alguém mostrar os dentes de volta para ver no que dá?

——*

Olívia não ousou sorrir de volta para ver no que dava.

As lâmpadas no piso faziam as longas presas do javali projetarem sombras sobre os olhinhos cor de mel afundados nas órbitas, que os encaravam sem piscar. Quando terminou de "limpar" o copo, a criatura fungou mais uma vez e o bateu com força sobre a bancada de madeira. Tirou outro idêntico do bolso, tão sujo quanto o primeiro, e o colocou do lado. Sem uma única palavra, foi até a estante de bebidas às suas costas, pegou uma jarra de vidro com um líquido branco e espesso e encheu os dois copos até a borda.

— Para mim? — perguntou a menina.

O *barman* assentiu com a cabeça e apontou com os olhos para o 110.

— E para o coisinha aí.

Sua voz era tão grave que era como se estivesse roncando.

— O que é?

— Leite de marrocos — disse ele. — Todo cliente ganha a primeira dose grátis.

— Marrocos? O país?

— Não. O bicho marrocos.

Olívia pensou por um instante.

— Acho que eu nunca vi um, então.

O javali coçou o queixo com o casco, do mesmo jeito que um humano coçaria a barba para pensar em como descrever alguma coisa.

— Sabe os coelhos? Então, marrocos são que nem eles: os pelos mais pretos que os meus, só que mais compridos. E eles são *muito* mais feios, com umas listras verdes no pescoço. São mais ou menos… deste tamanho — e afastou as patas para mostrar um tamanho de quase dois metros —, além de, deixa eu ver… ah, chifres. É, os mais jovens têm chifres. Nós só podemos ordenhar os mais jovens, porque quando ficam velhos os chifres caem e o leite fica doce demais.

— Mas isso não é um coelho! — contestou Olívia.

— Depende de que tipo de coelho você está falando — disse ele, encolhendo os ombros. — Eu estou falando de coelhos pretos, feios, com listras verdes no pescoço, com chifres e que dão leite.

— É, mas não existem coelhos assim.

O javali aproximou os olhinhos do rosto da menina. Pareciam pulsar dentro das órbitas. Começou a bufar ainda mais, e o ar quente se condensou sob as suas narinas.

— Ah, é?! — perguntou. E, erguendo a sobrancelha em desafio: — Prove.

Olívia não entendeu nada.

— Ué! Mas não sou *eu* que tenho que provar! Você que disse que existem, então *você* que prove.

— Não é assim que funciona — retrucou ele. — Só beba o leite.

O soldado 110 já havia bebido a sua dose (virando o pescoço para trás e derramando um filete pelos furos do capacete) e agora fazia sons de que estava lambendo os beiços. A menina pegou o copo e cheirou. Tinha cheiro de leite.

Se o 110 não morreu, então mal não vai fazer. E bebeu tudo em um só gole. Era leite, nada de mais.

— Pronto — grunhiu o javali, recolhendo os copos e limpando o leite do fundo com o mesmo pano de antes. — E agora, o que vão querer?

— *Quii qui.*

— Sim, senhor.

E passou os próximos minutos enchendo uma coqueteleira com uns vinte tipos de bebidas diferentes, alguns cubinhos de gelo e duas pitadas de canela, chacoalhando tudo junto por alguns segundos. Por fim, serviu no mesmo copo em que o soldado havia bebido o leite e enfeitou com um guarda-chuvinha vermelho. Desta vez, colocou um canudo de sanfona para ajudá-lo a beber.

— E você? — perguntou o javali para Olívia.

— Ah, não sei... — hesitou ela. — O que você tem aí?

A criatura inspirou profundamente antes de responder. Começou a murmurar baixinho consigo mesmo, como em uma espécie de meditação, mas Olívia pôde jurar que ele apenas repetiu mais vezes que o necessário "O cliente tem sempre razão". Por fim, a criatura disse, com um sorriso grotesco na cara e um tom forçado de delicadeza na voz:

— Tem de tudo, dona moça. Tem suco de salmonela, que é a nossa especialidade. Vem com pó de ouro por cima, e se achar forte eu bato com leite de marrocos para diluir. Também tem coquetel levanta-cadáver... É o que o seu... amigo está tomando. Vitamina de abacate, martíni, uísque de uísque – o bicho –, um canecão de chope, e, deixe-me ver... também tem chá de hibisco e chá de manuscrito encontrado em uma garrafa... — E mostrou uma das garrafas na estante, onde havia um pedaço de pergaminho no interior. — E, ah, claro, o drinque para acordar.

E fitou a menina, à espera de uma resposta, tamborilando o casco na bancada.

— ... O drinque para acordar? — perguntou ela.

O javali assentiu com a cabeça e tirou de baixo da bancada uma garrafinha de vidro de não mais que três dedos de altura, toda roxa, no formato de uma lágrima. Uma rolha tampava o gargalo e, em baixo-relevo, havia a figura de uma criança sentada na cama se espreguiçando. O rótulo dizia, em letras miúdas e estilizadas:

BEBA PARA ACORDAR

Olívia fitou a criatura, intrigada.

— ... Mas eu já estou acordada.

O javali apenas sorriu, mostrando todos os dentes de um jeito sinistro.

Olívia estava prestes a contestar de novo quando foi interrompida no meio da frase por uma criatura que veio cambaleando em sua direção e se sentou no banco ao lado.

— Olá — disse a criatura em um tom amigável.

Era só um palmo ou dois maior do que ela. Uma couraça marrom-escura cobria as suas costas, onde pareciam se esconder dois pares de asas transparentes. A barriga era laranja, dividida em vários segmentos, e de cada um brotava um par de patas cobertas de espinhos. Eram seis patas no total: as de cima, pequenas, como dois bracinhos, e as inferiores, que eram como pernas, gigantescas. Quando enfim se sentou e notou que estava sendo observado, o recém-chegado encarou a menina por um tempo em silêncio. Tinha uma cara pontuda, com mandíbulas em forma de pinça que abriam e fechavam devagar. Suas antenas moviam-se para todos os lados, como se farejando, sentindo os cheiros e gostos ao redor. Era como um inseto gigante. Seu cheiro era o mesmo de quando a pessoa esmaga uma barata no meio da noite e tem que lidar com o cheiro de esgoto porque está com preguiça de limpar o chão.

— Pode me chamar de Sam, senhorita — disse o inseto. A voz era fanhosa, aguda e, não fosse a aparência grotesca da criatura, chegaria a ser cômica. — Ou melhor... *senhor* Sam, na verdade, porque ainda não nos conhecemos muito bem. — E estendeu uma das patas para cumprimentá-la.

— Olívia... — disse ela, apertando sua pata, e os pequenos espinhos a fizeram lembrar da textura de uma escova de dentes. — Muito prazer.

O javali serviu um copo de leite de marrocos para o novo cliente, e ele bebeu em um só gole.

— Agora me dê o drinque para acordar, meu bom homem — pediu a barata, e começou a tamborilar as patinhas na madeira para passar o tempo.

Percebendo com o canto do olho que a menina e aquele estranho ser com um escorredor de macarrão na cabeça a encaravam, a barata, meio desconfortável, foi obrigada a puxar assunto:

— Vocês dois devem estar se perguntando por que eu pedi o drinque para acordar, sendo que eu já estou acordado, correto?

— *Qui qui.*

Olívia assentiu com a cabeça.

— Bom... — começou ele — a verdade é que eu *não* estou acordado! Tudo isto aqui é um sonho. Ou você acha mesmo que eu sou uma barata gigante? Não, senhora, eu sou um humano. Um caixeiro-viajante. E dos bons. — Mas logo se corrigiu: — Ou melhor... eu *era* um caixeiro-viajante até ontem à noite. Hoje eu estou assim. Minha família ficou tão desesperada com a metamorfose que o meu pai jogou uma maçã nas minhas costas para se defender. E olhem só o resultado!

A barata virou-se no banquinho giratório e mostrou, cravada na couraça, uma maçã podre mordida pela metade.

— Mas a verdade é que eu ainda não acordei, entende? Isto aqui *não pode* ser real. E, olhe só — disse, se ajeitando no banco, como se estivesse se preparando para dar um discurso —, na verdade, *nada disto* é real. Você mesma, por exemplo. Você acha que é real? Acha que existe?

Olívia pensou um pouco antes de responder, mais por estar curiosa sobre o porquê daquela pergunta do que de fato por não saber a resposta.

— Ué, claro, né? Se eu penso, eu existo — disse ela, lembrando-se da frase de um filósofo que o tio Lucas tinha mencionado uma vez.

— Pois é mentira! — disse a criatura com uma risadinha. — Tudo aqui é fruto da minha imaginação. Tudo mesmo: a taverna, você, Onira... todo mundo. Nada aqui é de verdade. Eu sou o único que realmente existe, o único neste mundo que pensa por conta própria. O resto é programado para me fazer pensar que tem consciência, mas na verdade ninguém mais tem. São como robôs. Estão todos aqui, ó! — E apontou para a própria cabeça.

— Mas *eu* penso por conta própria — contestou a garota. — Vai dizer que tudo que eu estou pensando agora é mentira?

O sr. Sam lançou-lhe um sorrisinho (ou fosse o que fosse aquilo) de pena.

— Não é questão de ser mentira ou não, meu anjo. É questão de que, na verdade, você não está pensando. Você é parte do meu sonho, nada mais. — E concluiu com uma risadinha e um: — Você não pensa de verdade.

— Ah, é?! — disse a menina, quase com pena da pobre barata, e com a certeza de que aquela seria uma das discussões mais fáceis em que já havia se metido. — Então como você explica que agora eu estou pensando em um coelho rosa? — Fechando os olhos, começou a descrever o coelho com os maiores detalhes possíveis: — Ele tem duas orelhas enormes, barriga macia, pelo felpudo, dois dentões na frente...

Mas o sr. Sam logo a interrompeu, irritado:

— Não, não, não, não, não! Está tudo errado! — Mas, percebendo que talvez tivesse exagerado um pouco, deu um suspiro e forçou uma voz ligeiramente mais tranquila: — Olhe só... Em primeiro lugar, isso aí não tem nada a ver com um coelho! Os coelhos são pretos, muito feios, com listras verdes no pescoço e um chifre enorme na testa.

— *Dois* chifres — corrigiu o javali, metendo-se na conversa. — Os de um chifre só são os rinocerontes.

— Ah, sim, muito bem colocado pelo cavalheiro! — disse a barata em um tom solene. E, de volta para Olívia: — Mas enfim... Isso aí de você estar pensando em um coelho... ou seja lá que bicho esquisito for esse que você descreveu... É mentira. Na verdade, você não está pensando em nada. É só a minha imaginação criando uma menina de cabelo vermelho que gosta de coelhos deformados. Mas *você mesma* não pensou nisso, entende? Para ser sincero, eu nem sei por que estou contando isso para você, se você é só um sonho meu. Mas é sempre bom falar. Cada vez que eu falo, mais certeza eu tenho de que é tudo um sonho, e nada existe.

Olívia começou a perceber que talvez aquela discussão não seria assim tão fácil de ganhar e tentou apelar para a razão da pobre criatura:

— Mas se você for dizer que *tudo* que eu fizer é um sonho seu, então não tem como provar que você está errado!

— Exatamente! — disse a barata, e concluiu com ar de triunfo: — Então eu só posso estar certo.

Aquilo não fazia o menor sentido para Olívia, mas ela decidiu não questionar mais. Fosse quem fosse aquela barata que se dizia homem, seria impossível convencê-la de qualquer coisa.

No entanto, mesmo com o silêncio bastante expressivo da menina, o sr. Sam continuou a falar, sacudindo as antenas do mesmo jeito que um cachorro abana o rabo quando está animado.

— Vocês acabaram de chegar, não foi?

— Foi — disse Olívia secamente. — E daí?

Sem se abalar com o tom da resposta, a barata-não-tão-homem continuou:

— E como está o tempo lá fora? Nublado? Chuvoso? Está nevando, por acaso?

É, aquela conversa ainda iria longe...

Olívia decidiu dar mais uma chance àquela criatura da voz estranha. Talvez tivessem começado com o pé esquerdo. E, bem, ela tinha mudado de assunto (se bem que o tempo não era lá um assunto tão interessante assim, mas já era melhor do que aquela doideira), então talvez chegassem a algum tópico promissor mais para a frente. Então, sim, decidiu responder:

— Na verdade nenhum desses. Está tudo coberto de teias de aranha, porque depois do incêndio as aranhas tomaram conta de tudo. E tem ilhas girando ao redor do sol, que está dentro de um casulo. Então eu *acho* que está sol...

A barata soltou um risinho e fez um gesto com a pata, como se estivesse sacudindo um dedo em riste para ela.

— Ah, é aí que você se engana! Foi uma pergunta traiçoeira, então você está perdoada de não acertar. É que na verdade a resposta certa para a pergunta "Como está o tempo lá fora?" seria simplesmente "O tempo não está", porque nada existe. Entendeu? É assim que funciona.

De novo aquilo?! Não, Olívia não tinha entendido.

A barata ficou inquieta no banquinho giratório.

— Você não entendeu? Sério? Mas é tão simples!

— Não parece nada simples! — retrucou a garota, ameaçando: — Agora, se você me dá licença, sr. Sam, eu não sou obrigada a ficar ouvindo essas coisas. Boa sorte aí pro senhor. Tudo de bom quando acordar, viu?

— *Qui quiii* — concordou o 110.

As antenas da criatura começaram a tremer, e seus milhares de olhos perderam o brilho ao ver a menina e o soldado prestes a ir embora.

— Não, não! — disse o sr. Sam, pegando na mão da menina com

suas patas cobertas de pelos. — Fiquem, por favor. Vamos mudar de assunto! Podemos falar sobre o que vocês quiserem! — E fez uma cara de pidão, abrindo levemente a boca e erguendo uma estrutura gosmenta acima dos olhos que em tese poderia ser chamada de sobrancelha. Após um tempo sem a resposta de Olívia, ainda acrescentou de um jeito carente, quase adorável: — Por favor.

E fica aqui mais uma dica para o leitor desavisado: se algum dia uma barata gigante te implorar que não vá embora de uma conversa, a primeira coisa que você deve fazer é ir embora da conversa. Vai te poupar de muitas frustrações. Olívia, porém, como já discutimos, não tinha lido este livro antes de ir para Onira, então não teve acesso a essa informação privilegiada e se viu forçada a dizer:

— Tá bom... — E se sentou novamente.

— Ah, que maravilha! — disse o sr. Sam, batendo palminhas com os dois pares de patas de cima.

O javali foi atender um cliente na outra ponta do bar, deixando Olívia, a barata e o 110 a sós.

— E aí? — perguntou ele para a menina. — Sobre o que vamos falar?

— Ah, não sei — hesitou ela.

E finalmente lhe ocorreu por que tinham ido à taverna do Tatu-Bola para início de conversa. Não era para ter bate-papos existenciais com insetos loucos! A barata veio tão de surpresa que a fez esquecer o motivo real de estarem ali. Mas não. Não mais! Olívia lembrou por que estava ali. Estava ali pelo seu pai. Estava ali para voltar para casa. E não ia esperar o major lhe ordenar o que devia ou não fazer, dizendo que ela devia ficar quieta do lado de fora enquanto ele e o sargento resolviam tudo! Ah, não! Agora estava decidida a descobrir onde estava o ninho dos fantasmas. E mais: ia descobrir por conta própria! Ah, quão orgulhosos os soldados e o sargento iam ficar quando soubessem que tinha sido ela, sozinha, quem descobriu o caminho até o esconderijo secreto dos inimigos de Onira! Com certeza ela iria ganhar uma daquelas medalhas lindas que recheavam o peito colorido do major. Quem sabe até fosse promovida a general!

Olívia então olhou por sobre os ombros, como um agente secreto prestes a revelar os detalhes de uma missão (a barata começou a sacudir as anteninhas de expectativa), e perguntou baixinho:

— Sr. Sam, você... já viu um fantasma?

A barata arregalou os olhos.

— Fantasma?!

— É.

E Olívia resumiu sua história para o sr. Sam, desde o momento em que seguiu a coruja do tio Lucas até o bosque e chegou ao ninho até seu encontro com o major, o sargento e os outros membros do pelotão caçador de fantasmas. A barata não podia parecer mais interessada na história, ouvindo tudo como se devorasse suas palavras. Fitava-a com o corpo inclinado para a frente, alternando o olhar entre ela e aquela estranha criatura com um número pintado no capacete, seus milhares de olhinhos movendo-se na face lembrando um oceano de favos de mel.

— Os fantasmas pegaram o meu pai! — disse Olívia, batendo os punhos cerrados na mesa. — E eu acho que levaram ele para o ninho. Então viemos ao Tatu-Bola para encontrar um guia que nos leve para o ninho dos fantasmas.

— *Qui quiii* — concordou o 110.

Porém, ao ouvir aquelas palavras, o homem-javali virou a cabeça para ela e perguntou, de longe:

— *Fantasmas?!*

— É, fantasmas! — respondeu Olívia, abrindo um sorriso conforme a criatura vinha até eles. — Você sabe onde eles estão?

Mas o javali respondeu com um ar de desdém:

— Não existem fantasmas! É uma das poucas coisas que não existem em Onira. — Apontando com a cabeça para a barata, ralhou: — Pergunta pro doido aqui.

O sr. Sam franziu a testa por uma fração de segundo antes de responder.

— Na verdade nada existe — disse por fim, não conseguindo deixar de falar sua frase favorita. — Mas fantasmas não existem *mesmo*. Nem em sonho! — E admitiu: — Eu nem sabia que tinha gente em Onira que ainda acreditava neles...

— Como não existem?! — gritou Olívia, contrariada. — Claro que existem. Eu ouvi as vozes! Eles falaram comigo. E eles ali também ouvem! — disse, apontando para o major, escondido na mesa ao fundo, e o sargento, que ainda jogava bilhar. Sardin, notando que o olhavam, acenou com a barbatana para a menina. — Eles são caçadores de fantasma profissionais, é isso que eles são. Vocês que não sabem nada do que acontece no mundo.

Mas o javali não se deixou convencer e rugiu:

— Não, só gente doida vê fantasma. E lugar de gente doida é nas masmorras.

— Sim, sim — concordou a barata. — Foi o caso do Zimbardo, não foi?

— Ah... Zimbardo, o louco! — disse o javali, sílaba por sílaba, como se apreciasse como aquele nome soava. — Ele mesmo! — E, soltando um grunhido alto: — Não deviam ter soltado aquele verme! Só trouxe problemas para Onira. Tinham que ter deixado ele apodrecer nas masmorras!

Olívia se atreveu a perguntar:

— Quem é Zimbardo?

O javali se agachou para ficar na sua altura, encarando-a com seus tenebrosos olhos cor de mel, e disse:

— Zimbardo, *o louco*. Ele se dizia caçador de fantasmas, defensor de Onira! Mas não passava de uma aberração! Um monstro! Fantasmas não existem, todos sabem disso. Mas ele não. Zimbardo acreditava que eram reais... acreditava que os fantasmas eram os inimigos. Começou a causar problemas demais, chamar muita atenção. Não sabia mais o que era real e o que não era. Via fantasmas, ouvia vozes, deixava todos em pânico. Então ele surtou, perdeu a noção do real... ficou violento. E feriu Onira.

— Feriu? — perguntou Olívia.

O javali assentiu tenebrosamente com a cabeça.

— A história dos fantasmas tinha passado dos limites havia muito tempo — continuou. — Mas ferir Onira foi a gota d'água. Foi quando perceberam que ele não podia ficar solto. Então o prenderam e o jogaram nas masmorras. É aonde os loucos vão para serem... "tratados". — E abriu um sorriso de escárnio. — E, lá, fizeram de tudo para ele perceber que fantasmas não existem, que era tudo coisa da cabeça dele... que não eram reais. E deu certo! Depois de muito tempo nas masmorras, Zimbardo não via mais fantasmas, não ouvia mais vozes. Então soltaram o verme, dizendo que ele estava curado.

— Cuspiu no chão e completou: — Grande erro! Uma vez louco, sempre louco. Se fosse eu, teria deixado aquele monstro preso para sempre. Faria ele pagar!

— Há quem diga que ele não foi solto, sabe? — disse a barata. — Dizem que ele fugiu das masmorras antes do tempo. E que ainda tem um grilhão preso na perna.

O javali bufou.

— Besteira! — disse. — Ninguém foge das masmorras. Se um louco tivesse fugido, ficaríamos sabendo. Soltaram ele, isso sim.

Mas o sr. Sam deu um sorrisinho sarcástico e disse em um sussurro:

— Não se quisessem manter as aparências. Imagine só o pânico que seria um louco fugitivo à solta. É mais fácil explicar que soltaram o Zimbardo.

— Ninguém foge — insistiu o outro. — Entrou nas masmorras, é para sempre. Ou até ser solto. A segurança lá não é brincadeira, porque os loucos de lá não são brincadeira! São assassinos... a escória da escória! — E, aproximando a cara peluda da menina: — Então, olhe... se esses dois que você falou são mesmo caçadores de fantasmas, é melhor você fugir enquanto ainda dá tempo. Nunca se sabe quando esses tipos vão ficar... violentos.

O sr. Sam concordou, assentindo com a cabeça:

— É verdade, é verdade! Eles vão acabar com você! — E deu uma risadinha.

Mas Olívia não podia acreditar naquilo. Muito menos o 110.

— *Quii qui quiiii!* — resmungou o soldado, fazendo gestos estranhos para o javali.

— O 110 tem razão! — disse a menina. Lembrando-se da história que os militares haviam lhe contado, rebateu: — Os fantasmas existem, sim! Não vai ser um porco e uma barata que vão me fazer mudar de ideia. Os que esse Zimbardo, o louco, via eu já não sei, mas foram os fantasmas que atearam fogo em Onira! E isso vocês não podem negar.

Mas os dois a encararam com um olhar de surpresa.

— *O quê?!* — perguntou a barata. — Os fantasmas botaram fogo em Onira? Eu podia jurar que tinha sido uma mulher!

— Foi uma mulher, imbecil! — respondeu o javali. — Ela que está louca.

— Ah, é verdade, é verdade. — E, virando-se para Olívia com um ar de triunfo: — Coitadinha... fica aí falando essas loucuras de fantasma e ainda acha que isto aqui não é um sonho.

O javali não pôde perder a oportunidade de dizer:

— Se a menina é um sonho seu, é *você* que está louco.

Mas a barata não levou o comentário nem um pouco na esportiva.

— Porco nojento! — gritou. — Quem você pensa que é para falar assim de mim? — E, mordendo os lábios: — Ah... eu só não acabo com você agora porque você vai sumir quando eu acordar mesmo! Agora vamos deixar de papo, que eu já cansei de discutir sobre fantasmas. Não devia ter deixado a doidinha aí escolher o assunto. Faça logo o seu trabalho e me dê o drinque para acordar, porco!

O *barman* bufou de raiva.

— Primeiro o dinheiro — disse, estendendo o casco para receber as moedas.

— Não sei por quê! — disse o sr. Sam. — Quando eu acordar, todo mundo aqui vai sumir mesmo. De que vai valer o dinheiro?

O javali não respondeu. Apenas continuou com o casco estendido.

— Ok, ok... bicho irritante! Quando eu acordar, vou fazer questão de te esquecer. — Virou-se para Olívia e abriu um sorriso adorável. — De você não, tá? Até que eu gostei de você. Você é doidinha, mas é legal. Vou até anotar no meu caderno de sonhos sobre a nossa conversa. Qual o seu nome mesmo?

— Olívia — respondeu o javali antes que a menina pudesse falar alguma coisa.

As anteninhas sacudiram de satisfação.

— Ah, verdade, você tinha dito. Que nome bonito, parece Onira! Olívia, a menina doidinha dos cabelos de fogo. Gostei. Você me lembra uma menina que eu conheci uma vez nas minhas viagens, Olívia.

— E o senhor me lembra um livro que eu li esses dias — respondeu a menina.

A barata sorriu para ela.

— Ah, você quis dizer um livro que *eu* li. Porque você e o seu livro estão na minha imaginação, esqueceu? Mas agora com licença, minha querida, que é hora de acordar. Uma pena que você não existe, senão eu até te dava um abraço de despedida. Tchauzinho.

O sr. Sam tirou duas moedas de ouro de dentro da couraça e as bateu na bancada, encarando o javali com raiva. Pegou a garrafinha roxa e ficou em pé.

— Aproveitem os seus últimos segundos de existência, monstros! — gritou para todos na taverna, exibindo a garrafinha. — Ou melhor, de não existência! O mundo real me espera!

Ninguém se dignou a olhar para ele. Pareciam mais que acostumados com aquela cena. O javali, por sua vez, limitou-se a soltar um palavrão, revirou os olhos e começou a esfregar o pano sujo em mais um copo.

Mas a barata não se deixou abalar. Sem mais uma palavra, tirou a rolha da garrafa e, dando uma última piscadela para Olívia, virou de uma vez o drinque para acordar.

Mal acabara de engolir, o sr. Sam começou a se contorcer, e uma espuma branca e pastosa jorrou de sua boca. A barata cambaleou de um lado para o outro, desorientada, deixando cair no chão o frasco em forma de lágrima. Debruçou-se sobre a bancada do bar em espasmos, tremendo descontroladamente, e pressionou o pescoço com as patas como se estivesse sufocando. As antenas começaram a se agitar em todas as direções, como os braços de um boneco de posto de gasolina. A barata então soltou um ganido estridente, desesperado, que se converteu em um som rouco, um filete de voz que implorava por ajuda, até desaparecer por completo em meio aos murmúrios rudes e desinteressados dos outros frequentadores da taverna.

O sr. Sam caiu de costas no chão com as seis patas dobradas para cima, como uma barata morta. E não moveu mais um só músculo. O javali soltou uma risada curta como um latido, deu a volta na bancada e foi até ele. Pegou-o pelas antenas e o ergueu à altura do rosto.

— O que aconteceu? — perguntou Olívia.

— Ele acordou! — disse ele, indiferente.

— Parece mais que *morreu*!

Mas o javali se limitou a responder:

— É.

E seu riso culminou em uma gargalhada. A criatura carregou a barata pelas antenas através de uma porta de madeira e desapareceu por alguns instantes. Voltou com as mãos vazias, mastigando a maçã podre que estava incrustada na couraça do sr. Sam.

— Você envenenou ele! — gritou a menina. — Seu doente!

— Não! — retrucou o javali, engolindo toda a maçã de uma vez. — Eu só fiz o meu trabalho e servi o drinque para acordar. A culpa não é minha se o sonho não era dele.

— Mas ele estava falando umas coisas esquisitas! Ele não precisava de drinque, precisava de um médico.

O javali aproximou o rosto de Olívia. Sua boca estava com cheiro de esgoto misturado com o de maçã podre.

— Tudo aqui é um sonho, menina — disse ele. — Ao menos eu admito que sou um. Só tem uma pessoa que está sonhando, e eu sei que não sou eu, e muito menos aquela barata. Agora, quando a *verdadeira* pessoa vier tomar o drinque, aí sim tudo aqui vai desaparecer e ela vai acordar. Mas por enquanto eu vou levando a vida, sabendo que eu não existo, que o bar não existe, e que nada neste mundo realmente existe. Não é tão ruim quando você se acostuma a não existir.

— Mas isso não faz sentido! *Eu* tenho certeza de que existo.

— Ah, é?!

O *barman* deixou escapar um arroto alto, e alguns pelos de pernas de barata subiram por sua garganta e caíram sobre a bancada. Estavam cobertos de gosma amarela de entranha de javali. A criatura limpou a sujeira com o mesmo pano que usava para limpar os copos, pegou outra garrafinha roxa, idêntica à primeira, e a colocou na frente de Olívia.

— Por conta da casa — disse, erguendo as sobrancelhas em desafio.

Olívia pegou a garrafa na mão. Era tão pequena, e tão leve, que parecia estar segurando uma pluma. A figura na superfície do vidro se espreguiçava tranquilamente na cama, como se nada mais no mundo importasse.

O javali olhava para ela de cima a baixo, lambendo os beiços.

— Se a vida é um sonho — disse —, então o que é a morte?

— Eu... — hesitou a menina, mas, colocando a garrafinha de volta na bancada, falou de um jeito definitivo: — Não, obrigada! Beba você.

A criatura bufou de raiva.

Nesse momento, uma voz imponente irrompeu às suas costas:

— Não beba essas porcarias, recruta!

A menina se virou e deu de cara com o major e o sargento. Vinham acompanhados dos soldados e do estranho com chapéu de couro e pena vermelha, ainda com a cabeça tão baixa que não dava para ver o seu rosto.

O *barman* pegou mais três copos e outra jarra de leite de marrocos para recebê-los, mas o boneco de pano logo o interrompeu:

— Não viemos aqui para isso! Já estamos de saída!

— Oh — respondeu o javali ironicamente. Dando um longo gole direto da jarra, falou: — Mas que lástima.

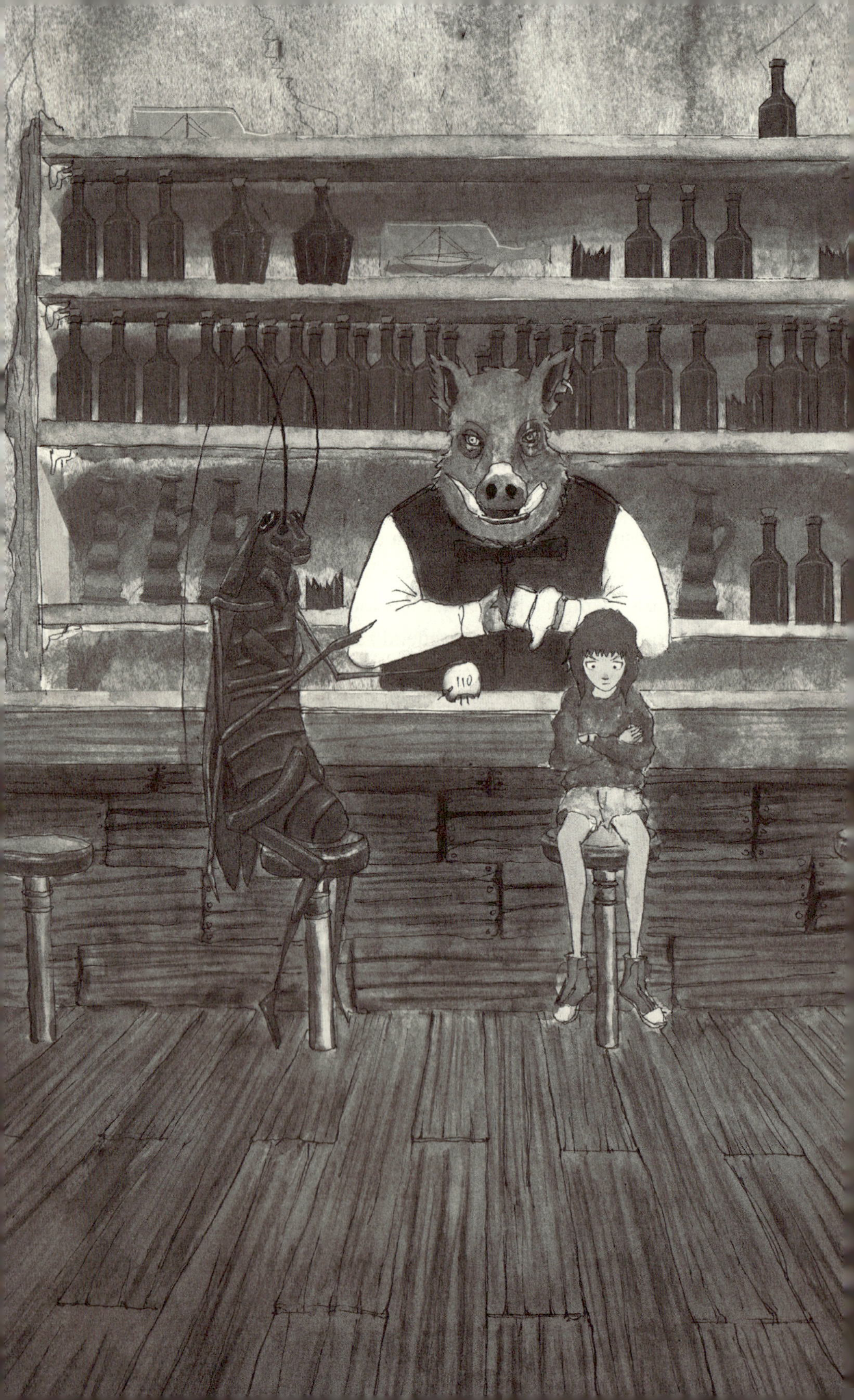

II

Enquanto Olívia e os soldados ainda esperavam do lado de fora, o enorme boneco de pano e o homem meio peixe caminhavam pela taverna.

— Ok, sargento... olhos abertos agora! — disse o major. — Nunca se sabe o que esses criminosos são capazes de fazer! Aqui não tem regras!

— *Oui, majeur.*

— Esse pessoal me dá nojo!

O major cruzava a taverna dobrado ao meio, a cintura quase roçando o teto, e a cabeça na altura dos pés. Tentava fazer a expressão mais mal-encarada que conseguia, forçando os lábios para baixo e franzindo a testa. Olhava de um lado para o outro com movimentos violentos de cabeça, como se quisesse marcar território. O sargento Sardin o acompanhava com as mãos às costas do corpo.

— Vai ser melhor a gente se dividir, Sardin! Assim, nós vamos conseguir duas vezes mais informação em duas vezes menos tempo! Isso dá... quatro vezes alguma coisa!

— *Bonne idée.*[18]

— Mas primeiro vamos a um lugar juntos! Para eu te mostrar como se faz para arrancar informação até das mentes mais corrompidas!

— E quem vai ser a... vítima, *majeur?*

— Hm...

O boneco de pano examinou as criaturas da taverna. Em uma mesa ao longe, onde as fracas luzes no piso quase não alcançavam, um grupo de brutamontes jogava cartas. Seus rostos estavam imersos em uma nuvem densa de fumaça que se iluminava de laranja com a brasa dos cigarros que fumavam compulsivamente.

— Que tal aqueles lá, senhor?

— Aqueles... — hesitou. — Não, eles não sabem de nada, não!

— Como o senhor sabe, *majeur?*

— Eu só sei, sargento Sardin! Vamos naquele outro ali! — E apontou com a cabeça para uma pequena criatura em forma de tartaruga

---

18. Boa ideia.

que bebia sozinha uma caneca de chope. — Agora preste atenção para aprender como se faz! Você tem que intimidá-los logo de cara, senão eles te comem vivo!

Aproximaram-se lentamente, um de cada lado ("Para ele não ter como fugir!"). O sargento puxou uma cadeira e se sentou, mas o major, como não caberia no assento, sentou-se no chão. A tartaruga foi encolhendo a cabeça, alternando constantemente o olhar entre os dois, fitando-os com os olhinhos negros escondidos no interior do casco. Tremia.

O boneco de pano grunhiu alguns sons guturais como um rugido e perguntou, encarando a criatura com um olhar de predador:

— Cadê o ninho?

A pobre tartaruga engoliu em seco e se escondeu de vez. O casco caiu do banco com um baque seco e saiu rolando pela taverna até desaparecer de vista.

— Aprendeu, sargento?! — perguntou o major, estufando o peito com ar de triunfo.

— Mas, *majeur*, não conseguimos nenhuma informação.

O boneco parou para refletir.

— Hm... mas ao menos saímos vivos! Viu o sangue nos olhos dele? Ele queria nos matar!

— ... *Oui, majeur.*

— Agora vamos nos separar! E lembre-se, Sardin: cuidado!

O sargento foi até as mesas de bilhar ("Para ganhar a confiança desses vermes, *majeur*", justificou, e o boneco de pano aprovou a ideia).

O major foi na direção contrária, calado, forçando uma careta ainda mais mal-encarada que da primeira vez (porque, afinal de contas, era o que tinha salvado a sua vida). Começou a andar de um lado para o outro, examinando as criaturas, como um leão que escolhe a zebra mais vulnerável para a emboscada. O grupo de brutamontes... não, eles não tinham cara de que tinham informação. E quanto àquele orbe de luz que tinha acabado de passar correndo? Talvez ele soubesse de alguma coisa para fugir daquele jeito. Ia mantê-lo como segunda opção se não encontrasse ninguém melhor.

— Ei, você! — chamou uma voz às suas costas.

O boneco de pano virou-se. Um homem moreno fitava-o de baixo, sentado em uma mesa escondida nas sombras. Estava sozinho. Tinha nas mãos um copo pela metade de um líquido esverdeado que ele girava constantemente, do mesmo jeito que se faz com uma taça de vinho. Usava um chapéu escuro afundado na cabeça, a longa aba ocultando o rosto. Presa em sua lateral por uma espécie de cordão, uma enorme pena vermelha com manchas brancas, impecável, contrastava com o estado desgastado do couro. Uma capa de seda pintada à mão envolvia todo o corpo do homem, as extremidades presas ao pescoço por um fecho prateado.

Os dois trocaram um único olhar, e o homem voltou a baixar a cabeça, escondendo o rosto sob a aba do chapéu. Um olhar rápido, mas o suficiente para o major reparar no tapa-olho de couro que cobria um de seus olhos.

Um sorriso discreto escapou dos lábios do estranho antes de ele se encolher novamente.

— Quem é você? — perguntou o major.

O homem não respondeu de imediato. Deu um gole demorado na bebida, como que apreciando a sensação do líquido verde descendo pela garganta.

— Tudo a seu tempo — disse com uma voz tranquila. — Por enquanto meu nome não importa. — E acrescentou, erguendo a cabeça apenas o suficiente para que o major visse o seu sorriso: — Nem o seu, aparentemente... major.

O boneco de pano tocou a própria plaqueta, quebrada na parte do nome, e olhou de volta para o estranho.

— E o que você quer? — perguntou ele.

— Eu? Eu quero ser livre. Voar. Dançar. — Ajeitando-se na cadeira, emendou: — E você?

— Informação!

O homem pensou por um instante.

— É... dá no mesmo, não? — E, apontando para o banco do outro lado da mesa: — Sente-se, major.

O boneco de pano se acomodou da melhor forma que conseguia. O homem acompanhava todos os seus movimentos, atento como uma águia. Entrelaçou os dedos e pousou cuidadosamente as mãos sobre a mesa. Ergueu a cabeça, e os dois se fitaram.

O oceano. Foi a primeira impressão do major. O olho esquerdo podia estar tapado, mas o direito... seu olho direito era como uma escotilha que dava direto no oceano: um oceano verde, sereno, livre. Parecia ter brilho próprio, como um farol em uma praia deserta, seu facho esmeráldico como um porto seguro em meio à tormenta.

Um olhar oceânico.

Os cabelos do estranho, compridos e negros, repousavam sobre os ombros cobrindo toda a sua capa de seda com um emaranhado que lembrava teias de aranha. Sorria para ele. Não um sorriso forçado ou sarcástico, como o major esperava de alguém que frequentasse o Tatu-Bola. Parecia genuinamente feliz, como se não pedisse mais nada da vida além daquele instante.

— Então... — começou ele após mais um gole. — Como eu posso ser útil?

O major encarou o estranho por um instante antes de responder, desconfiado:

— Estou em missão oficial! — disse. — Eu e meus homens recebemos informação privilegiada a respeito de uma casa! Uma mansão distante! Em outra ilha! E precisamos encontrá-la o mais rápido possível! O destino de Onira está em jogo! — E acrescentou com um tom de voz de quem está acostumado a ser obedecido: — Se você souber de algo, é obrigado pelas leis de Onira a me contar imediatamente!

Mas o homem não se abalou com o tom do boneco de pano. Refletiu demoradamente e por fim disse com a mesma calma de antes:

— Hm... entendo. Em outra ilha, você diz? Mas por que não nesta? Esta é uma das maiores ilhas de Onira. — Apontando displicentemente para o lado com a cabeça, completou: — Já procurou na floresta atrás do Tatu-Bola?

— Nós viemos de lá agora! — rosnou o major, visivelmente contrariado. — Cruzamos a floresta de ponta a ponta! E não tem casas lá! Muito menos uma mansão! Ela só pode estar em outra ilha! — Encarando-o de uma distância menor do que seria conveniente, finalizou de maneira ameaçadora: — Por isso viemos ao Tatu-Bola, homem! Para encontrar um guia!

O estranho se inclinou confortavelmente para trás e começou a tamborilar os dedos na madeira, tão rápido que parecia estar tocando um piano. Fechou o olho e começou a balançar a cabeça de um lado para o outro, como se apreciasse o som da música imaginária. Passou algum tempo em silêncio, tocando um ritmo lento com a mão esquerda e um mais acelerado com a direita até que, aparentemente, esbarrou em uma nota errada e parou de tocar o piano imaginário. Fez uma careta e voltou a encarar o major.

— Odeio a clave de fá — disse, e voltou ao assunto: — Mas você disse que precisava de um guia. Um guia para encontrar a casa?

O major não estava acostumado a ser chamado de "você", a não ser pelos superiores, e quase deixou escapar um "Sim, senhor!" involuntário. Mas conseguiu se controlar. Limitou-se a assentir com a cabeça.

— E posso perguntar o que tem nessa casa?

O boneco de pano aproximou ainda mais o rosto, como se prestes a confessar um segredo.

— Lá é o ninho dos fantasmas! — disse. — E destruir os fantasmas de Onira é o dever do nosso pelotão!

Ouvindo aquilo, porém, o estranho se endireitou na cadeira.

— *Fantasmas?* — gritou, batendo com os punhos na mesa. Toda a calma se esvaiu ao mesmo tempo, e o oceano em seu olho pareceu espumar.

— Sim, fantasmas! — disse o major. — O que deu em você, homem?

Mas ele não respondeu. Apenas respirou fundo para se acalmar de novo e abriu um sorriso.

— Fantasmas... — murmurou por fim. — Pensei que nunca mais fosse ouvir falar deles. Ninguém mais acredita em fantasmas hoje em dia.

— Você sabe dos fantasmas? — perguntou o major, agarrando-o pela capa.

— Eu já vi os fantasmas — respondeu o estranho. — Já os enfrentei, já os persegui... já fui até torturado por eles. — E, com um profundo suspiro: — Mas não mais...

O boneco de pano o sacudiu.

— Não mais? Por quê?

— Os fantasmas deixaram Onira há muito tempo — disse o homem. — Os serviços de Zimbardo já não são mais necessários.

Com essas palavras, o major congelou.

— Zimbardo?! — perguntou, largando-o. — Zimbardo, o pirata?! *Aquele* Zimbardo?! Eu já ouvi falar de você! Você era o maior caçador de fantasmas de Onira! O melhor de todos! Mas... — hesitou — eu achava que você tinha sido preso! Me disseram que você ficou louco!

— *Capitão* Zimbardo — corrigiu o homem, mecanicamente. — E, sim, eu já fui caçador de fantasmas. E você está certo, major... eu fui preso. Mas já cumpri a minha pena e hoje sou um homem livre. — Com um longo suspiro, terminou: — Mas, quando saí das masmorras, já não havia mais fantasmas a serem caçados.

O major o encarou por um instante, e um largo sorriso se abriu em seu rosto.

— Aí que você se engana, Zimbardo! — disse, batendo com as mãos na mesa. — Eles nunca foram embora! Os fantasmas ainda estão aí! Assombrando Onira!

Mas o estranho não respondeu. Não de imediato. Sem uma única palavra, fitou o major e baixou de novo a cabeça, e tudo que o boneco de pano conseguiu distinguir em meio à penumbra foram seus lábios se mexendo, rápidos, como se ele murmurasse alguma coisa consigo mesmo.

— Precisamos de um caçador profissional! — insistiu o major. — Junte-se a nós, Zimbardo!

Mas o homem parecia não ouvir. Continuou sussurrando, e sua respiração ficou mais pesada.

— O que foi? Zimbardo!

Nisso, Zimbardo ergueu subitamente a cabeça e respondeu com a voz quase apagada:

— Fantasmas existem, major? Está seguro disso?

E voltou a se calar, encarando o boneco de pano. Seu olhar de esmeralda destacava-se no rosto cor de carvão. Os dedos voltaram a tamborilar inquietos sobre a mesa.

— Ora, que pergunta! — disse o major. — Sempre existiram! Botaram fogo em Onira! Destruíram nosso mundo! E estão planejando outro ataque! Eles rastejam nas sombras, em silêncio, esperando a hora certa para dar o último golpe e matar todos nós! — Inclinando o corpo para a frente, disse por entre os dentes: — E você me pergunta se eles existem, Zimbardo? Você, o maior caçador de fantasmas de Onira? O que fizeram com você?

O homem ouviu o major sem piscar, imóvel. Suas unhas estavam cravadas na superfície da mesa, os dedos endurecidos, como se concentrasse toda a sua força nas mãos. Após algum tempo em silêncio, disse, afinal:

— Depois das masmorras, eu nunca mais vi os fantasmas... Onira estava livre deles. *Eu* estava livre deles. Tanto tempo lá dentro, afastado do mundo... e eu fui levado a pensar que era coisa da minha cabeça, que os fantasmas não existiam. E agora você vem me dizer que eles sempre existiram? Que o que eu aprendi nas masmorras foi mentira?

— Lavagem cerebral! — disse o major. — As masmorras te enlouqueceram! Tanto tempo longe do mundo real só podia ter dado nisso! Mas agora você está de volta! Então... os fantasmas existem? Existem! Isso é tão certo quanto a vida! Mas eles não vão existir por muito mais tempo se você se juntar a nós!

Com essas palavras, Zimbardo abriu um sorriso e lhe estendeu a mão.

— Então vou seguir você até o fim do mundo, major!

O boneco de pano apertou-lhe a mão com firmeza e começou a rir.

— Seja bem-vindo, Zimbardo! — disse. — Mas não precisamos do fim do mundo! O ninho está próximo! Mais próximo do que a gente pensa! Já sinto o cheiro dos fantasmas! Mas a questão é: como chegar lá? Ele está em outra ilha!

— Nessa casa que você disse?

— É! Mas em outra ilha! Depois dos abismos! Talvez até depois do sol! E não temos como cruzar a pé!

O homem ergueu a sobrancelha de um jeito sugestivo e disse:

— O que vocês precisam, major, é de um navio.

— Um navio?!

— E dos grandes — disse Zimbardo, reclinando-se para colocar os pés sobre a mesa. — Por sorte, tenho um ancorado aqui perto.

— Você não ouviu, Zimbardo?! — explodiu o boneco. — Um navio é inútil para a nossa missão! O ninho não está aqui, debaixo dos nossos narizes! Teríamos de chegar às outras ilhas! E como um navio vai fazer isso?! O mundo inteiro está esfacelado, se você não notou! Ilhas flutuando, perdidas no céu! Morrendo uma a uma engolidas pelas teias! Não podemos simplesmente navegar até elas! Cairíamos no abismo! Morreríamos! Isso se não morrermos antes de cair! — E completou, batendo os punhos na mesa: — Só se o seu for um navio que voe! Só assim para ajudar: nos levando pelo céu até as outras ilhas!

Zimbardo parecia se divertir com o discurso do major e deu uma risada quando ele terminou.

— Ah, o meu navio não voa, major — disse. — Mas eu não me preocuparia com isso se fosse você. Vamos chegar ao ninho antes que você possa dizer "Onira". — E, dando um último gole na bebida, ergueu-se de uma vez e chamou: — Vamos?

Mas o major não o acompanhou. Um navio? Alguma coisa naquele homem não estava certa. Não, não podia estar certa...

Alguma coisa... só não sabia o quê.

E, de súbito, agarrou-lhe o braço antes que ele pudesse ir embora.

— Por que você foi preso, Zimbardo? — perguntou.

Mas o homem limitou-se a fitar seus olhos de botão e dizer:

— Já cumpri a minha pena, major. — Puxando o braço para se soltar, concluiu: — Vamos? A *Estrela Viandante*[19] nos espera.

---

19. Peregrina, viajante.

CAPÍTULO 17

A ESTRELA VIANDANTE

— Venham, homens! Não vou chamar de novo! — disse o major enquanto andavam pelas margens do espelho d'água nos fundos do Tatu-Bola.

Quando estavam saindo da taverna e o boneco de pano finalmente se deu conta de que os soldados (e Olívia) haviam desobedecido à sua ordem de permanecerem do lado de fora, ele fechou a cara de tal maneira que os soldados, mesmo agora estando fora de formação, caminhavam com a cabeça baixa como uma criança que leva uma bronca da mãe. O estranho com chapéu de pena caminhava próximo ao major, alguns passos à frente do pelotão. Vez ou outra, os dois trocavam algumas palavras, e o militar assentia vagarosamente com a cabeça, como que para insinuar que entendia. Olívia, o sargento Sardin e os soldados os seguiam de perto, sem muitas explicações sobre quem podia ser o homem misterioso com um tapa-olho.

Passaram por vários barquinhos coloridos atracados próximos à taverna, mas não havia uma única criatura à vista. Deviam estar todos no Tatu-Bola, divertindo-se, sem a menor preocupação do mundo. As embarcações subiam e desciam, vazias, ao sabor das ondas. Embora a superfície da água estivesse opaca, coberta por uma camada de teia de aranha, ainda era possível ver seu azul-marinho ondulante por debaixo. Quando o grupo já vinha caminhando por uns bons minutos, o número de barcos começou a diminuir, diminuir, até que não houvesse mais nada além do marulhar das águas quebrando contra o piso de terra batida. Se fechasse os olhos e apenas escutasse, Olívia podia quase sentir que nada daquilo era real, e que estava apenas sozinha em uma praia deserta, uma praia normal, em um mundo onde o sol não estava embrulhado em um casulo e ainda podia se mover pelo céu. Um sol normal, livre, que em poucos instantes se esconderia atrás do horizonte para ceder pacificamente o lugar a uma lua que banharia a noite com sua chuva prateada.

Quando abria os olhos, porém, a menina via centenas de capacetes ambulantes arrastando os pés, um homem em forma de peixe cantarolando uma canção de marinheiro e uma criatura de três metros de altura feita inteiramente de pano andando, como se aquilo fosse a coisa mais normal do mundo. Por um instante, a ideia de que a cena seria cômica se não fosse trágica fez a menina esboçar um sorriso e fechar mais uma vez os olhos para voltar à sua praia deserta. Mas seu sorriso deu lugar a uma expressão de espanto quando ela finalmente voltou a si e percebeu para onde estavam sendo levados.

— Todos a bordo! — dizia o estranho de tapa-olho, gesticulando com os braços e apontando para um enorme navio que repousava sobre as águas.

Uma espécie de navio pirata, imponente, quase idêntico às miniaturas que o javali da taverna colecionava dentro das garrafas. Porém maior. Infinitamente maior. Vista de baixo, ainda da terra, a bandeira que tremulava no alto do mastro principal parecia uma nuvem perdida no céu, de tão distante. A cor clara no alto contrastava com as manchas negras e disformes espalhadas pela madeira do casco, que davam a impressão de o navio ter sobrevivido a um incêndio. Mas, apesar das marcas na superfície, a estrutura parecia intacta, como se o que quer que tivesse causado o fogo não conseguisse penetrar nas camadas mais profundas da madeira. Olívia passou suavemente a mão pelas tábuas e sentiu as finas camadas de carvão descascando ao mínimo toque, dissolvendo-se na umidade do ar e cedendo lugar a uma superfície clara, como cedro, por debaixo. Sentiu sob as unhas o gelado pegajoso das algas marinhas e do musgo que preenchiam os mínimos vãos entre as tábuas, e, sem a menor preocupação quanto à higiene daquela analogia, sua mente a levou para quando ela enfiava os dedos no pote de geleia para aproveitar o restinho quando a colher já não alcançava mais.

O estranho homem agarrou uma corda que pendia pela lateral do casco e a escalou com tanta agilidade que parecia um acrobata, indo desaparecer no convés por um instante. Logo em seguida, desceu uma grossa tábua de madeira que serviria de rampa para que os outros também subissem.

Os soldados ficaram tão animados com a ideia de entrar em um navio que esqueceram completamente a bronca do major, e o desânimo sumiu todo de uma vez quando começaram a rodopiar, correr e soltar gritinhos animados de "Oooh" e "Uaau" enquanto subiam a rampa aos empurrões antes mesmo que o boneco de pano tivesse tempo de dizer qualquer coisa para repreendê-los.

Olívia e o sargento subiram em seguida, e o major os acompanhou. No instante em que puseram os pés no convés, o estranho de tapa-olho recolheu a tábua que servira de rampa e, como se por algum truque de mágica, o navio imediatamente começou a avançar pelas águas mesmo com as velas fechadas. Os soldados aplaudiram em uníssono o vento que começou a soprar pelo convés, indicando que estavam se movendo, se afastando das margens.

A água sob o casco borbulhava com uma espuma branca, e o cheiro salgado de maresia invadia todo o convés. Navegavam pela enseada aos fundos do Tatu-Bola, cada vez mais velozes, em uma linha reta rumo ao horizonte. A grossa camada de teia que cobria a água não era páreo para a gigantesca estrutura de madeira na proa, que a rompia do mesmo jeito que um navio quebra-gelo cruzando as águas nos polos.

Quem era aquele homem com a pena vermelha no chapéu? Da popa, observava com uma pose solene a costa se afastando, calado, como se nada mais no mundo importasse. O major parecia confiar nele, mas não havia dito uma única palavra desde que embarcaram, e a menina começou a desconfiar de que algo ali não estava certo.

— Quem é ele, sargento? — perguntou, afinal, para o homem-peixe.

Mas o sargento Sardin apenas encolheu os ombros.

— Nunca vi... mas o *majeur* deve saber o que está fazendo.

— Sei muito bem o que estou fazendo, Sardin! — disse o major, aproximando-se. — Aquele é Zimbardo! O famoso caçador de fantasmas!

— Zimbardo?! — espantou-se Olívia.

Nisso, o homem de chapéu de couro virou-se e foi na direção dos companheiros com um sorriso estampado no rosto. Seus passos pareciam uma dança, como se valsasse pelo convés.

E foi aí que Olívia viu. E seu coração gelou.

Presa em sua canela, uma grossa argola de ferro com um aro de corrente arrebentada tilintava conforme ele avançava até eles. Um grilhão... como se Zimbardo tivesse escapado antes da hora, e as correntes fossem a marca que as masmorras deixaram para trás.

Quando já estavam frente a frente, o homem desprendeu do pescoço a capa em que estava enrolado, e o tecido saiu voando pelos ares, soprado pelo vento.

— *Capitão* Zimbardo, major! — corrigiu ele. — Ao seu dispor.

E fez uma ampla reverência com o chapéu sobre o peito. Curvou-se tanto, quase se dobrando ao meio, que Olívia chegou a pensar por um momento que fosse um boneco de pano como o major, mas com uma altura normal. Quando se ergueu novamente, porém, pôde examiná-lo melhor.

Zimbardo não era um boneco. Era um homem de carne e osso. Usava uma bandana vermelha na testa, de onde escapavam longos fios de cabelo preto que insistiam em se esvoaçar contra as rajadas de vento. Uma enorme pena vermelha parecia arder em chamas em seu chapéu de couro, as longas abas ocultando nas sombras seu rosto cor de carvão. E, quanto mais olhasse, mais a pena dava a impressão de realmente estar queimando, como um fogo vivo, perene, impossível de se apagar.

Uma pena em chamas...

Zimbardo alternava o olhar entre os três, examinando cada detalhe, cada traço, cada sombra. Mas ao mesmo tempo não podia parecer mais distante. Seu olhar parecia atravessá-los, fixo no infinito, sem notá-los de fato.

Por debaixo da capa que lançara ao vento, suas roupas eram camadas e camadas da mais fina seda: tecidos dos mais exuberantes, um verdadeiro traje de gala, botões dourados incrustados no azul como um tesouro de dobrões perdido no fundo do oceano. Sua roupa parecia viva, agitando-se como a espuma da água que o navio cruzava. Como se Zimbardo fosse o próprio mar. Na cintura, uma espada prateada, polida como um espelho, descansava na bainha rajada de preto e verde.

— Sejam bem-vindos... — disse ele — à *Estrela Viandante*, o navio mais rápido de toda Onira! Nosso passaporte rumo ao ninho dos fantasmas.

Todos os soldados do pelotão começaram a celebrar com seus gritinhos animados.

— Zimbardo, é? — disse o sargento, ajeitando o monóculo.

— Ao seu dispor — repetiu o homem, com um sorriso.

Mas Sardin não se deixou convencer. Puxou o boneco de pano e Olívia para falarem a sós, sem que Zimbardo os ouvisse, e sussurrou:

— O senhor acha isso uma boa ideia, *majeur*? Já ouvi falar desse Zimbardo... Dizem que ele é louco.

— E quem não é hoje em dia, sargento Sardin?! — retrucou de imediato o major. — Somos todos loucos, de um jeito ou de outro! Zimbardo é um caçador experiente. Louco ou não louco, vai nos ajudar.

— Mas existem loucos e loucos, *majeur*. Quem garante que ele não é violento?

— Violento contra os fantasmas! Sim!

— Violento... contra *nós, majeur*!

— É verdade — concordou Olívia. — Não sabemos nada dele. Dizem que ele foi preso. — E, lembrando-se do que a barata havia lhe dito: — Dizem... que ele não cumpriu a pena toda. Que fugiu das masmorras.

O boneco de pano a encarou com um olhar desconfiado.

— Bobagem! — disse. — Ninguém foge das masmorras! Ele foi solto, isso sim!

— Mas e aquela corrente na perna dele? — insistiu a menina. — Se o tivessem soltado, não teriam tirado a corrente também?

— Um *souvenir* é que não é — concordou o sargento.

O major pensou por um instante e olhou por sobre os ombros o capitão Zimbardo, que agora pilotava o navio com as mãos firmes na roda do leme.

— Vamos ficar de olho! — disse por fim. — Se ele tentar qualquer gracinha, somos duzentos contra um!

O sargento e Olívia assentiram com a cabeça.

E, nisso, a voz de Zimbardo se ouviu a distância:

— Na próxima reunião, eu também quero participar, hem! — E riu. — Mas agora não temos tempo a perder. Estamos chegando ao final da ilha! E seria uma tremenda falta de educação deixar os fantasmas esperando!

— E como você pretende atravessar, Zimbardo? — perguntou o major. — É como eu disse: as teias não vão suportar o nosso peso! Vamos cair no abismo se o seu navio não voar!

Mas o homem apenas riu.

— Em primeiro lugar, major — disse —, é *capitão* Zimbardo. Você vai se acostumar. Em segundo lugar, já disse que não me preocuparia com isso se fosse você. — E comandou para todos os soldados no convés: — Vamos, homens! A *Estrela Viandante* não vai navegar sozinha! Ao trabalho! Içar velas!

No mesmo instante, os soldados se dispersaram, obedientes.

— Ei! — gritou o major. — Eu que mando neles! — E chamou: — PELOTÃO...

Mas eles não ouviram (ou fingiram não ouvir). Como se tivessem ensaiado, cada um parecia saber exatamente o que tinha que fazer. Um grupo subiu pelas cordas e começou a desfraldar as velas, o que deu ainda mais velocidade para o navio. Outros pegaram escovas e baldes de madeira com água e sabão e começaram a esfregar o piso do convés. Um outro grupo, ainda, simplesmente ficou de pé sobre o parapeito do navio e começou a cantarolar em coro algumas músicas de marinheiro. O soldado 110, por sua vez, escalou o mastro principal e entrou no cesto de observação, assumindo uma pose tão séria, e tão solene, com a mão espalmada sobre a testa para enxergar melhor a distância, que Olívia não pôde deixar de rir.

— Zimbardo! — gritou o major, ao pé da escada que levava ao tombadilho. — Você roubou os meus soldados!

— Eles são marujos agora, major! — disse o homem. — E dos bons, por sinal! Eu bem que estava precisando de uma ajuda por aqui. A *Estrela Viandante* precisa de uma tripulação! Ela nunca se deixaria domar por um só homem. Então vocês chegaram na hora exata! Mas não se preocupe que em terra firme eles ainda são todos seus. — E, olhando para a bandeira no mastro principal: — Mas agora não é hora de conversa. O vento está ao nosso favor! Venham, subam aqui!

E os três subiram as escadas para se juntar ao capitão.

Zimbardo tinha as mãos no leme e o olhar fixo no horizonte. Seus longos cabelos, negros como um corvo, esvoaçavam-se ao vento.

— E qual o seu nome, maruja? — perguntou ele para a menina.

— Olívia.

— Ah! Olívia... — e repetiu o nome devagar, apreciando cada sílaba. — Que nome lindo! Me faz lembrar de uma amiga.

— E você me lembra um pouco o meu tio Lucas — disse ela, apontando para o rosto do homem. — Quer dizer, com esse seu tapa-olho. Ele usa uma venda nos dois, então você é como... um tio Lucas pela metade!

O homem abriu ainda mais o sorriso. Agachou-se e aproximou o rosto ao da menina, chegando tão perto que a pena de fogo no chapéu, curvada para a frente, quase a tocou.

— Isso é muito interessante! E a *outra* metade te lembra quem? — E apontou para o olho bom.

— Eu... não faço ideia...

— Ah, não tem importância — respondeu ele, sacudindo a mão à frente do rosto como que para afastar o assunto. — Nem tudo precisa de explicação.

Nisso, ele largou o leme, tirou o chapéu e a bandana e sacudiu a cabeça para deixar os longos cabelos caírem livremente sobre as ombreiras repletas de condecorações do uniforme.

— Já pilotou um navio, Olívia? — perguntou.

A menina fez que não com a cabeça.

— Ah... para tudo tem uma primeira vez! Você vai ser a timoneira oficial da *Estrela Viandante*. — Colocando o chapéu na cabeça da menina, perguntou: — Acha que dá conta?

— Lógico! — respondeu ela.

Zimbardo soltou uma risada satisfeita.

— Assim que se fala! Agora venha cá, coloque as mãos no timão desse jeito. Isso! Vê aquela ilha lá longe? Você vai mirar nela. Quando esta ilha acabar, você vai fazer o navio chegar até lá, entendeu?

— Quando a ilha... *acabar*? — estranhou Olívia. — Mas a ilha já não acabou? Já não estamos em alto-mar?

Zimbardo lançou-lhe um olhar desconfiado e fez que não com a cabeça.

— Ainda estamos na mesma ilha. Tudo isto... — disse, girando a cabeça ao redor — é uma coisa só. Uma ilha só. — E, apontando para algum lugar no horizonte: — É *ali* que a ilha acaba. É *ali* que a *água* acaba. E é só até *ali* que os seus serviços de timoneira serão necessários. Então mãos à obra!

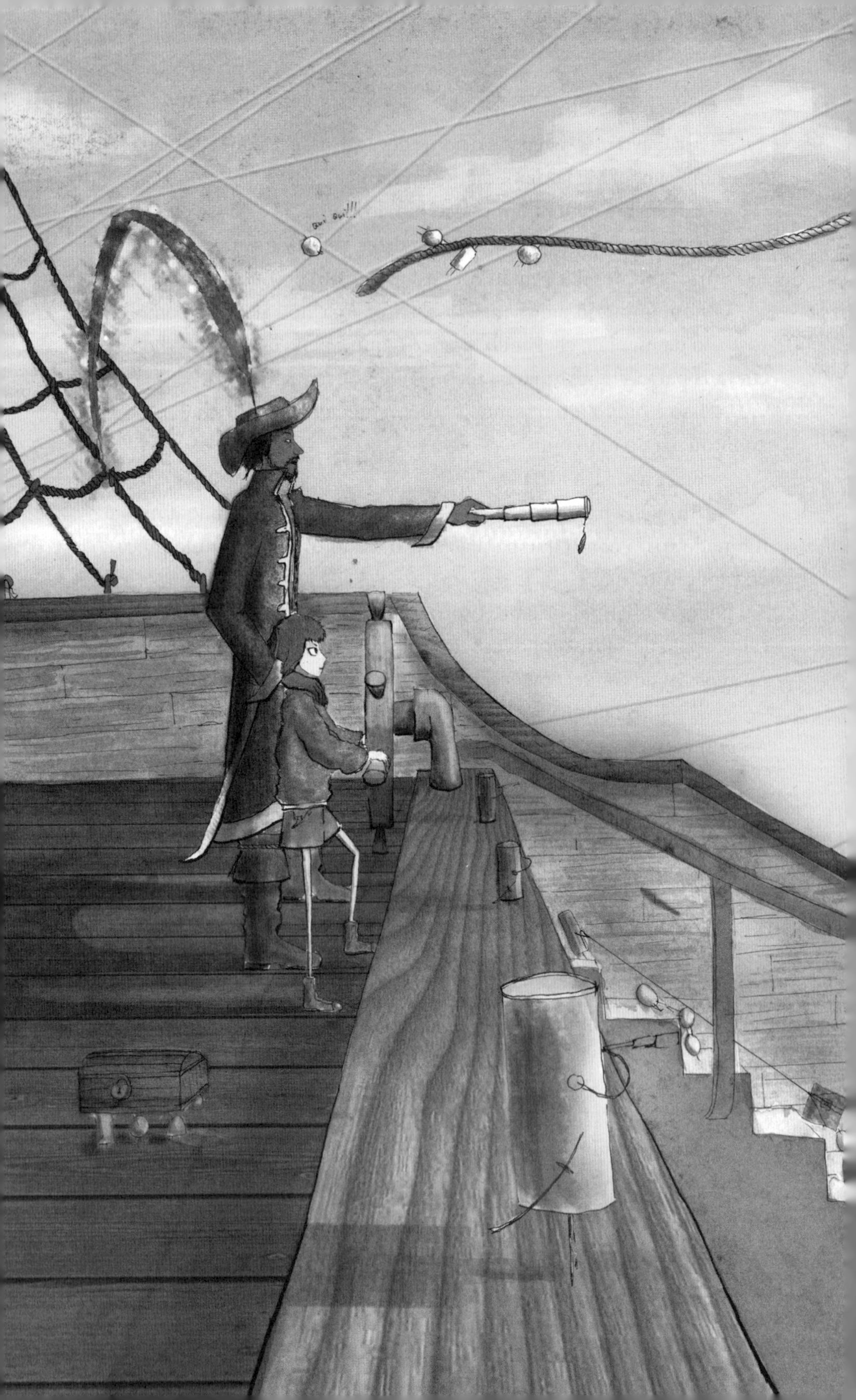
Oui Oui!!!

Olívia olhou para o horizonte, semicerrando os olhos para enxergar melhor.

— É ali que... a *água* acaba?

Na mesma hora, uma lembrança lhe ocorreu. A memória de uma das aulas que o tio Lucas insistia que ela tivesse. A voz mal-humorada e orgulhosa do professor ecoou em sua mente como se ele estivesse ao seu lado, de tão real:

——*

— Na época das Grandes Navegações, alguns antepassados dos nossos antepassados ainda tinham na cabeça a ideia ridícula de que a Terra era plana! Você consegue... *Olívia, foco!* Você consegue imaginar? Um planeta achatado como um livro! Rá! Mas hoje em dia nós sabemos muito bem que a Terra é redonda, e que o oceano não "simplesmente acaba em uma cachoeira do tamanho do mundo" depois do horizonte.

——*

Mas, depois de tudo que haviam passado, Olívia já não tinha mais tanta certeza.

— Timoneira — disse o capitão —, não desvie o olho do horizonte por nada neste mundo. Ou melhor: *os olhos*. Esqueci que você ainda tem dois. Vamos, vamos! As outras ilhas nos esperam!

— Mas... — disse Olívia — é para *lá* que você quer ir?! — E apontou para um bloco de terra que flutuava ao que pareciam quilômetros de distância, quase apagado no céu. — Como a gente vai chegar *lá* se o navio não voa?!

— Caramba — resmungou ele, pondo as mãos na cintura. — Você se deixou mesmo contaminar pelo major, hem? Como vocês se preocupam com coisas simples!

— Contaminar nada, Zimbardo! — disse o major. — A recruta tem toda razão! Se o navio cair no abismo, e de alguma forma a gente sobreviver, pode ter certeza de que eu te mato!

Mas o capitão apenas balançou a cabeça e, agachando-se para ficar na altura da menina, disse em um tom autoritário, mas bondoso, como um pai dando um conselho:

— Olívia, se você olhar para os lados ou para baixo, aí que vai ser um abismo mesmo. E dos grandes! Mas, agora, se você olhar reto por tempo suficiente e ficar perfeitamente imóvel, tudo o mais vai desaparecendo devagar, e sobram só duas coisas no mundo todo: você e a outra ilha. E nada de abismo, entendeu? Nada de abismo, nada de queda. Agora vamos aproveitar o vento, que ele não vai esperar para sempre.

— Tirando uma luneta dourada do bolso para olhar o horizonte, ordenou: — A estibordo, timoneira!

Olívia hesitou.

— Estibordo?

O capitão se virou para ela, intrigado.

— Sim, estibordo. Não sabe o que é estibordo?

— Era para saber?

— Ué, claro! Mas tudo bem... Como você é nova nisso, eu vou te explicar. Mas só uma vez, hem, então preste atenção! Olhe: *ES*-tibordo. *ES*-querda. Entendeu? Estibordo, esquerda; estibordo, esquerda. Agora é só inverter. Estibordo *não é esquerda*. Estibordo é direita! Simples assim. E bombordo é o outro, o inverso do inverso: estibordo é direita, e bombordo é esquerda. Viu só? Simples!

Olívia olhou para ele, ainda mais confusa.

O capitão Zimbardo revirou o olho que ainda tinha e soltou um suspiro.

— *Direita,* timoneira! Vire à direita! — Indo até o parapeito, comandou para a tripulação: — Içar velas, homens! Velocidade máxima à frente! Vamos precisar!

No mesmo instante, os soldados – ou marujos, como você preferir neste ponto da história – prestaram continência para Zimbardo e começaram a trabalhar ainda mais rápido. Olívia virou o timão ligeiramente para a direita e mirou na ilha que o capitão havia apontado. A corrente de água acelerou. A *Estrela Viandante* acelerou ainda mais com todas as velas desfraldadas, sacudindo para cima e para baixo com as ondas.

O fim da ilha se aproximava.

— Recruta, dê a volta! — disse o major, pegando em seu ombro. — Não vai dar certo! Isso já foi longe demais!

— Não se preocupe, Olívia — rebateu o capitão. — Lembre-se: sempre em frente.

— Não dê ouvidos, recruta! Eu não devia ter confiado em um louco! Vamos voltar! — E, para o capitão: — Mudamos de ideia, Zimbardo! Estamos voltando agora! Vamos encontrar alguém normal para nos levar até os fantasmas! Se você quer morrer, que morra sozinho!

Mas Zimbardo apenas abriu um sorriso.

— Ah, eu vou morrer, major — disse —, assim como todos nós, algum dia. Mas não vai ser hoje. — E, pousando a mão no outro ombro de Olívia: — Sempre em frente, timoneira!

O vento soprou mais forte. Não havia mais terra à vista. Não havia mais nada à vista além de uma infinidade de branco.

— Dê a volta, recruta!

— Sempre... em... frente! — repetia Zimbardo, olhando pela luneta.

— *Mademoiselle* — disse o sargento, com a voz trêmula —, acho melhor voltar mesmo.

Já podiam ouvir o som da queda-d'água. À frente, as águas que vinham cruzando despencavam de uma vez rumo ao vazio entre as ilhas, formando uma gigantesca catarata. Um manto branco de gotículas pairava no ar, molhando o rosto de todos conforme avançavam rumo ao nada.

Mas hoje em dia nós sabemos muito bem que o oceano não "simplesmente acaba em uma cachoeira do tamanho do mundo" depois do horizonte.

Olívia tentou virar o timão, dar meia-volta, mas já era tarde. Não havia mais água sob o casco para sustentá-los.

E, subitamente, a água parou de bater. As cordas rangeram nos mastros como se estivessem prestes a se romper. A proa avançava para a superfície sem atrito do nada que se estendia por quilômetros abaixo. A metade da frente da *Estrela Viandante* já estava solta no ar, inclinando lentamente para baixo, para o precipício.

O sargento Sardin tentou escalar o mastro principal para se salvar. O major arregalou os olhos de botão, uma sensação de impotência invadindo o seu peito ao sentir o navio despencar sem que pudesse fazer nada. Quase todos os soldados guinchavam, corriam desorientados pelo convés. Uns cinco ou seis ainda cantavam as músicas de marinheiro.

— Você matou todos nós, Zimbardo! — gritou o boneco de pano. — Como o navio vai atravessar o abismo?!

O capitão guardou a luneta no bolso com a maior paciência, e seu olho oceânico brilhou ainda mais forte quando ele disse:

— Aisling,[20] major! Aisling!

— Aisling? — perguntou o boneco de pano.

— *AISLING!* — gritou Zimbardo sobre o rugido da catarata, erguendo os braços aos céus.

---

20. Pronuncia-se "Ash-lin".

Capítulo 18
Aisling

A *Estrela Viandante* começou a despencar no precipício. Os quilômetros de puro branco se descortinavam diante dos olhos de Olívia como um filme em câmera lenta. Da lateral do navio, via-se o turbilhão da cascata cedendo à gravidade.

O capitão Zimbardo correu em direção à proa. O major, o sargento, Olívia e todos os soldados instintivamente o seguiram. Quando chegaram à ponta do navio, o homem levou os dedos à boca e soltou um assobio agudo que se sobrepôs ao estrondo das cataratas.

— É bom que você saiba o que está fazendo, Zimbardo! — gritou o major.

Mas o homem não respondeu.

— Veja, *majeur*! — disse o sargento, apontando para a névoa à frente.

Um vulto escarlate correu de um lado ao outro do céu, escondido pelas camadas de teia de aranha que embrulhavam Onira. O capitão assobiou mais uma vez, e o vulto bateu as asas e começou a subir, voando tão rápido, e tão próximo deles, que o vento quase os fez perder o equilíbrio. A criatura misteriosa soltou um grito agudo, vibrante, como um piado que fez as águas tremerem.

Era gigantesca. Ainda com as asas fechadas, devia ser no mínimo dez vezes maior que a própria *Estrela Viandante*. Longas plumas na cauda tornavam-na ainda maior, ainda mais vistosa. Ainda mais bela. Fez uma pirueta no ar e começou a acompanhá-los na queda, sob o casco, encaixando o navio no dorso. Era tão rápida como a água. Mais rápida

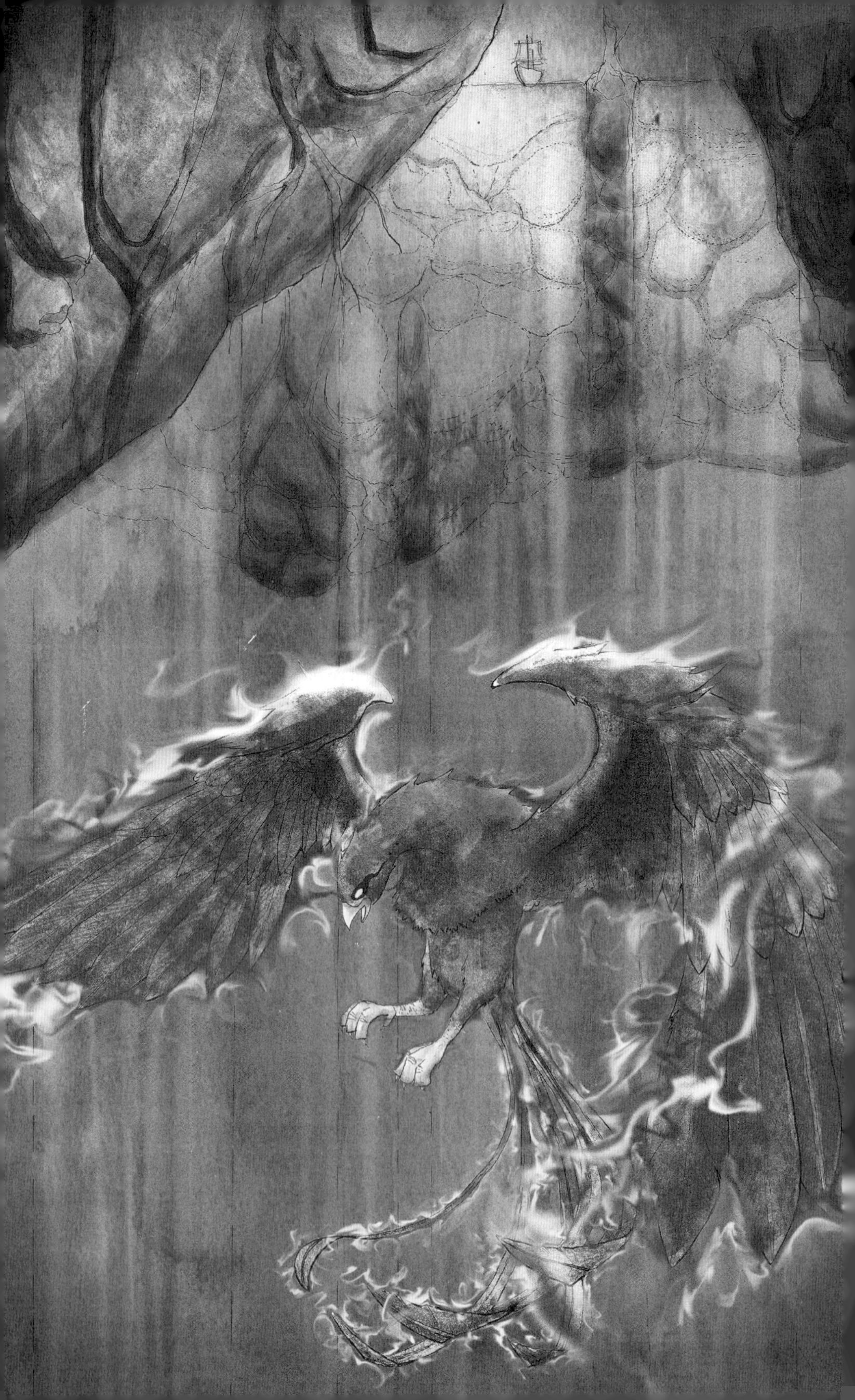

que a água. Uma ave gigantesca, em chamas, as penas de labaredas se contorcendo sem se apagar contra o ar que cruzava em alta velocidade. Uma ave de fogo, a crista vermelha esvoaçando como uma bandeira acima do mastro principal, as pontas das asas perdendo-se de vista no horizonte. Planava no ar, caía na mesma velocidade do navio, a cabeça alinhada com a proa, a cauda ainda desaparecendo no céu.

E começaram a desacelerar. A fênix bateu as asas uma única vez e impulsionou o corpo para cima. O solavanco fez todos do navio caírem de costas no chão. Todos, menos Zimbardo, que parecia acostumado a voar no dorso da ave e se limitou a dar uma risada discreta ao ver o major todo encolhido, rolando como uma bola de um lado para o outro.

A cascata fez um estrondo e parou de cair por um instante, em desafio à gravidade, sustentada pela força do vento que as asas geravam.

Agora subiam, subiam no dorso da fênix rumo ao céu. Cruzaram o véu de gotículas na superfície e não pararam de subir, de voar, até deixarem as ilhas para trás, deixarem o sol para trás.

— Avante, Aisling! — gritava Zimbardo, agitando os braços como se estivesse regendo uma orquestra. — Para cima, para o alto! Até termos as estrelas abaixo de nós!

A fênix piou em resposta como se tivesse entendido. A *Estrela Viandante* sacudiu em suas costas, e o pobre major se desequilibrou e caiu novamente no chão com um baque surdo. Zimbardo soltou uma gargalhada.

— Esta, meu caro major, é Aisling! — disse. — Diga olá para ela, sim?

— Por que você não disse que tinha um pássaro gigante, Zimbardo?! — resmungou o major, apoiando-se em um mastro para se erguer.

O capitão deu de ombros.

— Ah... qual seria a graça? — E foi para o outro lado do navio sem esperar resposta.

Olívia foi até o parapeito e olhou para baixo. O vento morno açoitou o seu rosto e soprou o seu cabelo em todas as direções. As penas da fênix pareciam um manto de veludo em chamas, uma explosão de cores, de vermelho sobre manchas brancas, amarelas, alaranjadas, uma opala que acendia e apagava conforme rasgavam os céus e queimavam o ar. Aisling batia as asas com graça, quase em câmera lenta, impulsionando-os para cima como se o navio não pesasse mais que uma de suas plumas.

A fênix virou a cabeça e encarou a menina. O bico comprido, completamente negro, era a única parte de seu corpo que não ardia em chamas. As pupilas pareciam pulsar como dois corações no interior de seus olhos cor de âmbar, crescendo e diminuindo para se adaptar à claridade. Aisling piscou algumas vezes, bateu as asas e voltou a girar a cabeça para baixo.

— Ela gostou de você — disse Zimbardo, ao lado de Olívia.

— Hã? Ah, e eu gostei dela. Salvou nossas vidas.

O capitão sorriu para ela.

— Se você tivesse dado a volta como eu mandei, recruta — começou o major, juntando-se aos dois. Seu rosto estava pálido, como se estivesse enjoado com o sacudir do navio —, nossas vidas não precisariam ter sido salvas!

— Ora, major! Onde está o seu senso de aventura? — perguntou Zimbardo. — Você só resmunga, resmunga, resmunga. Espeta e não ri! Cadê a rosa nos seus espinhos?

Mas o major desconversou:

— Sem conversa fiada, Zimbardo! Vá direto ao ponto! Diga que vamos encontrar logo os fantasmas!

O capitão não respondeu de imediato. Deu um longo suspiro, como se meditando, e disse, afinal:

— Foi como eu falei: eu não faço ideia de onde está essa casa. Ou melhor, o ninho. Mas vamos procurar. Juntos. Não precisa mais se preocupar, major, que agora eu estou no comando. — E acrescentou: — Um dia a mais, um a menos, não vai fazer diferença.

O boneco de pano voltou a cruzar os braços.

— Mas para nós é um dia de atraso na missão! Mais um dia de impunidade para os fantasmas! Um dia inteiro! — E, quase rugindo: — Nós temos metas no Exército! Regras! Hierarquia! Quem disse que você está no comando? Eu sou major, Zimbardo! Um capitão deve jurar lealdade e obediência a um major! Você pode ser caçador de fantasmas, mas sou eu quem devia dar as ordens por aqui!

O capitão sacudiu a cabeça em negativa e disse com um ar decepcionado:

— As regras nos limitam, major…

— Não! — gritou logo o boneco de pano. — As regras são boas! Elas nos salvam de nós mesmos!

Zimbardo deixou escapar uma gargalhada.

— Ora, major, os espíritos livres não precisam ser salvos. E muito menos salvos de si mesmos! — Fitando-o com um olhar malicioso, desafiou: — Se a hierarquia vale tanto assim para você, saiba que um capitão é a autoridade máxima de um navio. É o equivalente ao coronel do seu Exército. Você obedece ao seu coronel, major?

Mas o boneco de pano fechou a cara e não respondeu nada.

O capitão Zimbardo deu uma piscadela discreta para Olívia e lhe disse:

— Fez muito bem, timoneira. Parabéns! Sabia que eu podia confiar em você para atravessar o abismo!

— Foi o chapéu — disse ela, brincando, e o tirou da cabeça para examiná-lo.

— Que nada, já estava no seu sangue. Eu já sabia assim que te vi. O mar corre em nossas veias, Olívia.

A menina sorriu e devolveu o chapéu ao capitão, dizendo:

— Fica melhor em você do que em mim.

Zimbardo fez uma ampla reverência em agradecimento e tomou o chapéu com as duas mãos, como se aquilo fosse uma cerimônia solene de passagem de comando. Alisou a pena com cuidado entre os dedos, mas as chamas em sua superfície não o queimaram. Em suas mãos, voltava a ser uma pena comum, como se o fogo da fênix se recusasse a feri-lo. Zimbardo então colocou o chapéu na cabeça, ajeitando-o pela aba.

— E aí, como estou? — perguntou, ficando de perfil e erguendo o queixo. Naquela pose, sua imagem poderia facilmente se passar pela de um comandante de alguma esquadra famosa, todo imponente, nobre.

— Horrível! — rugiu o major. — Mais ridículo, impossível!

Mas o capitão Zimbardo não lhe deu atenção. Olhou para o horizonte, para o alto, e imediatamente desfez a pose e saiu correndo em direção à proa.

— Ahá! Uma nuvem se aproxima! — Virando-se para o convés, deu um comando para toda a tripulação: — Preparem-se, homens! Segurem-se bem!

Aisling não parava de subir. A ilha do Tatu-Bola não passava de um pequeno ponto em meio a centenas de outros, boiando em um manto branco e desbotado de teias, quilômetros abaixo.

À frente do navio, uma densa nuvem de chuva se aproximava rápido, maior que a própria fênix, maior que tudo. Estava embrulhada em teias, como se as aranhas tivessem invadido o céu e tecido um manto impermeável à sua volta, selando todo o vapor de água no interior. As teias comprimiam a tempestade, formando um balão negro que flutuava à força sobre o mundo, impedido de se precipitar em forma de chuva.

A ave gigante voava diretamente até a nuvem. Não parecia disposta a desviar.

— Ah, sim, vocês vão se molhar um pouco — comentou o capitão. — Só avisando.

A fênix bateu as asas uma última vez com ainda mais força e as fechou sobre o corpo, deixando-se impulsionar para cima. Rompeu a teia com o bico e, encolhendo a cabeça, entrou na nuvem.

Olívia sentiu o vento em seu rosto subitamente dar lugar a uma corrente violenta de água salgada e se agarrou às cordas do mastro principal para não ser carregada. O interior da nuvem era tão denso, e tão escuro, que sentiu que estava se afogando no fundo do mar, onde a luz não ousava alcançar. As velas enfunadas da *Estrela Viandante* se inflaram como uma bolha prestes a explodir, quase rasgando com a pressão.

Aisling subia, subia, firme como um torpedo rumo à superfície. Em contato com a água, como se fosse mágica, as chamas de suas plumas não cederam, não se apagaram. Pelo contrário: pareciam arder ainda mais fortes, ainda mais belas, como uma estrela que libera toda a sua energia antes de se extinguir. Mas Aisling não se extinguiu. Quando chegou ao outro lado, rasgou a superfície da nuvem e mergulhou no ar. As teias que ficaram presas em seu corpo queimaram instantaneamente, e, livre do invólucro, a fênix voltou a bater as asas. O navio se desprendeu das suas costas e, por um único instante, ficou suspenso no ar.

E começou a cair.

A *Estrela Viandante* caiu sobre a nuvem de chuva como um barquinho de papel em uma banheira, subindo e descendo ao ritmo das ondas, até se estabilizar nas águas negras do que mais parecia um oceano. As velas inflaram ao sopro do vento forte das alturas, e o navio voltou a avançar, abrindo espaço pelo véu que cobria as águas.

Aisling sobrevoava o navio como uma nuvem vermelha. Fazia círculos no ar, descendo em espiral. Quando chegou tão perto que estava prestes a tocar com as garras o mastro principal (o 110 precisou se encolher no cesto de observação para não ser atingido), envolveu o corpo com as asas, abraçando a si mesma, e começou a encolher, encolher, tornando-se um pequeno aglomerado de plumas, um orbe do tamanho de um punho cerrado, uma bola de gude, até quase sumir por completo. Conforme se aproximava do convés, o brilho dourado que escapava do seu interior ficava cada vez mais forte, mais concentrado. Quando estava prestes a tocar o chão, o orbe explodiu, lançando uma onda de choque que fez todos darem um passo para trás e protegerem o rosto.

E em seu lugar surgiu uma mulher.

— *Mon Dieu!* — exclamou o sargento.

Era a mulher mais linda que Olívia já tinha visto.

Seu cabelo era o mais ruivo dos ruivos, como uma rosa mergulhada em um mar de sangue. Os longos fios eram línguas de fogo, contorcendo-se para o alto, a moldura perfeita para os traços de um rosto branco como a lua. Seus olhos eram chamas douradas incrustadas na face, pedras preciosas que realçavam as maçãs do rosto e o nariz cobertos de sardas. Uma longa capa de veludo, de um escarlate ainda mais intenso que os seus cabelos, envolvia o seu corpo dos ombros aos pés.

A mulher alternou o olhar entre todos do navio, movendo a cabeça devagar, examinando cada um dos presentes com um ar grave, solene. Capitão Zimbardo deu um passo à frente e, tirando o chapéu, fez uma reverência para a mulher. Ela retribuiu com uma mesura, sem uma única palavra, e se fitaram por um instante. Por fim, abrindo um sorriso, o homem a tomou delicadamente nos braços, acariciou seu rosto e lhe deu um beijo apaixonado.

Todos os soldados começaram a se entreolhar e dar de ombros, sem fazer a mínima ideia do que estava acontecendo.

— Aisling! — disse o homem, alisando o cabelo da mulher com os dedos, que não queimavam ao toque do fogo.

— Zimbardo, meu amor! — disse ela, beijando suas mãos.

Zimbardo então virou-se para os outros e soltou uma gargalhada.

— Major, meu querido major... — chamou. — Agora é uma boa hora de dar olá para Aisling, hem? Você estava devendo.

— Hm! Olá! — grunhiu ele, nem um pouco espantado com a aparição da mulher. E, muito a contragosto: — Obrigado por nos salvar!

A mulher ruiva sorriu para ele e assentiu gentilmente com a cabeça.

— Que tripulação mais linda, Zimbardo! — disse ela, pegando no colo um dos soldados, que começou a ronronar feito um gatinho. — Eu não estava acostumada com isto aqui tão cheio.

— Meus novos amigos! — disse ele. — Após tanto tempo nas masmorras, é bom ter uma tripulação novamente. Podemos ser uma grande família de novo, meu amor!

Aisling botou o soldado no chão e tomou as mãos de Zimbardo entre as suas.

— E como você está, meu bem? — perguntou, mordendo os lábios.

— Mais lúcido que nunca — respondeu ele, o olho brilhando.

A mulher soltou um longo suspiro e beijou suas mãos.

— Eu nunca vou me perdoar por ter deixado você ir. Ainda mais daquele jeito...

Mas Zimbardo sacudiu a cabeça devagar para tranquilizá-la, acariciou o seu rosto e disse baixinho:

— Você fez o que achou melhor. Fez bem. E agora estamos juntos de novo. — E, apontando para o major, o sargento e os soldados: — Meus novos amigos me guiaram, me trouxeram de volta à realidade! Agora eu sei a verdade, Aisling! Então, por isso, jurei pela minha honra lealdade a eles e à sua missão.

— Nada mais justo, meu amor — concluiu a mulher.

Zimbardo então foi correndo até a popa e subiu no tombadilho. Conforme avançavam pela nuvem de chuva, a *Estrela Viandante* parecia dançar sobre as águas em perfeita harmonia com seus passos alegres sobre o convés. Aisling o acompanhou e não fazia sons de passos quando caminhava: parecia flutuar, como se ainda voasse.

— Amigos! — chamou o capitão de braços abertos. — Eis Aisling, a companheira da *Estrela Viandante*! Sem ela, eu não seria capitão. Sem ela, eu não seria Zimbardo, o pirata. A fênix é o símbolo de Zimbardo. Renascer das cinzas é o seu estandarte. E Aisling será nossa guia, nosso lume, nossa trilha rumo aos céus! Confiem nela, amigos, pois a ela eu confiaria a minha vida!

Nisso, o major resolveu deixar as desavenças de lado. Desembainhou a espada e a ergueu para o alto em um gesto solene, olhando fixamente para a mulher.

— Mais um membro se junta à missão! — gritou. — Mais forças para salvar Onira! Salve, mulher-pássaro! Bem-vinda ao pelotão!

Aisling assentiu gentilmente com a cabeça em agradecimento.

— *Bienvenue*[21] — disse o sargento.

— E qual a missão de tão nobres guerreiros? — perguntou ela (e todos os soldados foram à loucura por serem chamados de "nobres guerreiros").

— Só uma, minha senhora! — disse o major, dando um passo à frente. — Livrar o mundo da escória! Dos vermes! Da corja que ateou fogo em Onira! — Para os soldados, bradou: — Onira, ninguém te manchará! Morte aos fantasmas!

E o convés transformou-se em festa. Olívia, o sargento e os membros do pelotão começaram a bater palmas, assobiar, e o rosto do enorme boneco de pano se iluminou por ser mais uma vez o centro das atenções. Seus olhos de botão brilhavam como luas cheias, e nunca em um bom tempo seu sorriso exageradamente rasgado deixara tão evidente que ele só podia ser feito de pano. Impelido pelos aplausos, começou a gesticular com a espada, simular uma batalha com os fantasmas, e até Zimbardo começou a aplaudir e gargalhar com a performance, como se nada mais no mundo importasse. Todos entraram em um estado de puro êxtase.

Todos, menos Aisling.

Aos poucos, o sorriso em seu rosto foi cedendo lugar a uma expressão de pânico, um ricto sinistro que engoliu toda e qualquer alegria que o resto da tripulação podia estar sentindo. Seus longos cabelos de fogo se reduziram a uma pequena fagulha quase morta.

Um a um, os soldados perceberam o pavor da mulher e foram parando de celebrar.

E, quando o silêncio voltou a reinar sobre o convés, Aisling murmurou, quase sem mover os lábios:

— ... Fantasmas, Zimbardo?

Mas o homem não respondeu de imediato. Olhando fixamente para a mulher, foi ajoelhar-se à sua frente e pegou suas mãos.

— Sei o que parece, meu amor — disse —, mas agora é verdade. Eu já estou curado. Agora sei que os fantasmas existem mesmo. O major me fez acreditar. Agora é verdade, eu juro!

---

21. Bem-vinda.

— *Verdade?!* — explodiu a mulher, puxando violentamente o braço para se soltar. — Verdade, Zimbardo?! Depois de tudo que você passou? Depois de tudo... — hesitou — que *eu* te fiz passar... você vem me dizer que... que ainda acredita em fantasmas? Que tudo que eu fiz por você foi em vão?!

O homem a encarava com um olhar de pena, sem dizer nada. Aisling prosseguiu, as lágrimas começando a escorrer por seu rosto:

— Caçando fantasmas de novo? Não, Zimbardo! Por que... — hesitou. — Não, não, não! Meu amor, por que você faz isso comigo? Eu... eu nunca me perdoei pelo que fiz. Ver você nas masmorras me matou por dentro, me consumiu de uma forma que você não consegue imaginar. Mas eu sabia... no fundo eu sabia que era pelo seu bem. Eu achava que você ia voltar curado para mim. Curado! Livre dessas vozes... desses *fantasmas!*

Nisso, o imenso boneco de pano a interrompeu:

— Então foi você! Você foi a responsável pela prisão de Zimbardo! — E, erguendo a espada na direção de Aisling: — Traído pela própria mulher, Zimbardo! Quem diria!

— Não se intrometa, major — murmurou o homem, baixando a espada do major com a sua. — Isso é entre eu e ela.

Zimbardo ergueu os olhos para Aisling, girou a espada na mão uma última vez e a jogou para longe. Pegou a mulher em seus braços com delicadeza e disse:

— Eu nunca precisei mais de você do que agora, Aisling. Preciso que você acredite em mim. Tanto tempo longe, preso nas masmorras... sem você...

— Eu digo o mesmo, Zimbardo — interrompeu ela, enxugando as lágrimas com os ombros. — Eu esperava que você voltasse curado de lá. São! Eu... — disse, com um suspiro. — Eu preciso de você lúcido, meu amor!

Mas uma súbita expressão de fúria tomou o rosto de Zimbardo. O oceano espumou em seu olhar e o homem gritou, cravando as unhas nos braços da mulher:

— *EU ESTOU LÚCIDO, AISLING!*

Aisling deu um salto para trás, mas o homem se recusou a largar os seus braços. A mulher então fez os cabelos de fogo voltarem a queimar, e não só seu cabelo, mas todo o seu corpo, e sua pele, e sua manta escarlate começaram a arder em chamas tão intensas que ela parecia o próprio sol.

Zimbardo instintivamente arrancou as mãos de cima dela, agitando-as para aliviar a dor das queimaduras. E se deixou cair no chão, gritando para o alto, para o nada.

— Você chama isso de lúcido?! — exclamou a mulher, subindo, subindo, pairando sobre o convés como uma bola de fogo. — Chama?! Não, Zimbardo, você não está lúcido! Você ainda não percebeu? Você... — hesitou, as lágrimas evaporando ao deslizar por seu rosto em chamas. — *Você é um monstro!* Você feriu Onira uma vez e vai ferir de novo se continuar com isso! Esses fantasmas que você tanto procura... não passam de uma ilusão! Um truque! Uma fantasia que a sua mente criou para escapar da realidade!

Aisling já estava próxima ao cesto de observação, o corpo todo queimando, uma combinação fluida de mulher e fênix.

— Já cansei dessa história de que fantasmas não existem! — gritou o major, apontando a espada para cima. — Talvez *você* seja o monstro, mulher! Já pensou nisso? Zimbardo foi o melhor caçador de fantasmas de toda Onira! Todos conhecemos a fama de Zimbardo, o pirata! E você o chama de louco! Talvez *você*, mulher, seja a louca! Você está em menor número! Todos aqui do pelotão já viram fantasmas! Já lutaram! Já venceram! Todos aqui têm certeza de que eles existem! — E, virando-se para os soldados: — Não é mesmo, homens?

Mas os soldados alternaram o olhar entre o ameaçador boneco de pano e a ainda mais ameaçadora criatura em chamas que flutuava sobre o convés, sem saber como reagir. Alguns fizeram que sim com a cabecinha trêmula, outros fizeram que não, e outros apenas se encolheram no capacete como tartarugas.

A mulher nem pareceu notar.

— Todos loucos! — disse. — Veneno para a mente de Zimbardo! Vocês o contaminaram de novo com essa conspiração ridícula! Eu me recuso a fazer parte disso!

Mas nisso Zimbardo ergueu-se, meio cambaleante, o rosto embebido em lágrimas, e suplicou para o alto:

— Uma chance! Uma chance! Por favor, meu amor, me dê só uma chance!

Foram poucas as palavras, mas o suficiente para Aisling se virar para ele e, lentamente, descer de volta para o convés, o fogo em sua pele se extinguindo aos poucos. Quando enfim pôs os pés no chão de novo, encarou-o com um olhar cortante e perguntou:

— Chance?

Zimbardo baixou a cabeça, e seus longos cabelos caíram sobre seus olhos.

— Eu não sei em quem acreditar, Aisling — disse, soluçando. — São loucos de um lado... loucos do outro... e já não sei mais quem eu sou. Então eu te peço, meu amor... mais uma chance. — Apontou para o major, Olívia e o sargento Sardin. — Eles são caçadores de fantasmas, assim como eu dizia ser antes das masmorras. Buscam uma casa, dizendo que é onde os fantasmas estão escondidos. Os mesmos fantasmas com quem eu lutei antes de você me... — Mas se censurou no meio da frase. Continuou: — Eu sei que um dos dois lados está louco: ou você... ou nós. E espero que sejamos nós, meu amor. Porque eu já cansei de lutar. Já cansei de correr atrás de fantasmas. Eu quero ter uma vida normal. — E confessou: — Eu quero estar louco, Aisling! Eu *preciso* estar! Eu *quero* que os fantasmas não sejam reais para poder me tratar!

— Eles não são, Zimbardo — disse a mulher. — Você sabe disso!

Mas o homem sacudiu a cabeça.

— Não, eu não sei. Mas *preciso* saber. Por isso eu te peço, meu amor: uma chance. Ajude-nos a encontrar essa casa. O ninho... ou seja o que for. Se houver fantasmas... lutaremos até a morte. Juntos. Se não houver — olhou-a nos olhos e abriu um sorriso compassivo —, sou todo seu novamente.

Aisling tomou as mãos dele nas suas.

— Sem fantasmas? — balbuciou.

— Sem fantasmas — concordou ele.

E a mulher o abraçou pela cintura com força. Zimbardo retribuiu o abraço. E uma última lágrima escorreu em sincronia pelo rosto dos dois.

— Está certo! — cortou o major, afastando os dois sem a menor cerimônia. — Agora a mulher-pássaro vai ver quem é louco! Queira ou não queira, os fantasmas existem! Então faça o seu trabalho e leve a gente até o ninho!

Aisling e Zimbardo não deram ouvidos. Trocaram um olhar de cumplicidade e um sorriso discreto.

— O topo do mundo? — perguntou ela em um sussurro.

— Tirou as palavras da minha boca — disse ele. — E, para o major: — Major, meu querido major... o senhor tem saudade das estrelas?

— Das estrelas? — perguntou o major, sem entender.

O homem assentiu com a cabeça.

— Há tanto tempo as teias cobrem o mundo que o senhor já deve ter esquecido a sensação de olhar um céu estrelado.

O major parecia confuso de subitamente começar a ser chamado de "senhor".

— Ah! Sim! — balbuciou. — Sim, sim! As estrelas!

Zimbardo deu uma gargalhada e, virando-se para Aisling, disse:

— Vamos?

Mas a mulher nem precisou responder. Saiu correndo, voando pelo convés como uma bola de fogo em direção à proa da *Estrela Viandante*. Equilibrando-se na ponta do gurupés, mergulhou no oceano.

— Talvez vocês queiram se segurar — comentou Zimbardo para ninguém em específico.

Antes que pudessem processar o que aquilo queria dizer, a fênix gigante irrompeu novamente das águas por debaixo do casco do navio, encaixando-o no dorso. Bateu as asas com tanta força para se impulsionar para cima que o vento provocou ondas enormes em todas as direções.

E voltaram a subir.

CAPÍTULO 19
O DIA A DIA NO CONVÉS

O caminho até o topo do mundo não foi lá o que se pode chamar de interessante. Por muito pouco, inclusive, foi aturável, como disse Olívia mais tarde, depois que toda aquela aventura já tinha acabado.

— Convenhamos — limitou-se a dizer o capitão Zimbardo após alguns dias de viagem —, Aisling não é um foguete. É uma fênix. Ela pode ser rápida, mas nem tanto.

Levaram algumas semanas para chegarem ao véu que cobria Onira, e, como nenhum membro da tripulação precisava fazer absolutamente nada (Olívia, timoneira, não tinha por que mexer no timão, já que Aisling carregava o navio nas costas; e bastava garantir que as velas estivessem bem fechadas para diminuir a resistência do ar, o que não exigia mais do que um ou dois soldados), não demorou muito para perceberem que seria, fatalmente (e Zimbardo que me perdoe), uma jornada bastante chata.

O único que pareceu não se deixar afetar pela mesmice da subida foi o major, que passou quase toda a viagem com a cabeça para fora do parapeito, olhando por horas a fio as ilhas de Onira, que iam ficando cada vez menores a distância. Vez ou outra, ainda deixava escapar uma espécie de "UAAAU!" empolgado, que se prolongava por quase um minuto, um grito que claramente mesclava surpresa com o cenário panorâmico, alegria de poder voar e ódio pelos fantasmas, que não perdiam por esperar seus golpes de espada. Ao menos foi isso que Olívia e o sargento Sardin pensaram até verem, um dia, o boneco de pano se afastar da beirada do navio e ir cambaleando em direção ao seu dormitório, o rosto verde, e o corpo tão fino, e tão vazio, que parecia ter botado para fora todo o enchimento.

Até mesmo os soldados, tão obedientes, e já tão acostumados com o novo líder, também começaram a se incomodar com a monotonia, e com poucos dias já haviam elaborado um jogo para passarem o tempo enquanto ainda não havia sinal de terra (ou teia) à vista. De início, em especial por causa da dificuldade de entender o que seus gritinhos significavam, Olívia não conseguiu decifrar as regras do jogo (que mais parecia um campeonato de vale-tudo). Conforme os dias passaram, porém, e os próprios soldados pareciam estar ficando melhores no que quer que fosse aquilo, a menina conseguiu entender como funcionava o jogo. Tomo aqui a liberdade de reproduzir o que ela contou para o caso de o leitor, algum dia, se encontrar na mesma situação que Olívia e precisar de um passatempo em uma longa viagem no dorso de uma fênix.

A primeira coisa de que você e os seus amigos vão precisar é de um cesto de observação no mastro principal. Sem cesto, sem jogo. Como o leitor pode ter muito bem concluído, quanto mais alto o cesto, melhor. (Não se sinta mal se não tiver concluído isso por conta própria.) Dentro do cesto vai um membro do grupo, e, conforme se queira aumentar a dificuldade, quando os participantes começarem a pegar o jeito da coisa, pode entrar mais um, e mais um, e mais um. Todos os outros devem se dividir em dois times e esperar no convés até a partida ter início. No caso dos soldados, eles se dividiram em um time de números ímpares e um de números pares, e, curiosamente (pois, lembre-se, não havia ordem alguma nas numerações), os dois ficaram aproximadamente com a mesma quantidade de integrantes.

Pois bem, então... divididos os times, e já feitas as bolas com pedaços de corda velha (ah, sim, esqueci de mencionar: façam uma bola com cordas velhas, uma para cada jogador no cesto de observação), podem começar o jogo.

Todos os soldados no convés começavam a correr ao mesmo tempo, tomando o máximo de cuidado para não se chocarem com os capacetes e caírem de costas no piso (pois algo em sua intuição dizia a eles que o sargento não os ajudaria a se levantar daquela vez). O soldado no topo do navio pegava então sua bola de corda e a arremessava lá embaixo. Como todos estavam correndo em uma rota completamente aleatória, nem que quisesse seria possível mirar em alguém específico. Quando a bola caía no convés (muitas vezes direto na cabeça de um soldado), todos deviam parar de correr e tentar agarrá-la. O soldado que a pegasse devia mantê-la o máximo de tempo possível consigo, evitando os soldados do time adversário, que pulavam em cima dele gritando como jogadores de futebol americano. Para defender o companheiro, os outros soldados deviam impedir que os do time adversário chegassem até ele, investindo contra eles como, adivinhe, mais jogadores de futebol americano. Como todos estavam dispersos pelo convés sem nenhuma formação específica, os números misturados como as casas decimais de *pi,* pode-se logo perceber que o jogo inventado pelos soldados era um tanto mais violento que futebol americano.

Quando finalmente o soldado com a bola era "capturado", a rodada acabava e a bola de corda era novamente levada ao cesto de observação por uma espécie de "gandula". Logo em seguida, respeitado o intervalo de um minuto que os times tinham para recuperar o fôlego, a segunda rodada tinha início, da mesma forma que a anterior.

Inicialmente, ao soldado no cesto de observação era delegada a tarefa de contabilizar o tempo de posse de bola de cada time, somando os segundos em uma tabuleta improvisada para anunciar o time vencedor (pares ou ímpares) após um certo número de rodadas. Mas esse sistema de vencedores e perdedores foi logo deixado de lado, porque o jogo parecia sempre acabar rápido demais, e depois da partida o marasmo voltava a reinar ainda mais forte que antes. Já estavam prestes a escolher um novo jogo um pouco mais longo quando um dos soldados (7.760) sugeriu que jogassem sem contagem de pontos, indefinidamente, só pela graça da violência gratuita. A proposta foi tão bem recebida pelos companheiros que até Aisling virou a cabeça para saber o que estava acontecendo no convés, tamanho o estardalhaço que fizeram ao celebrar a ideia.

Muito a contragosto dos soldados, porém, a partida sem fim teve que ter um fim. Isso foi no dia em que o capitão Zimbardo, que havia passado quase toda a jornada enfurnado em seu quarto ("estudando mapas de viagem", explicara ele antes de se retirar), escancarou a porta e, sem uma única palavra, foi correndo até a proa da *Estrela Viandante* com a luneta em mãos.

— Ahá! — gritou ele. — Quase lá! O topo do mundo está mais perto que nunca! Avante, Aisling!

A fênix piou em sincronia com as palavras de Zimbardo, como se fossem um só. Todos os soldados se viram obrigados a parar com o jogo e voltar às suas incumbências de marinheiros. Como em um passe de mágica, o mal-estar do major simplesmente desapareceu, e sua expressão abatida deu lugar a um ar tão sério, e tão compenetrado, que das duas, uma: ou a esperança de estarem chegando ao topo do mundo era genuína, ou ele só não queria que o capitão o visse passando mal, e fez força para segurar o enchimento do lado de dentro. Olívia apostou que era uma combinação das duas coisas.

A *Estrela Viandante* singrava as nuvens como uma flecha de fogo, colada às costas da fênix, manchando o branco de chamas, de vinho e escarlate, as teias do véu que cobriam o mundo cada vez mais próximas. O ar glacial das alturas se rarefez a um quase vácuo, e a respiração já estava difícil quando Zimbardo disse, guardando a luneta:

— Estamos quase lá, Aisling! Força!

A ave piou como resposta e acelerou ainda mais.

Subiam, subiam. Nunca pararam de subir. Os soldados agarraram-se às cordas que prendiam as velas do navio. O chapéu do capitão Zimbardo nem se movia com o vento.

— Devagar, mulher! — gritou o major olhando pelo parapeito, cambaleando para tentar se manter em pé. — Zimbardo, diga pra ela ir mais devagar! Os meus homens vão ser lançados para fora do barco!

Mas o capitão respondeu, sério:

— *Barco* não, major: *navio*! E não podemos ir mais devagar. A redoma é grossa demais no topo do mundo. Densa demais! Não é qualquer um que escapa de Onira.

— Estamos saindo de Onira?!

Mas o capitão apenas sorriu quando viu a fênix rasgar com o bico as teias do céu.

E estavam no topo do mundo.

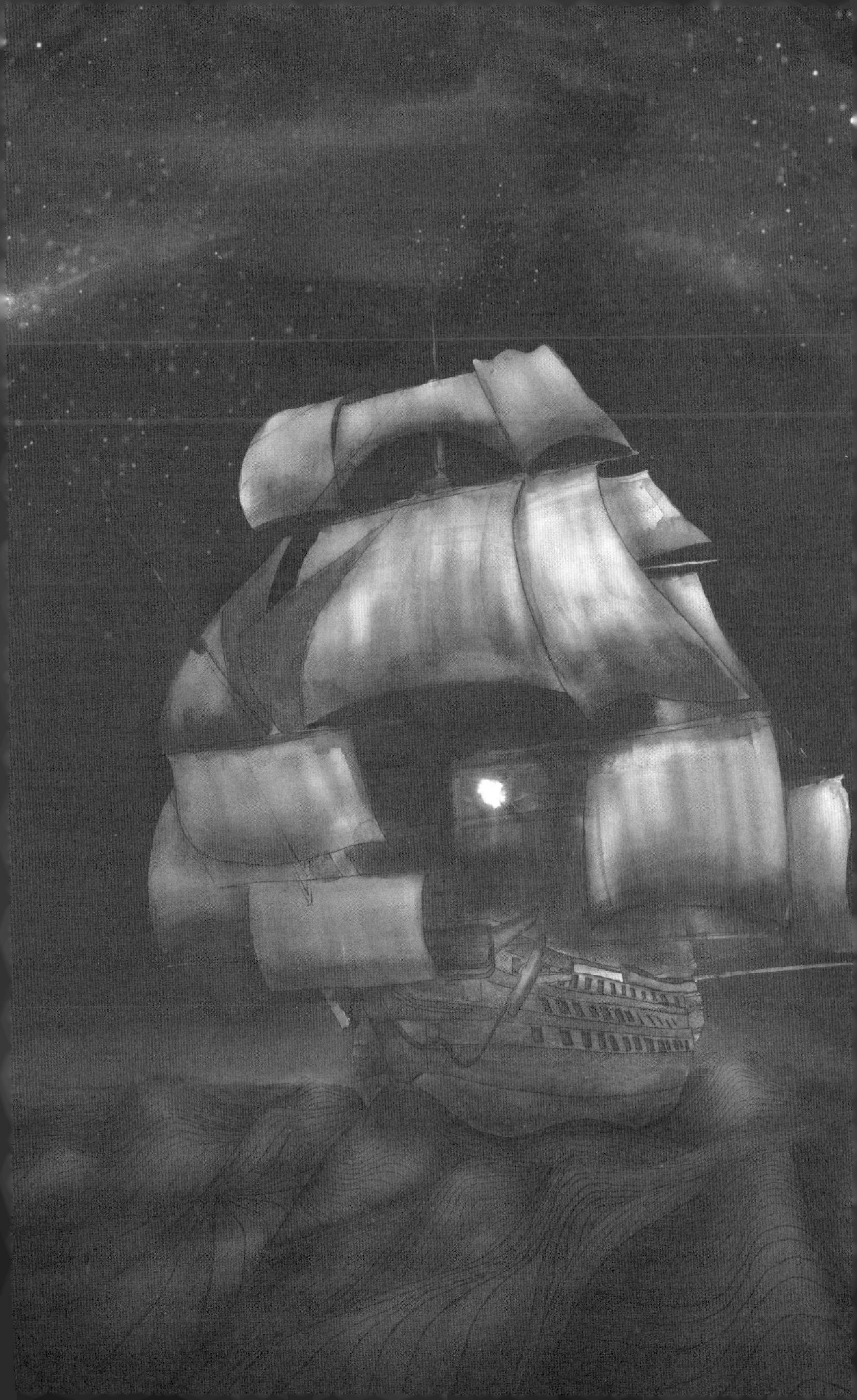

CAPÍTULO 20

O TOPO DO MUNDO

Era noite. O véu branco que embrulhava o mundo converteu-se em um céu escuro e sem nuvens. Constelações pareciam dançar sobre suas cabeças, a luz das estrelas tremeluzindo como a chama inquieta de uma vela. A abóbada celeste pulsava, viva, os pontos de luz condensando-se em um feixe azul, verde, dourado, uma sinfonia de cores que rasgava a noite de ponta a ponta, uma cicatriz de tinta brilhando no mundo acima.

 Aisling tirou o navio das costas e o fez deslizar até as camadas de teia de aranha que cobriam o mundo, como uma criança que põe delicadamente um barquinho de papel em uma poça de água. O casco da *Estrela Viandante* afundou alguns palmos nas teias e os companheiros voltaram a navegar, boiando pacificamente em uma espécie de oceano esbranquiçado. Quilômetros abaixo, os fragmentos de Onira orbitavam o sol, presos pelos fortes cabos que os impediam de se dispersar. A imagem borrada das ilhas ao longe lembrava a de um mapa-múndi antigo.

 — Olá, mundo! — gritou Zimbardo para o alto, de braços abertos.

 A fênix sobrevoava a *Estrela Viandante* em espiral, como um cometa, um rastro de chamas em meio à escuridão. Da mesma forma que no mundo abaixo, transformou-se na mulher ruiva e foi descendo até pousar delicadamente os pés descalços no navio, como se não pesasse nada. Zimbardo a tomou nos braços com uma alegria indescritível no rosto e começaram a dançar pelo convés.

— Ah, meu amor! — exclamou ele. — Há quanto tempo eu não via as estrelas!

— Elas esperaram por você, Zimbardo — disse ela, sorrindo.

E dançaram ainda mais, alheios à presença da tripulação.

Uma fraca brisa soprava pelo topo do mundo. Um a um, os soldados desceram das cordas e começaram a desfraldar as velas, cantarolando com gosto, contagiados pela energia do capitão. Pareciam saber exatamente o que fazer, não precisavam de ordens.

Zimbardo aguardou que tivessem concluído o serviço e então subiu ao tombadilho para discursar, as mãos firmes na roda do leme:

— Bem-vindos ao mais alto cume, marujos! Ao reino a que nenhum homem ousou subir até hoje, tomado de medo pelo desconhecido. O reino de acima! O mundo além de Onira, o mundo além do mundo! Além do bem, e do mal, e do homem!

Todos os soldados aplaudiram as breves palavras do capitão, que agradeceu com uma reverência e logo prosseguiu:

— Daqui se veem todas as ilhas abaixo, e com sorte a casa que tanto procuramos! O ninho? A casa? Quem sabe? É isso que viemos descobrir, amigos! A verdade bate à nossa porta!

Zimbardo olhou de relance para a mulher.

— Avante, avante — prosseguiu ele —, que a jornada mal começou! — E, apontando para o horizonte: — Sugiro primeiro irmos ao norte, amigos. Lá teremos uma posição estratégica para iniciar a busca! De lá, fazemos um contorno ao redor da Terra, sempre de olho nas ilhas de Onira lá embaixo para encontrar a casa! Após essa volta, retornamos ao norte, nosso porto seguro. E nesse ponto viramos um grau a bombordo, e damos mais uma volta ao redor da Terra. E mais um grau, e mais um grau, e outra volta, e outra volta, até termos coberto todo o globo! — E se corrigiu: — Isto é... se não encontrarmos a casa logo na primeira tentativa.

Todos os soldados aplaudiram. E foi assim que a busca começou.

A *Estrela Viandante* avançava pacificamente pelo mar de teias do mundo acima. O capitão Zimbardo, sempre na proa, perscrutava com sua luneta as ilhas de Onira. Aisling voava na forma de fênix à frente do navio, complementando a busca com seus olhos de ave de rapina. Vez ou outra, pousava no convés, transformava-se de novo em mulher e ia falar com Zimbardo, sempre olhando em volta para garantir que nesses momentos estariam a sós.

Os outros membros da tripulação tentavam de alguma maneira ajudar na busca pelo ninho dos fantasmas, mas as ilhas estavam tão longe que sem uma luneta o máximo que conseguiam enxergar eram borrões indistintos.

Deram uma volta ao redor da Terra. E mais uma. E mais uma.

E nada de casa. Nada de ninho.

O major, mais vezes do que seria conveniente, insistia em perguntar a Zimbardo quando iriam chegar. Após repetir pela décima vez que, não, ele não sabia quando iam chegar, o capitão começou a simplesmente fingir que não o tinha escutado – e, como os resmungos do boneco de pano ao ser ignorado eram um tanto cômicos, isso tornou-se seu passatempo favorito.

Muitas voltas ao redor da Terra foram dadas, muitos dias de busca passaram em vão. Até que um dia, quando Zimbardo guardou a luneta no bolso e foi se retirar para seu dormitório, encontrou uma espada apontada diretamente para seu coração.

Na outra ponta da espada, um enorme boneco de pano. Seus olhos de botão pareciam chamuscar de raiva, o branco se tornando vermelho sob a luz das estrelas.

Aisling, vendo aquilo, transformou-se de novo em mulher e foi correndo na direção dos dois. Mas Zimbardo ergueu a mão e lhe pediu calma.

— Major! — gritou Olívia ao ver a cena.

— Não me interrompa, recruta! — disse ele. — Não agora! Eu estou salvando as nossas vidas!

— Como?!

Mas o major não respondeu. Limitou-se a cravar os olhos nos de Zimbardo, que tampouco disse uma única palavra.

— Admita, Zimbardo! — disse ele, afinal.

Mas o capitão respondeu com um tom de voz tão sereno que nem parecia estar sendo ameaçado:

— Admitir o quê, major?

O boneco cuspiu no chão e rugiu:

— Que nesse ritmo nós nunca vamos encontrar o ninho dos fantasmas! Que você ainda não encontrou porque não quer encontrar!

Mas Zimbardo sacudiu lentamente a cabeça e respondeu:

— Baixe a sua espada, major. Eu quero encontrar a casa tanto quanto vocês.

— Mentiroso! — gritou o boneco de pano sem lhe dar ouvidos. — Eu até demorei para entender, mas agora todas as peças se encaixam! Você não está aqui para nos ajudar! Você nunca quis nos ajudar! Eu devia ter ouvido a recruta! Ela me avisou desde o início! Você é um fugitivo, é isso que você é! As correntes na sua perna não te deixam mentir! "Estamos saindo de Onira!" Você se entregou aí, Zimbardo! É isso que você queria, não é?! Você é só um prisioneiro que precisava fugir! Por um segundo eu acreditei que você ia nos ajudar a encontrar os fantasmas! — Apontando para Aisling: — Cheguei até a acreditar naquela cena fajuta! "Ah, meu amor, só mais uma chance de encontrar os fantasmas!" MENTIRA! Encenação! Vocês só nos usaram para ter uma tripulação para pilotar esta... canoa! — E pisou com força na madeira do convés. — Agora nós nunca estivemos mais longe de encontrar o ninho! Ah, se eu tivesse percebido esse seu joguinho antes, Zimbardo... você ia desejar nunca ter fugido das masmorras! — E repetiu, empurrando-o com a ponta da espada: — Admita! Aposto que você deixou de acreditar em fantasmas há muito tempo! Deixou-se levar pela lábia da mulher-pássaro! Vocês nos usaram, é isso que aconteceu! E nem se deram ao trabalho de disfarçar direito!

Mas Zimbardo não se abalou com a pressão da lâmina contra o peito ou com a ameaça do major.

— Sinto muito — disse. — Não posso admitir isso. Não é verdade.

— Mentira! — explodiu o boneco de pano. — Você não quer mais saber de fantasmas! Foi tudo mentira para escapar de Onira!

A cada frase, o major apertava mais e mais o punho da espada, empurrando o capitão para a beirada do navio. Então Zimbardo, em um movimento ágil, agarrou o punho do boneco de pano, sacou a própria espada e contornou o oponente com passos largos. Ergueu a espada para o alto e encostou a ponta em sua nuca.

— Parece que os papéis se inverteram — disse, rindo.

— Vai me matar, Zimbardo?! Vá em frente! Vão ser você e a mulher-pássaro contra todo o meu pelotão! Pode ter certeza de que eles não vão continuar do seu lado quando virem o meu sangue jorrando pelo convés!

— Pelo amor de Deus, major! — gritou Zimbardo. — Pare com isso! Eu estou do seu lado.

— Não! Você é um traidor! Aposto que as histórias são mentira! Zimbardo, o pirata, virou Zimbardo, o picareta! — E prosseguiu, virando-se e ficando de frente para ele: — Nunca foi um caçador de fantasmas! Um caçador de verdade não abandona a missão! Não foge do mundo que jurou proteger! Então, das duas, uma, Zimbardo: ou você é um mentiroso e nunca acreditou em fantasmas... ou não passa de um desertor! De qualquer forma, é um desserviço para Onira! Fizeram bem em te prender!

Mas o capitão não podia mais discutir. Baixou a espada e, embainhando-a com um suspiro, disse:

— Você está errado, major. Você está errado...

Ele então se afastou e começou a andar lentamente pelo convés, mordendo os lábios, como se escolhendo as melhores palavras para o momento. Por fim, admitiu:

— Eu... não fui preso por abandonar a missão. Muito pelo contrário: abandonei a missão por ter sido preso. Eu... eu mudei lá dentro. Ou melhor: eu *fui mudado* lá dentro — murmurou, deslizando suavemente os dedos pela bainha da espada. — Sim, major, a história é verdadeira. Eu já acreditei, sim. Já acreditei em fantasmas com toda a convicção da minha alma. Eu era o melhor caçador de fantasmas de toda Onira. — E, olhando para Aisling: — Ou ao menos dizia que era. Mas as masmorras... me transformaram. Me obrigaram a desistir, me fizeram abandonar a missão... abandonar a mim mesmo — concluiu em um sussurro, olhando fixamente para os olhos de botão do major. — Eu fui preso *para* desistir da missão... não *por* desistir.

Toda a tripulação tinha os olhares dirigidos para os dois. O homem decidiu por fim que era a hora de se explicar. Afastou-se do major e prosseguiu, a cabeça baixa:

— Eu era livre. Procurava os fantasmas em todas as tocas, em todas as ilhas. Caçando por conta própria, sozinho. E, ah, com quantos fantasmas eu não lutei! Mas fui ingênuo de achar que os outros me apoiavam. Foi como eu disse, major: ninguém mais em Onira acredita em fantasmas. Ninguém... — E mordeu os lábios. — Nem mesmo Aisling.

A mulher baixou a cabeça e escondeu o rosto entre as mãos.

— Quando contei ao mundo da minha missão de caçar fantasmas — prosseguiu Zimbardo —, me julgaram louco... um conspiracionista. Diziam que eu estava lutando contra o nada. Não viam o que estava ali, bem diante dos meus olhos. Era como se todos estivessem cegos. Surdos. Não ouviam... as vozes dos fantasmas. Disseram que era só coisa da minha cabeça. Ninguém me dava ouvidos — disse, hesitando —, e eu não dei ouvidos a ninguém. "Louco", me chamaram. — E recitou sílaba por sílaba: — Zimbardo, o louco! Junte tudo isso, major, e só tem um lugar para se ir: as masmorras.

— Bobagem! — cortou o major. — Eu tenho um pelotão inteiro atrás dos fantasmas! É um dos mais premiados de toda Onira! Caçar fantasmas nunca foi uma missão tão nobre! Ser preso por isso?! Mentiroso! A mulher-pássaro fez a sua cabeça!

Mas o capitão apenas deu de ombros.

— É a única coisa que eu não consigo entender — suspirou. — Caçar fantasmas sempre foi visto como loucura no nosso mundo. E os loucos eram descartados para as masmorras. — Confessou: — Foi lá que eu deixei de acreditar neles. Foi para isso que elas foram feitas. Porque aquilo... não é uma prisão, major. Aquilo é... um depósito de loucos, para não dizer coisa pior. Nas masmorras, encontrei outros como eu. Outros que se diziam mártires, guerreiros... revolucionários. Vi outros que sabiam dos fantasmas, que ouviam as vozes... outros que já haviam lutado, que já haviam vencido. Heróis. Ouvi tantas histórias! Histórias únicas! Mas de nada adiantava. Lá dentro, nas celas, éramos todos iguais: loucos. Escória! O resto do resto de Onira. Precisávamos de cura, diziam, e lá vinha a cura: drogas para nos amansar, nos deixar obedientes. E ficávamos completamente apáticos. Depois os castigos, os gritos dos guardas e os tratamentos de choque. E voltávamos a dormir acordados, apáticos como mortos-vivos. — E, sentindo o corpo tremer como se ainda pudesse sentir a violência: — Drogas e gritos de dia... e dor... dor de noite. Cada vez maior. Eu fui sendo entorpecido, dominado pela dor, desmanchado pelas drogas. E, quanto mais dor eu sentia, mais me drogavam. Até que eu não pensei mais em fantasmas, e a minha única preocupação era me concentrar em não morrer. Esqueci. E foi tanto tempo assim que aos poucos fui deixando de acreditar.

"Curado", disseram que eu estava, depois de um tempo. "Salvo!" — E, rindo, completou: — Curado! Ah, santa ironia!

Aisling, ouvindo os relatos do capitão, deixou-se cair no chão de joelhos, as mãos levadas ao rosto. Um filete de lágrimas escorreu por entre seus dedos.

— O que foi que eu fiz? — disse, soluçando. — Zimbardo, perdão. Perdão!

O homem ajoelhou-se ao seu lado e a envolveu nos braços.

— Você fez o que achou que era certo — disse, colando o rosto no da mulher. — Não guardo rancor, Aisling. — Virando-se para o boneco de pano, completou: — E é por isso que eu vou ajudar na sua missão, major. Se os fantasmas são reais, eu quero vê-los de novo. Preciso ter certeza. Quero vê-los, mesmo estando "curado". E posso garantir que nunca na minha vida eu desejei tanto estar errado!

O boneco de pano ouviu tudo com a espada em punhos, examinando o capitão de cima a baixo, alerta para qualquer sinal de perigo. Quando já tinha certeza de que Zimbardo concluíra, assentiu com a cabeça e finalmente embainhando a espada disse:

— Sinto estragar o seu sonho, Zimbardo! Mas os fantasmas são reais! E você vai ver com os seus próprios olhos quando encontrarmos a casa! Mas, se o que você diz é verdade, seja bem-vindo ao pelotão! Agora, se não for... — E pousou a mão sobre o cabo da espada, ameaçando sacá-la.

— Fique tranquilo, major — disse ele. Soltando-se delicadamente do abraço com a mulher, falou em um tom animado: — E quer saber? Acho que vamos tirar a prova ainda hoje.

— Você acha? Por quê?

Mas Zimbardo não respondeu e continuou olhando para o horizonte por sobre o ombro do major.

Todos se viraram ao mesmo tempo.

E viram.

As teias no topo do mundo tremiam e borbulhavam como em um violento terremoto. De suas fissuras, um enorme bloco de pedra irrompeu, imponente, rasgando os fios e subindo aos céus, a ponta curvando-se para formar uma gigantesca abóbada. Sulcos davam vista para o interior da estrutura, como dúzias de janelas, de onde escapava uma luz amarela pálida que, em contraste com a escuridão do topo do mundo, fazia as estrelas desaparecerem por completo. Os longos fios de teias grudados à pedra esvoaçavam como mechas de cabelos grisalhos. Aos poucos, atraídos uns pelos outros, se entrelaçaram em uma malha densa, complexa, formando pilares cada vez mais grossos, colunas cinzentas que pareciam sustentar o peso da estrutura que ia se descortinando à frente da *Estrela Viandante*.

E, em poucos instantes, um enorme casarão despontou no horizonte.

— É a minha casa! — espantou-se Olívia.

— O ninho! — gritou o major.

— *Le nid!*[22] — exclamou o sargento.

— Bem no topo do mundo... — murmurou o capitão, surpreso.

Correndo em direção à proa, o boneco de pano soltou um grito de satisfação:

— Você estava errado, Zimbardo! Lá estão os fantasmas! — E apontou para uma das janelas no térreo.

O olho do capitão perdeu todo o brilho. Zimbardo foi em direção ao major, e toda a tripulação o seguiu até a proa. Os pobres soldados, porém, mais baixos que o parapeito, precisavam ficar na ponta dos pés para tentar enxergar. Aisling, Olívia e o sargento passaram cuidadosamente por entre aquela convulsão de capacetes e se juntaram aos dois. Ainda perdida no horizonte, a imagem da casa ondulava como uma miragem. A luz que vinha da janela para onde o boneco apontava acendia e apagava, acendia e apagava, conforme figuras negras, encapuzadas, flutuavam à sua frente bloqueando a luz.

— *Les fantômes!*[23] O ninho dos fantasmas!

— O meu pai está perto — disse Olívia. — Eu posso sentir!

— Avante, camarada! — gritou o boneco de pano, apontando para a casa com a espada. — De hoje eles não passam! Lembrem-se do treinamento, homens! Costas coladas um no outro para proteger a retaguarda! Golpes rápidos! Matar, não ferir! Ah, e limpem a espada depois de usar, pelo amor de Deus! Ninguém merece o cheiro de protoplasma!

O capitão Zimbardo tirou a luneta do bolso para examinar melhor a casa.

— Major — disse —, eu acho que aquilo não são fantasmas.

---

22. O ninho.

23. Os fantasmas.

— Como não?!

— Parecem... *morcegos*.

— Morcegos?!

Zimbardo baixou lentamente a luneta e a guardou de volta no bolso. O oceano em seu olho parou de ondular.

E então o horror.

Os vultos ao longe viraram todos ao mesmo tempo em direção ao navio. E só então Olívia, os militares, Zimbardo, Aisling e todos do pelotão puderam ver realmente o que eram.

Não eram morcegos. Eram corvos. Milhares.

Uma nuvem de minúsculos pontos negros flutuava como um lençol sobre a casa. Os corvos os encaravam com olhos cor de melaço, grasnando em um coro sinistro e descompassado.

A *Estrela Viandante* aproximava-se devagar da casa, soprada pela brisa das alturas.

— Será que os corvos são hostis? — perguntou Aisling.

— Pode ser que... — começou Zimbardo.

Mas o major logo o cortou:

— Ah, eu que não vou ficar esperando para descobrir! Isso é questão de quem ataca primeiro! Esses pássaros não são nada perto dos fantasmas que nós já matamos! — Desembainhando a espada, bradou o grito de guerra: — Onira, ninguém te manchará!

Sem hesitar, o boneco de pano saltou do navio, e seus pés afundaram alguns centímetros no piso de teia. Percebendo que não afundaria mais que isso, começou a correr em direção à casa, agitando a espada no ar em desafio aos corvos.

— Major, não! — gritou Zimbardo. — Volte aqui! Vamos todos juntos!

Mas ele não ouviu. Quando finalmente alcançou a casa, começou a golpear a nuvem negra, derrubando vários corvos ao mesmo tempo, que esvaneciam ainda no ar e desapareciam em uma cortina de fumaça. Dezenas de corvos caíram. Centenas. Nada mais que um simples arranhão na entidade que era todo o bando.

— Você só vai irritar eles! — gritou Aisling.

Como em uma profecia, os corvos se irritaram com os golpes, e a nuvem começou a ondular, girar, em um turbilhão frenético que engoliu o corpo do imenso boneco de pano e o arremessou violentamente para o alto, fazendo-o cruzar os céus e despencar novamente no convés da *Estrela Viandante*.

— Você está bem, major? — perguntou Olívia, indo socorrê-lo.

— Mais que bem, recruta! Obrigado! — disse ele, apoiando-se nela para se erguer. — A dor nas costas passou de vez agora! — E, para o capitão: — Vamos, Zimbardo! Já facilitei! Matei mais da metade para você!

Zimbardo assentiu com a cabeça e chamou:

— Aisling!

Compreendendo o que Zimbardo queria, a mulher foi até a popa, saltou do navio e se transmutou novamente em uma ave de fogo. Com um bater de asas, a fênix impulsionou a *Estrela Viandante* para a frente, para perto do casarão, em direção aos corvos.

— *Atacar!* — comandaram Zimbardo e o major juntos, e todos os soldados desembainharam as espadas.

E começaram a agitá-las violentamente para o alto.

Alguns soldados no deque inferior fizeram atirar os canhões da *Estrela Viandante* na direção da casa. Nuvens de fumaça cobriam o convés, sopradas pelo forte bater de asas das criaturas. Aisling voava sobre o navio, golpeando centenas de uma vez com o bico e as garras. Os corvos morriam com um grasnado histérico, as penas se dissolvendo no ar, e eram soprados para longe como folhas secas ao vento.

As bolas de canhão explodiam as tábuas da casa, arremessando farpas em todas as direções. As teias sob o navio se agitavam como as ondas de um oceano em meio à tempestade.

Os grasnados dos corvos ficavam cada vez mais altos, e outras centenas chegavam a cada um que era abatido, em uma revoada de garras, e bicos, e penas negras, arranhando e bicando, descontrolados.

Olívia protegeu o rosto com as mãos. Agarrou uma lasca de madeira e começou a agitá-la para tentar se proteger dos corvos. Em vão. As criaturas investiam contra ela, chocando-se contra o seu corpo, empurrando-a para todos os lados. Tudo que ela conseguia ver era um turbilhão de vultos negros se espiralando freneticamente à sua volta. Garras poderosas investiam contra ela, e um golpe atrás do joelho fez suas pernas cederem. O corpo desabou, encolhido em si mesmo. Fechou os olhos com força. O cheiro de pólvora se fundiu ao de sangue fresco, e o som dos companheiros gritando foi substituído pelo farfalhar cada vez mais intenso das asas batendo contra seus ouvidos.

O ar escapou de seus pulmões.

Sentiu a consciência se esvaindo aos poucos, alheia ao seu controle.

E, quando tudo estava prestes a se apagar, subitamente uma voz irrompeu em meio à tormenta. Uma voz conhecida:

— Ei, ei, ei! O que que é isso?

A voz do tio Lucas.

E uma memória...

CAPÍTULO 21
UM PRESENTE DO TIO LUCAS

— Seus monstrinhos! O que vocês pensam que estão fazendo?

O som das asas cedeu. Olívia não sentia mais a pressão das garras afiadas nas costas.

Abriu os olhos devagar.

Um homem a fitava de cima. Sua pele era a mais clara que já havia visto, combinando com o cabelo platinado que lhe cobria os ombros. Os braços e pernas finos contrastavam com o tronco largo.

Não tinha uma venda cobrindo os olhos. Estavam à mostra: castanho-escuros, gentis. Fixos nos seus.

Tio Lucas estava com a mão estendida para ela.

— Tudo bem aí, Olívia? — perguntou. — Não sei o que foi que deu nesses pássaros hoje. Eles nunca te estranharam antes. Mas eles vão se ver comigo, ah, se vão! Agora venha cá, venha, deixa eu te ajudar.

O homem a ergueu, colocando-a novamente de pé.

— Tudo bem? — repetiu o tio.

Olívia flagrou a si mesma fazendo que sim com a cabeça. Não tinha controle sobre os movimentos.

O homem sorriu e alisou o cabelo da menina com cuidado.

Olívia olhou ao redor: estavam em um amplo salão de pedra iluminado por archotes nas laterais. Dezenas de gaiolas penduradas no teto balançavam para a frente e para trás, rangendo, as portinholas abertas, o interior completamente vazio. Pássaros de todas as cores e tamanhos voavam pelo salão, perseguindo uns aos outros, brincando de pular de móvel em móvel. Eram piados, trinados, gorjeios, e todos os cantos possíveis e impossíveis de pássaros. Algumas aves ainda estavam presas nas gaiolas e passavam ritmadamente o bico pelas barras de metal para fazer barulho, como prisioneiros esfregando as canecas nas grades das prisões.

A única ave imóvel em todo o salão era uma coruja vermelha empoleirada em uma armadura medieval ao lado da porta. Como uma escultura, encarava a menina com olhos cor de fogo.

— Esses bichos estão cada vez mais loucos! — exclamou o tio Lucas, forçando os olhos para ficar vesgo e girando o dedo sobre a orelha.

Olívia deixou escapar uma risada com a careta.

Tio Lucas começou a rir.

— Desculpe por isso, tá? Deixe que eu dou de comer para eles hoje. Vá lá brincar com a Jade.

Olívia assentiu com a cabeça.

— Cadê ela?

— Lá na beira do lago, brincando de jogar pedrinhas. Mas você, Olívia... — baixou a voz a um sussurro e lhe entregou uma pedrinha redonda, perfeitamente chata. — Você vai ganhar dela, né? — E deu uma piscadela.

A menina pegou a pedra nas mãos, sorriu uma última vez e foi em direção à porta.

— Ei! — chamou o tio Lucas. — Não está esquecendo nada?

Olívia se virou. O homem exibia um boneco de pano de mais ou menos um palmo de comprimento. Um boneco de pano com um uniforme tipicamente militar: calça verde-oliva, cinto, camisa de botão cáqui e o peito coberto de medalhas. E uma espada na cintura. Os olhos eram pequenos botões brancos pregados ao rosto por uma linha também verde-oliva.

— Major Farrapo! — exclamou Olívia, e foi correndo abraçar o tio.

— Você deixou cair — disse ele. — Mas não perca o major de vista, Olívia. Ele é seu amigo! Ele te protege dos fantasmas quando eles vêm, entendeu?

A menina fez que sim com a cabeça.

— Agora vá lá brincar com a sua irmã. E não tire os olhos do major por nada neste mundo, hem?

— Tá bom — disse ela, pegando o boneco. — Obrigada, tio Lucas.

Olívia deu uma última espiada por sobre os ombros para o salão. A coruja vermelha ainda a encarava, imóvel, em cima da armadura.

— Ei! — chamou o tio, e levou a mão espalmada à testa, em posição de continência.

Olívia retribuiu o gesto, sorrindo.

E saiu.

Tio Lucas começou a colocar os pássaros de volta nas gaiolas.

O lago em frente à casa já não estava mais congelado. A superfície refletia a imagem das nuvens, que pareciam dançar pacificamente no céu. Uma menina de vestido azul jogava pedrinhas na água, fazendo-as pular uma, duas, três vezes.

— O que que aconteceu lá? — perguntou a menina, ainda de frente para o lago. Sua voz era familiar, mas Olívia não conseguiu identificar de onde a conhecia. — Você estava tentando comer os pássaros, é? Sua doida. Estavam fazendo tanto escândalo que parecia.

Olívia pegou a si mesma dizendo:

— Eles me atacaram...

— Então você fez alguma coisa com eles — disse a outra —, porque eles não atacam assim, sem mais nem menos.

A menina jogou mais uma pedrinha, que ricocheteou uma, duas, três, quatro, cinco vezes antes de afundar. Ergueu os braços, celebrando.

E deu as costas para o lago.

Olívia não acreditou no que viu. Cabelos desgrenhados, cor de fogo, nariz fino e bochechas pálidas cobertas de sardas. Os olhos verde-musgo...

Eram idênticas. Era como...

Como se estivesse olhando para um espelho.

— ...Jade? — murmurou Olívia, tão baixo que ela não a ouviu.

A menina apenas sorria. O mesmo sorriso que o de Olívia. Igual em todos os aspectos.

— Sua vez — disse, e estendeu a mão com uma pedra para Olívia arremessar.

Uma pedra grande e pontuda, cheia de sulcos e imperfeições. Boa talvez para Davi matar Golias, mas tudo, menos uma pedra de ricochetear na água.

— Se você ganhar — disse Jade —, eu ajudo a tia Felícia com a bebê por uma semana, e você não precisa fazer nada. Mas, se *eu* ganhar, você cuida dela enquanto eu brinco e rio da sua cara.

Olívia pegou a pedra da mão da irmã e foi até a margem do lago.

— Você vai perde-er — cantarolou a outra.

De costas para a menina, Olívia enfiou discretamente a mão no bolso da frente e trocou o pedregulho pela pedrinha lisa e achatada que o tio Lucas lhe dera.

E arremessou com toda a força.

Uma... duas... três... quatro... cinco... seis... sete... oito vezes!

— Ah, não vale! — gritou a outra. — Você trapaceou!

— Não dá pra trapacear no jogo das pedrinhas, bisonha — retrucou Olívia. — Agora você vai ter que cuidar da bebê enquanto eu brinco... e rio da sua cara.

A menina cruzou os braços e fez uma cara emburrada. Olívia deu de ombros, pegou outra pedrinha do chão e voltou a arremessá-la no lago.

A irmã juntou-se a ela.

— Tô preocupada com o papai... — Olívia ouviu a si mesma dizer.

Uma... duas... três... quatro vezes.

— Eu não — respondeu a irmã. — Ele vai ficar bom. A mamãe está cuidando dele.

— Mas ninguém sabe o que ele tem.

— Sabe, sim. Ela me falou até o nome um dia desses.

— E o que ele tem, então?

— Não lembro. — Arremessou mais uma pedrinha. — Era um nome difícil. Mas o que importa é que eles sabem.

— Mas ainda assim...

— Ainda assim *o quê*, Olívia? — perguntou a irmã, revirando os olhos. — Ele está bem!

— Ainda assim... — hesitou a menina. — E se... os fantasmas vierem agora?

Ouvindo aquilo, Jade começou a encará-la com um olhar de desprezo.

— Ah, Olívia, por favor, né? — disse. — Não tem fantasma, você ainda não entendeu isso? A mamãe já disse um milhão de vezes que o papai só vê aquilo porque ele está doente. É tudo da cabeça dele. Fantasmas não existem, não podem fazer mal ao papai!

Olívia virou-se para a menina. Sentiu o sangue subindo ao rosto.

— *Existem, sim!* Eu já vi um!

Mas Jade logo a cortou, empurrando-a:

— Não viu nada, que você não está doente que nem o papai! Você está fingindo pra chamar atenção.

— Não é não! — disse Olívia. — Eu vi um no espelho aquele dia. E ele falou comigo! Eu ouvi!

— Mentirosa, mentirosa — cantarolou a menina. — A mamãe disse que isso aí de ver fantasma é coisa de *a-dul-to*. Por isso que ela mandou a gente ficar aqui com o tio Lucas: porque a gente não tem nada a ver com isso. Agora largue de ser mentirosa.

Olívia cruzou os braços. Sentiu os olhos ficarem quentes e a visão, turva.

— Eu vi, sim... — disse uma última vez, com voz de choro, e, apertando o boneco de pano contra o peito: — E o major Farrapo me salvou.

— O major, é?

A menina fez que sim com a cabeça.

— Quando os fantasmas vêm, ele mata com a espada. Eles têm medo do major porque ele é caçador de fantasmas profissional!

A irmã começou a rir alto. Em um movimento ágil, arrancou o boneco das mãos de Olívia e saiu correndo.

— Ei! Devolva, Jade! — gritou a menina, correndo atrás da irmã.

— Me obrigue! — disse a outra, apertando o passo.

— Devolva!

— Acho que vou ficar com o major para me proteger dos fantasmas também — disse com uma gargalhada sádica.

— Eu vou contar pro tio Lucas!

Mas, ouvindo aquelas palavras, Jade parou na hora.

— Apelona! — gritou. — Não sabe nem brincar?!

— Não é brincadeira! — disse Olívia, séria, e tentou arrancar o boneco das mãos da irmã. Em vão. Jade a afastou com o braço para que ela não pudesse alcançá-lo.

— Este boneco feio aqui te salvou? — perguntou, franzindo o nariz.

— Ele não é feio! — contestou Olívia. — O tio Lucas que me deu! Devolva!

Jade não devolveu.

— Hm... então quer dizer que o major te protege dos fantasmas?

— É! — gritou Olívia. — Ele me defende quando os fantasmas vêm. Ele e todo o pelotão. *De-vol-va!*

A menina pensou por um instante.

— Uau, um pelotão inteiro só pra você! E o que acontece se eles não tiverem mais um líder? — E ameaçou arremessá-lo no lago.

— Não! Devolva! — gritou Olívia, e tentou mais uma vez arrancar o boneco das mãos da irmã. Começou a arranhar seus braços com as unhas, e por pouco não acertou um golpe certeiro em seu rosto.

— Calma, sua louca! — gritou Jade, empurrando a irmã. — Eu estava brincando! Até parece que eu ia jogar ele no lago, pra depois o tio Lucas vir brigar comigo.

— Então devolva! — disse Olívia, simplesmente.

Mas Jade não devolveu o boneco. Desviou o olhar e fitou o horizonte. Seus olhos se arregalaram, e, de espanto, ela deixou cair o boneco de pano no chão.

— Cuidado, Olívia! Fantasma! — gritou, apontando por sobre os ombros da irmã.

Olívia virou-se em um salto. Em um piscar de olhos, Jade pulou em cima dela. As duas saíram rolando pelo chão de cascalho.

— Não tem fantasma! — repetia ela, rindo.

— Pare, Jade! — implorou Olívia. — *Pare! PARE!* Por favor...

— Não... tem... fantasma!

— Me largue! Por favor, me largue! Está machucando!

— Não... tem... *crá, crá!*

A voz transformou-se em um grasnado histérico. A sensação da irmã deitada sobre seu corpo deu lugar ao peso do mundo em suas costas, golpes violentos em seu rosto, como se alguém lhe rasgasse a pele, os músculos, os ossos. A visão do lago foi substituída por um turbilhão de garras e bicos de aves negras como a noite.

De repente, uma voz familiar irrompeu em meio ao farfalhar das asas, chamando:

— Olívia!

E a sensação de que aquilo que estava sobre ela foi chutado para longe.

Capítulo 22
AS CHAMAS SE APAGAM

Olívia ergueu a cabeça e olhou ao redor. Estavam de volta ao topo do mundo. O capitão Zimbardo a fitava do alto com a mão estendida para ajudá-la a se levantar. O major corria pelo convés, fincando violentamente a espada no ar, derrubando dezenas de corvos a cada golpe. O sargento Sardin atirava flechas para o alto e matava um, dois, três corvos por vez.

Os tiros de canhão haviam destruído todo o ninho dos fantasmas, e sobrara apenas o esqueleto do casarão em ruínas em meio ao oceano de teias. Os soldados corriam de um lado para o outro, agitando as espadas para o alto na tentativa de espantar os corvos.

Mas eram muitos. Centenas. Milhares.

Um grasnado poderoso irrompeu do alto.

Um vórtice de cores agitava-se sobre a *Estrela Viandante*, vermelho, dourado, branco. E negro. A fênix lutava no ar com uma mancha disforme de corvos que se desfazia e se recompunha para se esquivar dos golpes, como uma massa fluida de piche. Os pássaros se dividiram em aglomerados menores, que começaram a voar em espiral ao redor de Aisling, grasnando, rindo como hienas ao redor de um búfalo, à espera do momento certo para atacar. Desferiam-lhe golpes pelas costas, pelos flancos, com as garras, os bicos, aos bandos, enfraquecendo-a aos poucos. A fênix gritava, tentava espantá-los com as asas, rolava em chamas no ar.

Uma das massas disformes grudou em seu dorso, alheia ao fogo, prendendo-se pelas garras às suas plumas. Como um único animal selvagem, o aglomerado de corvos começou a mastigar as costas da fênix e arranhar a sua carne. As penas vermelhas caíam no convés como uma chuva de folhas secas sendo sopradas para longe pelo bater das asas dos outros pássaros.

E mais um globo de piche grudou em seu dorso. E mais um, e mais um, até que Aisling foi toda engolida pelos corvos e já não se via mais fogo queimando no ar.

A noite voltou a cair.

— Aisling! — gritou Zimbardo, os olhos embebidos de lágrimas. — Não!

Como em um sonho, a massa disforme de corvos começou a borbulhar, pulsando como um coração. Um brilho dourado escapou por entre as frestas das asas negras. Feixes de luz, rastros de cores.

E línguas de fogo.

Os grasnados transformaram-se em uma onda de chiados estridentes, e uma fumaça preta começou a emanar do orbe que pairava no alto. Cheiro de carne queimada invadiu o navio conforme os corvos caíam um a um no convés, mortos, as asas chamuscadas.

E, quando já não havia mais corvos presos ao corpo da fênix, a ave de fogo voltou a reinar soberana nos céus.

Mas já não havia mais fogo. Aisling estava pálida, branca, sem forças para continuar queimando. Sem forças para bater as asas. Faltavam-lhe penas, o bico parecia quebrado. Sangue jorrava de um ferimento na cabeça.

Sem forças...

E o corpo da fênix tombou, transformando-se em mulher ainda no ar, indo chocar-se com força no convés.

— Aisling! — gritou o capitão Zimbardo, que foi correndo até a mulher. Ajoelhou-se à sua frente e passou a mão por seu rosto. — Acorde, por favor...

Mas a mulher não abria os olhos. A capa de veludo que envolvia o seu corpo estava dilacerada. Seus braços, cobertos de furos e cortes profundos, tinham sobre a pele uma malha escarlate de onde ainda pingava sangue.

Já não havia mais corvos. Já não havia mais casa. E o silêncio voltou a reinar sobre o topo do mundo.

Olívia aproximou-se devagar e ficou em pé ao lado de Zimbardo. Curvado sobre o corpo inerte da mulher, porém, e alheio ao resto do mundo, ele mal notou sua presença.

— Ela vai ficar bem? — perguntou a menina.

O capitão balançou sutilmente a cabeça, sem se virar.

— Não sei — respondeu. — Vamos ter que esperar. Ela está viva, mas foi por pouco. Muito pouco. Agora é deixar ela ir se recuperando. Aisling já se forçou o bastante.

O boneco de pano se aproximou, pisando firme no chão. Bufava de raiva.

— Você nos trouxe para um ninho de corvos, recruta! — disse para Olívia. — Não de fantasmas! Eu sabia que o ninho de verdade não podia estar neste fim de mundo! Vamos continuar procurando!

— Eu... — hesitou a menina.

Mas Olívia nem teve tempo de completar a frase. Com as palavras do major, o olho de esmeralda do capitão perdeu todo o brilho. Sem uma única palavra, Zimbardo ergueu-se devagar, as pernas trêmulas, e avançou em direção ao boneco de pano. Sacou a espada sem hesitar e a apontou para o alto, para o coração do major, e começou a empurrá-lo para trás com a ponta. Um passo de cada vez.

O major recuava, os braços à frente do corpo para tentar afastar Zimbardo.

Chegaram à proa do navio. Às costas do major, o vazio, uma queda interminável. Fitaram-se por um instante.

— Continuar procurando?! — gritou Zimbardo, e as ondas em seu olho explodiram contra as pedras. — Viu só no que deu essa sua missão sem sentido? Ela quase morreu, e por culpa sua!

— Culpa minha?!

O homem apertou a espada com mais força contra o peito do major.

— Sim! Você atacou os corvos!

— Eles iam atacar de qualquer jeito! — retrucou o boneco de pano. — Eu só me adiantei! A culpa não é minha se a sua mulher não sabe se defender!

Mas aquilo só piorou a situação.

— Você não tem como saber isso, major — grunhiu Zimbardo. E repetiu por entre os dentes: — Você não tem como saber...

— Eu tenho, e eu sei! — contestou o major. — Já vi isso várias vezes! Eu ataquei para nos defender! Fiz pela missão o que qualquer um aqui teria feito no meu lugar!

— Ah, ao inferno com a sua missão! — gritou o capitão, golpeando um dos mastros com a espada. Lascas de madeira saíram voando pelo convés. — De que importam os fantasmas? Eles valem tudo isso? — Apontando com a cabeça para o que restou do casarão, continuou: — Chegamos ao ninho, major. O ninho dos fantasmas, o que você tanto procurava... o que eu tanto procurei a minha vida toda. Nós o destruímos a ponto de não sobrar nada. E agora o quê? Vê algum fantasma ali? Algum indício de que ali algum dia já viveu um fantasma? Não! *Nada!* Não tem mais fantasmas em Onira, major! Admita! Não tem! E quer saber? Nunca teve! Você e todo o seu pelotão estão gastando suas vidas perseguindo... absolutamente nada! Eu já devia saber que eles não existem... — disse, apontando com a cabeça para Aisling. — Eu devia ter dado ouvidos a ela! A única sensata neste mundo de loucos!

Zimbardo então baixou a espada e soltou um grito para o alto. Lágrimas escorreram sem controle por seu rosto.

— E eu já estava curado! — prosseguiu. — Eu não via mais os fantasmas, já não ouvia mais as vozes. Estava livre de tudo isso! Mas eu me deixei levar por um... *lunático* e o seu pelotão de imbecis! E olhe no que deu! Você quase nos matou!

Mas o major não se deu por vencido. Quando Zimbardo parou por um instante, o imenso boneco de pano soltou de uma vez:

— Traidor! Os fantasmas ainda estão aí! Destruindo Onira! É só questão de não ser covarde e procurar direito! Você se recusa a ver o que está bem diante dos seus olhos! — E completou: — Os fantasmas existem, e a recruta pode provar! Ela já esteve no ninho! Ela viu um de perto!

Mas o capitão Zimbardo alternou o olhar entre o major e Olívia, perplexo.

— Você vai basear o seu propósito de vida no que uma criança te contou?

— Sim! — disse o major, sem nem pensar. — É para isso que eu existo! Para proteger Onira!

— Deviam ter te jogado nas masmorras também! — rugiu o homem. — Para você esquecer essa história e aprender a viver a vida real.

— Você abandonou a missão, Zimbardo! Abandonou Onira! Você não passa de um verme! Um verme covarde e egoísta!

Mas Zimbardo não reagiu. Cravou os olhos no major e, quase quebrando o cabo da espada de tamanha a força que fazia para segurá-la, murmurou por entre os dentes:

— Um verme covarde e egoísta que pode te matar quando bem quiser! Então mais uma palavra da sua boca, trapo imprestável... — disse, empurrando o major com a ponta da espada, que se curvou como uma lâmina de esgrima — e você cai lá embaixo! O caminho rápido de volta à sua tão preciosa Onira. O caminho fácil. Então não me dê mais motivos para eu me livrar de você.

Mas o enorme boneco de pano ainda desafiou:

— Se você não vai mais ajudar na missão, pode muito bem me jogar daqui agora!

Zimbardo o encarou, a respiração trêmula.

— Não me tente, major — limitou-se a dizer. — Não me tente...

O homem embainhou mais uma vez a espada e voltou para o convés, ajoelhando-se à frente de Aisling.

— E vocês! — gritou para a tripulação. — Não têm nada para fazer? Desapareçam!

Os soldados partiram em uma fuga desordenada, metendo-se aos bandos no alçapão que dava para o interior da *Estrela Viandante*. O sargento Sardin foi até Zimbardo e, pousando a barbatana sobre seu ombro, prestou suas condolências e foi se juntar aos outros.

Olívia não soube o que fazer. Ficou imóvel, olhando a mulher desmaiada no chão, a poça de sangue crescendo, se espalhando pelo convés, banhando seu cabelo de um vermelho ainda mais intenso.

O capitão lançou um olhar abalado para a menina e baixou novamente a cabeça, como se nada mais no mundo importasse. Com movimentos lentos, como em uma cerimônia fúnebre, arrancou a pena vermelha do chapéu e a colocou com as duas mãos sobre o peito da mulher. Erguendo delicadamente a cabeça dela, pôs o chapéu de couro no chão para apoiá-la como um travesseiro. Com a cabeça baixa, seus cabelos se entrelaçavam com os de Aisling em um emaranhado rubro--negro como carvão em brasa.

Ao longe, o major estava sentado na proa, de costas para o convés, os olhos fixos no horizonte. Olívia deixou o capitão e foi se juntar a ele.

CAPÍTULO 23

MAJOR F

— Tudo bem aí? — perguntou Olívia em um tom maternal, sentando-se ao lado do boneco de pano.

— Ah, recruta! — suspirou o major, acompanhando a menina com o canto dos olhos. — Agora que ele não vai nos ajudar mesmo!

— *Você acha?*

O boneco de pano escondeu o rosto entre as mãos.

— Ah, eu não entendo nada dessas coisas! A minha vida toda eu só cacei fantasmas! Não tinha por que me preocupar com essas besteiras de lidar com gente!

Olívia balançou a cabeça, ponderando dois pontos de vista.

— É... mas você tem que admitir que teria sido um pouquinho útil ali. Talvez ele ainda estaria disposto a te ajudar.

— Ok, ok! — disse ele, revirando os olhos de botão. — Talvez um pouquinho útil!

— E agora vai ser difícil convencer ele de novo.

— Sei disso! — ralhou ele. — Agora me diga algo novo!

E, como não tinha nada novo a dizer, Olívia se calou. Ficaram os dois em silêncio por um minuto ou dois, simplesmente fitando o topo do mundo. As estrelas brilhavam à sua frente como uma aurora boreal no espaço. Ao longe, algumas constelações despontavam no horizonte.

— Ei! — disse Olívia, afinal, forçando uma animação na voz. — Ali é o Cruzeiro do Sul! — E apontou para uma constelação em forma de cruz.

— O que é isso?! — perguntou o major, mais por educação que por interesse.

— São estrelas que mostram o sul.

— Não é um nome lá muito criativo! — suspirou ele.

(De fato, não era um nome muito criativo. Mas Olívia não se abalou e disse:)

— Não fui eu que dei o nome! Mas o que importa é que, se lá é o sul... então o sol está preso no... — ficou de costas para as estrelas e abriu os braços para se orientar: — *leste*!

O major não poderia parecer mais indiferente.

— E...?! — perguntou mais por educação que por qualquer outra coisa.

— Isso quer dizer que é nascer do sol, não pôr do sol!

O major forçou um sorriso. Bagunçou um pouco o cabelo de Olívia e baixou os olhos.

— Bom saber... — disse, por fim. — Obrigado, recruta! Eu gosto de você! Vou sentir saudades!

Olívia virou-se para ele, assustada.

— Como assim?

— Ah — suspirou ele, encolhendo os ombros. — Quando a mulher--pássaro puder voar de novo, eu e os homens vamos voltar para terra firme!

— Mas... — hesitou ela. — Mas o navio é o único jeito de encontrar o ninho! O ninho de verdade! Você tem que tentar convencer o Zimbardo!

— Não, não o Zimbardo! — disse o major. — Ele não acredita mais! Ver a casa vazia já me fez quase perder as esperanças! Imagine ele!

— A gente continua procurando, então! — E, sacudindo delicadamente o ombro do major: — Quer saber? Eu acho que os fantasmas moravam aqui, sim! Só que fugiram porque sabiam que a gente estava vindo. Eles deviam estar é com medo do nosso pelotão!

Por mais que quisesse esconder as emoções naquele momento, o major não conseguiu deixar de rir com a ideia. Sua risada, porém, logo cedeu lugar novamente ao seu olhar caído e ao filete de voz, que prosseguiu:

— Nós estávamos indo muito bem antes de tudo isso começar, recruta! Ou melhor, Olívia! Eu e os homens vamos voltar para terra firme! Encontrar outro guia no Tatu-Bola para nos levar por Onira! O ninho de verdade deve estar mais perto que este... — e apontou para tudo ao redor — este topo do mundo no fim do mundo!

Os dois começaram a rir.

— Bisonho! — brincou Olívia, dando um empurrão de leve no corpo imenso do major.

— A gente dá um jeito, não se preocupe! — disse o major.

— Eu vou com vocês — ofereceu ela.

— Não, não! Você fica com o Zimbardo! Você tem que voltar para casa! Tem que descobrir o que aconteceu com o seu pai!

— Mas o ninho é o meu caminho de volta!

O major fez que não com a cabeça e murmurou:

— O ninho era *um* dos seus caminhos de volta! Mas agora você tem um navio que voa! O Zimbardo pode te deixar na porta de casa se ele quiser! Você vai estar muito melhor com esses dois aí do que com a gente!

— Mas, major... — retrucou a menina.

— É verdade! — interrompeu ele.

Olívia não soube como responder. Sabia que era verdade, mas não queria que fosse. Naquele momento, seu rosto se iluminou com uma ideia:

— Isso é desculpa sua para te sobrar mais guisado de aranha — disse, forçando um ar de brincadeira.

Uma lágrima escorreu pelo rosto do major.

— Nós ainda vamos nos ver, Olívia! — respondeu ele baixinho, pousando a mão enorme no ombro da menina. — E nesse dia eu vou fazer questão de dividir o meu guisado com você!

Sorriram.

Olívia meteu as mãos nos bolsos. E sentiu.

Mas o quê...?, pensou quando sentiu uma textura áspera e fria no fundo. *É... é aquela pedrinha!*

Uma pedra grande e pontuda, cheia de sulcos e imperfeições. Perfeita para Davi matar Golias, mas péssima para ricochetear na água. Como foi parar ali, Olívia nunca descobriu.

— Aqui, major — disse a menina, entregando a pedra para ele. — Um presente.

O boneco de pano pegou a pedra da mão da menina com cuidado, quase como se estivesse manipulando uma peça rara de museu. Rodou-a nas mãos e esfregou os dedos pela superfície. Os cantos da boca se contorceram em um sorriso melancólico.

— Obrigado, Olívia! — disse ele, guardando a pedra no bolso da camisa.

Ele desprendeu a plaqueta do peito e a entregou à menina.

— Aqui! Para você se lembrar do pelotão! Para te dar sorte no caminho de volta!

Um retângulo preto de vidro, com dois alfinetes no lado de trás, um em cada ponta. A plaqueta do major, quebrada ao meio, onde só se via a primeira letra do nome de verdade. A inscrição em letras de fôrma brancas dizia:

MAJOR F

— Vai te dar forças! — disse o major.

Olívia rodou a plaqueta na mão. O alfinete atrás da letra F parecia ter sido improvisado para substituir o da ponta que tinha rachado.

— Major... — hesitou. — Farrapo?

O sorriso do boneco de pano desapareceu. Seus lábios começaram a tremer.

— Como... como você conhece esse nome?

— É esse o seu nome? — perguntou a menina.

Mas o major não respondeu. Continuou a encará-la com um olhar incrédulo, como se repetisse a pergunta.

— Major Farrapo? — perguntou ela novamente, fitando-o nos olhos de botão.

O boneco de pano assentiu quase que imperceptivelmente com a cabeça. A boca abria e fechava, muda.

— Como...?! — conseguiu perguntar ele, por fim.

Olívia então confessou:

— Eu... acho que te conheço. Eu tive uma visão quando os corvos estavam atacando. Foi como uma memória. Algo que aconteceu comigo. Que aconteceu de verdade, antes do incêndio... antes de tudo. Eu lembrei... — hesitou — eu lembrei da minha irmã, Jade. A gente estava na beira do lago...

O boneco de pano a fitava sem piscar.

— Você também estava lá, major — prosseguiu Olívia. — Na minha memória. Só que estava menor. Cabia na minha mão de tão pequeno.

Você era um brinquedo. O tio Lucas tinha dado você para mim de presente. Ele disse que era... para me proteger dos fantasmas, eu acho. — E insistiu: — Mas você estava tão menor...

Subitamente, o major enfiou o rosto nas mãos e começou a chorar. Sua respiração ficou pesada. Olívia o encarou, perplexa, sem saber o que fazer.

— Ah, eu sou uma fraude, Olívia! — gritou ele para o alto, e a boca se abriu tanto que os cantos dela começaram a descosturar.

A menina não respondeu de imediato.

— Uma fraude! — prosseguiu ele. — Um impostor! Uma vergonha para Onira!

— O que você está dizendo, major? — perguntou ela, esfregando as costas dele.

— Eu não sou major! Não sou nem militar! Nunca fui! A verdade é que... eu sou, sim, um brinquedo... um brinquedo bobo de criança! Um estúpido boneco de pano!

Ele soltou um grito de raiva e arrancou o quepe da cabeça de uma vez, que saiu com um som de tecido sendo rasgado. Arremessou-o para longe, e o quepe se perdeu em meio às estrelas. O major então começou a arrancar as medalhas pintadas no peito, rasgando a própria pele, revelando o enchimento de algodão no interior.

— Ei, ei! — chamou Olívia, pegando delicadamente no braço dele para tentar acalmá-lo. — E o que importa se você não é um militar? Caçar fantasmas continua importante de qualquer jeito, não continua? Onira precisa de você.

O boneco de pano fechou os olhos por um instante. Pegou do bolso a pedra que Olívia tinha lhe dado e começou a rodá-la nas mãos para tentar se controlar.

— Quando estava me costurando — disse ele, afinal —, meu Criador não parava de falar em fantasmas, fantasmas, fantasmas! Dizendo que a minha missão era livrar Onira dos fantasmas! Protegê-la a todo custo! E foi o que eu fiz! Desde esse dia, eu nunca parei de procurar! Dizia que era a minha missão! Que eu era um major caçador de fantasmas! E eu me orgulhava disso! E Onira me amava por causa disso! Onira acreditava! E eu me deixei levar! Mas a verdade, Olívia... — hesitou ele. — A verdade... é que eu nunca vi um fantasma na vida!

Olívia encarou-o, perplexa.

— *Nenhum?!*

O major fez que não com a cabeça.

— Mas e a sua história? A dos fantasmas, da espada presa na bainha?

— Tudo invenção! — disse ele. — Foi isso que ele me disse quando estava me costurando, e eu só repetia como um papagaio! "Defenda Onira", "Onira está com medo!" E eu só segui ordens! Eu nem sei se existem fantasmas de verdade! Nunca fiz outra coisa! Um *farrapo* fingindo defender Onira de... *nada*! Um pedaço de pano imprestável! — E, virando-se para ela: — Eu admito, Olívia! Admito que sou um fracasso!

— Você *não é* um fracasso! — retrucou imediatamente a menina.

— Ah, Olívia! Fantasmas nem existem! Quando você passa a vida atrás de algo que não existe, isso só tem um nome: *fracasso*!

E se calaram novamente. As lágrimas insistiam em escorrer do rosto do major, sem controle.

— Talvez eles existam... — tentou consolar a menina. — Voc... *o senhor* só não encontrou ainda.

Sem resposta.

— Onira é grande, lembra? Vai que o senhor encontra.

Nada.

E, resignando-se a aceitar a possibilidade de o major estar certo:

— Ok, então! Não tem fantasmas. E daí? Melhor ainda! É como se... vocês tivessem cumprido a missão, né? Agora é só ir atrás de outra.

O major sacudiu a cabeça em um gesto negativo.

— Não... não é assim que funciona, Olívia... — murmurou, entre soluços. — Eu cacei os fantasmas desde sempre! Não sei fazer outra coisa! Não tendo fantasmas, muda tudo!

Com isso, de súbito um pensamento ocorreu a Olívia:

— Mas, então — começou ela —, se os fantasmas não existem, quem botou fogo em Onira?

Ao som daquelas palavras, o major parou de chorar na mesma hora.

— Fogo?! — perguntou, erguendo a cabeça para o horizonte.

Os olhos de botão pareciam duas luas cheias, de tão prateados, tão pálidos.

— Fogo?! — repetiu ele. — Fogo! — E, virando-se para Olívia: — *O incêndio!*

— É, o incêndio — concordou a menina, sem entender. Pousando a mão no ombro do boneco de pano, insistiu: — Quem botou fogo em Onira, major?

Ele hesitou.

— Eu estava lá! — disse. — No dia do incêndio! E...

E se calou.

— E...?! — pressionou a menina.

Mas o major não respondeu. Começou a respirar ruidosamente, alheio à presença dela. As mãos, duras como pedra, esfregavam-se violentamente pelos braços, marcando-os de bege, vermelho, roxo. O corpo todo tremia.

De todo o tempo que Olívia esteve em Onira, aquela foi a segunda – e última – vez que notou um verdadeiro pânico naqueles inabaláveis olhos de botão. Mas, ao contrário da primeira, aquele medo não era um sonho. Era real. Palpável. Concreto.

— Major! — chamou Olívia, acenando em frente aos olhos dele. — Você estava lá! O senhor estava lá.

— Eu estava lá! — concordou mecanicamente o boneco de pano, sem olhar para ela. — No dia do incêndio!

— Sim! — disse ela, e, pressionando de leve o ombro dele: — E...?!

O major envolveu o próprio corpo em um abraço apertado. Virando lentamente a cabeça para a menina, balbuciou:

— E você também!

Respirava tão fundo que o enchimento em seu peito vazava pelos espaços rasgados das medalhas.

— Eu?! — espantou-se Olívia. — No incêndio de Onira?

— No dia do incêndio! — limitou-se ele a repetir.

— Eu... eu não estava no dia do incêndio, major. Isso foi muito antes de eu...

— Não! — cortou o major, sem tirar os olhos dela. — Você não *estava* lá, Olívia! Você *está* lá!

O coração de Olívia gelou.

— *O quê?!*

— No dia do incêndio! — disse ele mais uma vez, em um murmúrio.

O boneco de pano agarrou-a pelos braços com força e aproximou tanto o rosto que a menina pôde ver o reflexo das estrelas nos olhos dele.

Quanto tempo se passou, não soube dizer. Pareceram horas. Dias. Pareceu durar toda a existência, até que enfim o major sussurrou:

— Acorde, Olívia...

— Acordar? — perguntou a menina, desorientada.

— Ainda dá tempo! — disse ele, sacudindo-a com força.

— Tempo *de quê*?

— Só respire, só respire!

Um forte vento soprou pelo navio, fazendo todo o céu tremular como uma bandeira. A imagem da esfera celeste foi embaçando aos poucos, mais, mais, combinando-se em um dossel de tímidos halos de luz verdes, azuis, dourados, até as estrelas se mesclarem totalmente à escuridão ao redor.

E a penumbra sucumbiu às trevas.

Olívia sentiu a pressão nos ombros diminuir. O boneco de pano soltava-a devagar, os olhos brancos, ainda cravados nela, os únicos pontos de luz que restavam no topo do mundo.

O major pegou em sua mão.

A textura de pano...

E as imensas esferas de seus olhos começaram a diminuir. Diminuíram, diminuíram, até não passarem do tamanho de tampas de garrafa, de moedas, de bolas de gude...

E botões.

Dois pequenos botões.

E de repente o major cabia na palma de sua mão.

— Acorde... — disse ele uma última vez.

E não havia mais nada no topo do mundo.

CAPÍTULO 24
O CAMINHO DE VOLTA

Olívia acordou em um salto com o ribombar de um trovão. Ar lhe escapava dos pulmões, respirar era um esforço inútil, e o peito latejando parecia arder em chamas. Tudo estava azul, negro, como se estivesse se afogando no fundo do oceano. Sentiu o próprio corpo flutuar, contorcer-se inutilmente para subir à tona.

Quando estava prestes a dar um último suspiro, um clarão invadiu seus olhos e a fez perceber onde realmente estava. Um relâmpago iluminou todo o ambiente, seguido de uma trovoada tão próxima que fez o mundo tremer.

O mundo… o quarto.

O *seu* quarto.

Sabia onde estava.

Era noite. O clarão que entrou pelas janelas revelou por breves instantes a imagem do quarto que Olívia tanto conhecia: os enfeites de peixe pendendo do teto giravam em torno do eixo como um cardume fora de sincronia; o papel de parede com desenhos de mapa-múndi descascava, revelando o marrom-escuro sem graça por debaixo; os livros e canetinhas cobriam a bancada desarrumada; e os pôsteres e desenhos pelas paredes recheavam o quarto de cores, cinzentas sob o brilho da lua.

E uma cama à sua frente, na outra ponta do quarto.

Uma menina dormia de bruços, virada para o outro lado, o cabelo ruivo espalhado pelos lençóis como uma teia de aranha vermelha.

— ... Jade? — Olívia flagrou a si mesma chamando em um sussurro. Mas não houve resposta.

E tão rápido como veio, o clarão do relâmpago se dissipou, e o quarto mergulhou novamente na penumbra.

Quis chamar de novo, mas algo acabou atraindo sua atenção. Sua mão... segurava algo contra o peito. Uma textura áspera, rugosa, como um pedaço de pano velho.

Esfregou os dedos às cegas no pequeno objeto.

Dois braços... duas pernas. Um boneco de pano que cabia na palma de sua mão.

Sentada na cama, abraçada à coberta, Olívia sentiu uma memória atravessar sua mente.

Uma memória fabulosa de navios voadores, uma *Estrela Viandante* e uma fênix, pequenas criaturas com elmos pintados à mão e um sargento a quem se reportar. E uma criatura gigante que se dizia major caçador de fantasmas.

Os dedos involuntariamente se dirigiram ao rosto do boneco.

Um segundo clarão. Outro trovão, ainda mais perto.

E os olhos de botão do boneco de pano reluziram como dois minúsculos diamantes. Um único instante. E se apagaram novamente, junto com o quarto.

Junto com as memórias...

E já não havia mais nada para lembrar: a imagem do navio esvaneceu de sua mente, navegando nas brumas no dorso da fênix, levando consigo, a bordo, as minúsculas criaturas, e seus elmos, e seu idioma esquisito, e seu capitão, só deixando para trás...

— Major... — disse Olívia para o boneco, e o abraçou com força.

Por um último instante, um único instante, as lembranças de Onira passaram por sua mente, para então sucumbirem ao mundo real.

Estava de volta.

E do nada um medo inexplicável fez Olívia engolir em seco e seu estômago gelar.

Tentou se lembrar do sonho. Alguma coisa... algum aviso...

Mas nada lhe ocorreu.

Conforme os olhos se adaptavam às sombras, o negro rendeu-se aos tons de cinza, e Olívia conseguiu distinguir contornos do mundo em preto e branco. A cortina esvoaçava, à mercê do vento que invadia o quarto por entre as frestas da janela. O véu trêmulo da chuva fazia a casa parecer um navio à deriva. A menina ruiva ainda dormia na cama ao lado, imóvel, alheia à tempestade e ao ribombar cada vez mais sombrio dos trovões.

E mais uma vez o medo.

Sentiu que apertava o boneco com força, as unhas cravadas em seu torso. Afrouxou a mão um pouco.

Ergueu-se da cama e caminhou até a outra menina. Os fios mornos e almofadados do carpete abraçavam seus pés descalços a cada passo.

— Jade... — disse Olívia mais uma vez, pousando delicadamente a mão no ombro da irmã.

Ao ser tocada, a menina instintivamente encolheu um pouco os ombros e resmungou alguma coisa sem sentido. Ergueu um pouco a cabeça por um breve instante e voltou a deitá-la no travesseiro.

— Hm... — grunhiu, com voz de sono. — Que é?

— Eu tive um sonho estranho... — disse Olívia, apertando novamente o boneco de pano com as duas mãos.

A irmã perguntou, ainda virada para o outro lado:

— Aquilo de novo?

— Não — disse ela. — Foi diferente...

— Ruim? — perguntou Jade, virando-se para ela.

Olívia hesitou.

— Não lembro. Mas tô com medo...

— Ah, Olívia — resmungou a outra, no meio de um bocejo —, pegue o seu boneco que passa.

— Não, não foi isso... — disse a menina. — É alguma coisa do sonho...

Jade abriu parcialmente um dos olhos e encarou a irmã por detrás da pálpebra caída.

— Deixe de besteira e volte a dormir.

— Eu não consigo... — confessou Olívia.

— Então vá falar com o papai. E me deixe dormir.

Olívia franziu o nariz para ela.

— Te odeio — disse, pressionando o boneco contra o peito.

— Eu também — respondeu Jade. — Agora me deixe. — E se virou novamente para o outro lado.

Olívia ainda ficou de pé ao lado da irmã por um instante, considerando se deveria acordá-la novamente.

— Vá embora! — resmungou Jade.

Aquilo pareceu resolver o dilema, e Olívia saiu do quarto.

O corredor estava imerso na penumbra, o som das gotas de chuva contra as janelas reverberando por toda a sua extensão como se fosse uma gigantesca concha acústica. Olívia tateou a parede à procura do interruptor.

Mas a luz se recusava a acender.

Mais um trovão, e as janelas tremeram.

Deve ter acabado a luz..., pensou.

Caminhou às cegas por alguns metros, tateando as paredes com uma das mãos para se orientar. Com a outra, segurava o boneco de pano, acariciando os olhos de botão.

Uma porta de madeira se destacava em meio às trevas. Olívia sabia onde ela ia dar. Bateu uma vez, com cuidado para fazer barulho suficiente apenas para se anunciar. Ninguém respondeu.

Empurrou devagar a porta, que se abriu como se não pesasse nada.

— Papai? — sussurrou ela. — Mamãe?

Nada.

Olívia foi até a cama.

— Eu tive um sonho ruim... — disse, pousando a mão sobre os vultos deitados.

E sua mão encontrou apenas um travesseiro. E outro. Tateou a cama à procura dos pais. Mas não havia ninguém.

— Papai?! — chamou, mas sua voz foi engolfada pelo estampido de um trovão. E um grito. Um grito vindo de baixo.

Do andar de baixo.

Olívia teve um sobressalto e instintivamente deixou o boneco de pano cair no chão. Sem tempo de se agachar para procurá-lo, saiu correndo do quarto e foi em direção às escadarias com as mãos à frente do corpo para não bater em nada. Desceu de dois em dois, descalça, os degraus gelados de pedra.

Um fraco feixe de luz começou a se fazer visível à medida que descia.

Conforme se aproximava do pé da escada, vozes começaram a irromper do saguão principal, sobrepondo-se ao som ensurdecedor da chuva. Vozes conhecidas.

Olívia reduziu o passo. Parou no meio da escada.

E ouviu.

— Vocês não podem fazer isso comigo! — gritou a voz de um homem, entre soluços. — Eu não estou doente! Alice, diga pra ele que eu não estou doente!

Uma segunda voz respondeu:

— Não vá meter a Alice nessa história, Hugo! Nós só queremos o seu bem.

Uma voz que ela já tinha ouvido antes...

— *O meu bem, Lucas?!* — perguntou a primeira voz. — O meu bem? Isso pode ser tudo, menos o meu bem! Eu... não... estou... doente! Você é meu irmão, devia entender. Se não entende, devia ao menos respeitar! Você também, Felícia! — Culminando em um grito, concluiu: — E você principalmente, Alice!

Olívia desceu mais alguns degraus, encolhida atrás do corrimão, e esticou a cabeça para espiar:

Velas. Muitas. Para compensar a falta de luz, quem quer que morasse ali acendeu todas as velas da casa.

Em meio às velas, pessoas conhecidas.

Tio Lucas. Desta vez sem curativo. Os olhos castanhos quase se perdiam em meio às órbitas escuras. E tia Felícia, as mãos grudadas à frente do rosto, murmurando alguma coisa consigo mesma. À frente dos dois, um homem moreno andava a passos largos, mecânicos, duros como os de um autômato. Gesticulava com as mãos, esfregava-as violentamente pela nuca e pelos cabelos, puxando tão forte que era como se tentasse arrancá-los. Os fios longos e desgrenhados, ralos em alguns pontos, denunciavam a força que devia estar fazendo.

Quem era aquele?

— Eu respeito você, Hugo — disse uma quarta voz. — Não só respeito, como amo... E muito. Mas você não nos deu escolha.

Como em um passe de mágica, uma mulher surgiu da penumbra. As chamas das velas ao seu redor davam-lhe um ar ao mesmo tempo tenebroso e divino.

Era a mulher mais linda que Olívia já tinha visto: seu cabelo era o mais ruivo dos ruivos, como uma rosa mergulhada em um mar de sangue. Os longos fios lembravam línguas de fogo, contorcendo-se em todas as direções, emoldurando os traços delicados de um rosto branco como a lua. Seus olhos cor de âmbar, impassíveis, observavam cada detalhe da cena.

— Eu te respeito, Hugo — repetiu ela, fitando o homem sem piscar.

E Olívia, ouvindo sua voz, deixou escapar em um sussurro:

— Mamãe?!

E uma lágrima escorreu por seu rosto.

Então aquele só podia ser...

— Mentira! — gritou o homem moreno, apontando para a mulher. — Isso é para o seu bem, não para o meu. Você tem medo de mim, Alice, admita! — Virando-se para o casal, gritou: — E vocês também!

Por uma fração de segundo, o olhar do homem se ergueu para as escadarias.

Para Olívia.

Quando os olhares estavam prestes a se cruzar, a menina imediatamente baixou a cabeça e se escondeu atrás do corrimão, o coração quase pulando para fora do peito.

Tinha sido vista? Não sabia dizer...

Mas tinha visto. Sim.

Olhos verdes. Como uma escotilha que dava direto no oceano.

Um olhar esmeráldico...

— Você sabe que a gente só quer o seu bem, Hugo — a mulher de cabelos ruivos, Alice, disse, afinal, e Olívia teve a certeza de que não havia sido vista.

Voltou a espiar.

O homem andava em círculos, gesticulando com as mãos.

— Não! — gritou. — Vocês já estavam planejando isso! Covardes! Traidores!

Ao ouvir aquilo, Lucas avançou na direção do outro homem. Nem mesmo seu corpo gigantesco comparado ao do outro parecia intimidar Hugo, e os dois se encararam como dois predadores, dois guerreiros de igual para igual, um não cedendo ao silêncio do outro.

Por fim, tio Lucas disse, forçando uma voz ainda mais imponente:

— Eu *quero* te respeitar, irmão. E sempre te respeitei. Mas deixar as coisas do jeito que estão seria desrespeitar toda a sua família. Seria um desrespeito a Alice, Olívia e Jade. Elas querem que você melhore. Isso que você está fazendo não é ruim só para você. Está afetando todo mundo. — E acrescentou: — Principalmente a Olívia!

— Deixe as minhas filhas longe disso, Lucas! — ameaçou o homem com o dedo em riste.

— Não! Você sabe, irmão, você sabe que é verdade. Todo mundo aqui sabe como essa doença é perigosa. Até a Jade entende isso muito bem. Mas agora... — hesitou — a Olívia, não. Desde que você começou com essa história de ouvir vozes, ver coisas, de dizer que estão te perseguindo... a coitada está desesperada! — exclamou, pousando a mão sobre o ombro do irmão. — Você já olhou para ela, Hugo? Você já olhou a sua filha nos olhos? A Olívia está em pânico por sua causa!

— Não! Ela é a única que acredita em mim! — gritou o homem, puxando o braço com força para se livrar do toque de Lucas.

— E isso está fazendo mal a ela, Hugo — disse tia Felícia, com a voz trêmula.

— Ela vai acreditar em tudo que o pai disser — acrescentou tio Lucas. — Se você diz que tem uma conspiração, ela vai acreditar que tem uma conspiração. Se você sai dizendo que essas suas visões estão te perseguindo, adivinha: ela vai morrer de medo de uma coisa que não existe. Vai ter medo da própria sombra! E é isso que está acontecendo. Ela está realmente acreditando que tem "fantasmas" por aí. Pelo amor de Deus, Hugo, ela é uma criança! Ninguém devia ter que passar por isso, e você só está piorando as coisas.

Com aquelas palavras, Hugo levou as mãos ao rosto e deixou escapar um grito alto, encolhendo o corpo, agachando-se até quase sentar no chão. Arrancava o cabelo aos tufos, esfregando com força as mãos pelos braços.

— Pare, Hugo... — disse Alice, aproximando-se e tomando-o entre os braços.

— Vocês estão todos contra mim — murmurou o homem, sem parecer notá-la.

— Estamos todos com você, meu amor — disse ela, pegando delicadamente a mão dele para impedi-lo de continuar puxando os cabelos. — Já está decidido, então, por favor, nos ajude a te ajudar. Eles vão chegar

a qualquer momento, e você vai ver como isso vai ser bom para você.
— E, com um suspiro: — Para toda a nossa família...

— *Não!* — gritou ele, empurrando-a para trás e se erguendo novamente. — Vocês desistiram de mim! Não estão comigo. Nunca estiveram! E agora me abandonaram de vez. A única que ainda está ao meu lado é a Olívia. Só ela acredita em mim! Mas *você...* — disse, apontando para o tio Lucas. — Você fica tentando fazer a cabeça dela! E dá aquele brinquedo idiota pra fazer ela achar que é tudo uma piada, uma brincadeira. Mas não vai funcionar, Lucas. Sabe por quê?! Porque é verdade! Eles estão aí, sim! Você que não vê. — Apontando para todos ao redor, disse: — Nenhum de vocês vê! Mas a Olívia é diferente! Ela é que nem eu. Ela sabe! — E repetiu a plenos pulmões: — Ela vê!

— Ela só vê porque você a induziu a pensar assim! — intrometeu-se tia Felícia, em prantos. — Ela não está doente! A Olívia só teve a mente contaminada por você!

Nisso, Alice foi até Felícia e a tomou nos braços, afagando-lhe os cabelos e sussurrando algo em seu ouvido para que se acalmasse.

— E por isso ela precisa de um pai lúcido, Hugo — disse Alice. — Um pai que consiga ajudá-la a superar isso. Recusar-se a admitir só está prejudicando a nossa família. A Olívia precisa de ajuda profissional tanto quanto você, mas, enquanto o pai não admitir que precisa, ela também não vai. Ela te usa como parâmetro para tudo, você sabe disso. E o Lucas fez muito bem em dar aquele boneco para ela — completou, trocando um olhar de cumplicidade com Lucas. — Major caçador de fantasmas. Aquilo foi brilhante. Ele realmente ajuda! O boneco deixa Olívia mais tranquila. Antes ela estava mais em pânico ainda, você que não consegue perceber...

— Eu conheço a nossa filha mais que você, Alice! — gritou o homem. — Mas eu respeito o que ela vê. Eu sei que é verdade! Ela estava muito bem sem aquele brinquedo idiota! Porque as coisas que eu vejo... — disse, baixando a voz a um sussurro medonho. — *As coisas... que eu sei... Alice...* são sérias. Sérias! Não é piada! — Apontando para o irmão, deixou escapar por entre os dentes: — Não é coisa que um... pedaço de pano idiota vai resolver.

— Eu tinha que fazer alguma coisa, Hugo — disse o tio Lucas. — Eu não ia ficar olhando sem fazer nada.

— Ah, não, claro que não — respondeu o homem com uma risada de escárnio. — Lucas, o grande herói, o salvador da pátria, vem a galope em seu cavalo branco salvar Olívia do pai perturbado, que está... como você disse mesmo, Felícia? "Contaminando a mente dela"? Parece até cena de filme: "Olívia, ninguém te manchará!". Ele salva a mocinha, claro, porque todos, *inclusive a esposa do pai perturbado*, estavam contra ele! E eles vivem felizes para sempre!

Tio Lucas não conseguiu se conter e explodiu:

— Você queria que eu fizesse o que então, Hugo?! Hã? Se eu digo a verdade, que não tem fantasma nenhum, a Olívia não acredita mais. E, não, por mais que você diga que é real, *isso não é real*! É uma doença! Está tudo na sua cabeça, só na sua cabeça, irmão! E agora na da Olívia também, por culpa sua. Eu tive que fazer alguma coisa para tentar ajudar a coitada. Você ficou alimentando a mente dela com essa história, e olhe só no que deu. Eu tentei dar um jeito de fazer ela se sentir segura, pelo menos. — Abrindo os braços como em desafio ao irmão, completou: — Certo, um brinquedo não é nada perto de um remédio ou de um médico de verdade. Mas está ajudando. É mais do que você fez por ela. Eu não vou ficar aqui esperando de braços cruzados, vendo a menina enlouquecer como o pai!

Mas, assim que concluiu a frase, Lucas engoliu em seco e levou a mão à boca, como se entendesse o que acabara de dizer. Hugo ergueu lentamente os olhos para o irmão, a luz das velas fazendo-os arder como fogo.

— *Enlouquecer?!* — gritou ele, e sua voz foi engolfada pelo estrondo de um trovão. — É isso que você acha que eu sou, irmão? Um louco?! — Como não houve resposta, continuou: — Ah, é exatamente o que você acha, não é? É o que vocês todos acham! Isso de querer me ajudar é mentira! Vocês querem me deixar apodrecer no hospício. Me jogar nas masmorras e me esquecer! Como se eu nunca tivesse existido! *Admitam!*

— Não é isso, Hugo! — disse Alice. — Você sabe que não é. Isso é para o bem da nossa família.

— *Mentira!* — gritou ele.

Naquele mesmo instante, o som de batidas à porta se sobrepôs ao da chuva e reverberou por todo o saguão.

Três toques. Toques secos, graves, poderosos. Toques que fizeram o coração de Olívia, ainda espiando do alto da escada, congelar.

Tum, tum, tum.

Todo o corpo de Hugo retesou ao som das batidas, dominado pelo terror, e a única coisa que ele se viu capaz de fazer foi contrair as mãos com movimentos endurecidos, ásperos, tão mecânicos que era quase como se tivesse deixado de ser humano. As falanges brancas denunciavam a força com que cravava as unhas nas palmas, e as veias dos braços saltando latejaram ao mesmo ritmo das batidas de seu coração.

— Chegaram — disse o tio Lucas.

Do pé da escada, Olívia escondeu-se ainda melhor atrás do corrimão, espiando por entre as frestas a mãe caminhar até a porta e ceder passagem a três homens enormes vestidos de branco, que a cumprimentaram com um gesto discreto de cabeça e foram caminhando devagar até o homem no centro do saguão.

— Covardes... — murmurou Hugo, recobrando progressivamente os movimentos conforme se aproximavam. — Por que não fazer isso à luz do dia, na frente das nossas filhas, Alice? É tão covarde a ponto de não deixar elas saberem o que você fez? — E, virando-se para o casal: — O que *todos vocês* fizeram!

Tia Felícia se adiantou com passos vacilantes e disse:

— As meninas não precisam de mais uma preocupação, Hugo. A Olívia principalmente. Quando você voltar, já vai estar curado, e vamos contar para elas o que aconteceu.

— E até lá? — perguntou ele. — Vão inventar uma desculpa?

— Vai ser o melhor para todo mundo — respondeu tio Lucas, ao mesmo tempo que um dos homens de branco pegou no braço de Hugo.

— Não encoste em mim! — gritou ele, dando um passo para trás.

Os outros dois homens avançaram para auxiliar o colega, e cada um segurou um braço, agora com mais força. Os dedos cravavam na pele do homem a ponto de manchá-la de branco nos lugares onde prendiam a circulação.

Hugo então começou a se debater, lançando o corpo para os lados como um animal selvagem lutando inutilmente para não ser capturado. Gritava para o alto, para todos, para ninguém.

Alice apenas observava a cena, afastada, um fio de lágrimas começando a se formar em seu olhar dourado impassível.

— Eles vão cuidar de você, amor — disse em um suspiro. — É o trabalho deles.

— *Não!* — gritou ele uma última vez, cravando os olhos irados na mulher. — Tudo menos isso! Aquilo é uma prisão! — E, por entre os dentes: — Você me traiu, Alice! Você traiu a nossa família! Traiu a Jade, traiu a Olívia!

Os enfermeiros precisavam de toda a força para contê-lo. Eram três contra um, e, ainda assim, Hugo parecia invadido por uma força tão descomunal que o equiparava à de um exército. Um exército prestes a escapar.

Os três homens puxavam-no em direção à porta, um passo de cada vez, as mãos firmes para não soltá-lo.

— Você precisa disso, irmão... — disse Lucas com uma voz autoritária.

Mas, ao ouvir aquilo, Hugo congelou. Não resistia mais aos puxões e, ainda assim, por mais força que fizessem, os enfermeiros não conseguiram movê-lo mais um centímetro que fosse.

— *Preciso disso?* — perguntou ele, irônico. — Ah, Lucas...

E tudo em seguida aconteceu tão rápido que foi como se todo o tempo tivesse congelado. O mundo em movimento cedeu lugar a cenas paradas, como uma série infinita de fotografias, quadro a quadro.

A força com que Hugo puxou os braços para se livrar dos enfermeiros.

Os olhos em chamas.

Um grito surdo.

Um golpe.

E Lucas caído no chão.

— Repita isso, Lucas! — gritava Hugo em cima de seu corpo, golpeando seus braços com as unhas.

Tio Lucas gritava de dor, agitando-se inutilmente para tentar se proteger.

E subitamente o tempo voltou a correr. Sangue respingou quando Hugo cravou as unhas nos olhos do irmão.

— Lucas! — gritou tia Felícia.

Os enfermeiros correram até os homens no chão e arrancaram Hugo de cima do irmão. O homem resistiu, mas os enfermeiros começaram a arrastá-lo sem piedade para a saída.

E foi naquele momento que os olhos de Hugo se ergueram mais uma vez para as escadarias. Foi quando cruzaram com os de Olívia. Um último olhar. Um oceano de cumplicidade trocado em silêncio, em um único instante, entre os dois. Ele finalmente a vira.

A sombra de um sorriso passou pelos lábios de Hugo. E ele não resistiu mais quando foi sedado pelos enfermeiros.

Alice tentou abrir a boca para se despedir, ameaçou erguer o braço para o marido, mas seu olhar era constantemente atraído pelo corpo no chão. E se rendeu ao silêncio enquanto o homem era arrastado para longe.

Tudo que se ouvia eram os gritos de Hugo e os trovões. Gritos abafados, cada vez mais distantes, varridos aos poucos da existência pelas águas da chuva do lado de fora.

Enquanto dois enfermeiros levavam Hugo embora, o terceiro foi socorrer Lucas. Ajoelhou-se ao seu lado, arrancou uma tira de tecido da camisa e a pousou sobre os olhos do homem para estancar o sangramento. Tia Felícia se aproximou, pegou na mão do marido e começou a acariciá-la. Ao seu toque, os lábios de Lucas se contraíram, começaram a tremer, como os de uma criança tentando conter as lágrimas na vã fantasia de não querer parecer fraca. Uma mancha rubra começou a se espalhar pelo lenço branco que cobria os seus olhos. O enfermeiro então pegou solenemente a mão da mulher e a orientou até o lenço. Tia Felícia assentiu com a cabeça, agradeceu. Sangue manchou seus dedos ao segurar o tecido, mas ela não pareceu se importar.

O enfermeiro então arrancou mais uma tira da camisa e começou a passá-la sobre os ferimentos nos braços de Lucas para limpar as feridas.

Alice, o corpo congelado, alternava o olhar entre a cena e a porta aberta por onde o marido havia sido arrastado. Seu rosto não esboçava reação.

Quando os braços de Lucas já estavam limpos, Felícia e o enfermeiro trocaram um olhar. Como em um ritual, ergueram-no delicadamente e o puseram de pé. O enfermeiro foi até Alice e, pousando a mão sobre o ombro dela, prestou suas condolências.

— Vocês fizeram a melhor escolha — disse ele. — Agora é bom a senhora dormir um pouco, recuperar as forças. Já está tudo encaminhado. — Apontando com a cabeça para o casal, concluiu: — Vou ajudar a levá-lo para o hospital. A senhora vai ficar bem? Quer que eu chame alguém para ficar aqui com a senhora?

Ao que a mulher respondeu em automático, com o olhar distante, alheia ao significado das palavras:

— Vou. Podem ir.

O enfermeiro assentiu com a cabeça e foi ajudar Felícia. Alice observou os três se afastando a passos curtos em direção à porta, no ritmo descompassado de Lucas, que cambaleava, tombava para os lados, os braços sangrando apoiados nos ombros dos dois.

E a porta se fechou atrás dos três com um baque seco, deixando Alice a sós com as velas.

Olívia viu a mulher despencar, cair de joelhos como uma marionete solta de uma só vez. E assim Alice permaneceu, o único sinal de vida que dava sendo os soluços e o sutil arquear das costas quando precisava se forçar a respirar.

— ... Mamãe? — arriscou-se Olívia a chamar, aproximando-se devagar.

E pousou a mão sobre seu ombro.

Mas o impossível aconteceu: quando seus dedos estavam prestes a tocá-la, sua mão atravessou de uma vez o corpo da mulher como se estivesse tocando um holograma. Olívia se desequilibrou e tropeçou para a frente, caindo no chão, o corpo tombado da mãe não oferecendo nenhuma resistência ao seu.

Como se ela não estivesse ali...

Naquele mesmo instante, porém, a mulher respirou fundo e começou a se erguer, alheia ao mundo. Olívia tentou chamá-la mais uma vez, "Mamãe, mamãe!", entre soluços. Mas o olhar da mulher estava distante e não pareceu notar quando cruzou com o da filha, que a encarava ainda do chão, sem entender o que estava acontecendo.

Alice deixou que os pés a arrastassem a esmo pelo saguão, pisando tão leve que era como se pairasse no ar. O som da chuva ficava mais forte, mais violento, e os relâmpagos pareciam digladiar-se através dos vitrais que davam vista para o lago.

A troada fazia o vidro tremer, sacudir, ondular como papel.

E trincar...

Um último trovão fez as janelas estourarem. Os vitrais coloridos que compunham as paredes, e suas imagens de aves, flores e jardins, viraram pó, explodiram, fragmentando-se todos ao mesmo tempo. Cacos de vidro saíram pelos ares, cacos azuis, verdes, dourados, em uma súbita onda de choque que engoliu o som da chuva e fez Alice cair no chão e proteger o rosto com as mãos.

Só Olívia permaneceu de pé, como se a tempestade não tivesse efeito sobre ela.

Sem ter tapado a visão, só Olívia viu o vento invadir o saguão como uma entidade viva, apagando a chama de todas as velas com apenas um sopro e trazendo as sombras de volta ao mundo.

Todas as velas, menos uma.

Só Olívia viu que uma última vela continuou acesa. Só ela a viu tombar.

Só Olívia viu a pequena chama do pavio rolar pelo chão. E ser atraída como um ímã pelas cortinas que esvoaçavam contra o vento.

Só ela a viu tomar conta do tecido em uma fração de segundo e o fogo se alastrar pelo saguão, contaminar o resto da casa como uma praga.

— Mamãe! — gritou Olívia inutilmente para tentar avisá-la.

Por mais alto que ela gritasse, Alice não escutava a filha. Quando enfim ergueu a cabeça, já era tarde. Ao perceber a dimensão do incêndio, ela se ergueu e, sem hesitar, como que por instinto, foi correndo até as escadarias que davam para o segundo andar.

— Jade! Olívia! — gritava por cima dos sons do fogo se espalhando.

Olívia sentiu um mar de lágrimas escorrendo pelo rosto. Não tentou contê-las. Não queria. Limitou-se a sentir, ainda de joelhos, o corpo ser envolvido pela fumaça preta que escapava das paredes de madeira, a observar tudo contra a vontade, invadida por uma sensação gritante de impotência ao ver a mãe se afastando e não poder chamá-la de volta.

Apesar do fogo que engolia a casa sem piedade, seu corpo insistia em não sentir calor, não sentir frio. Nem nada. Era como se… não estivesse realmente ali.

Alice corria em direção ao segundo andar, subindo os degraus de pedra de dois em dois, em uma corrida contra o tempo, contra o fogo, as únicas palavras que conseguia articular por sobre os soluços sendo o nome das filhas. Olívia a acompanhava com os olhos, inerte, sem saber o que fazer.

E, no instante em que a mulher chegou ao topo, algo a fez parar e se virar para trás. Para o saguão.

Para Olívia…

Pela primeira vez naquela noite seus olhares se encontraram.

— … Olívia? — disse ela em um sussurro, mas a menina conseguiu ouvi-la perfeitamente por sobre os sons do estalar das chamas e das tapeçarias rasgando. — É você?

— Mamãe! — gritou Olívia, e começou a correr em sua direção.

— Não, não, não! — disse a mulher, gesticulando com as mãos para que ela parasse. — Fique aí, Olívia! Vá se esconder. Eu vou pegar a sua irmã para a gente sair daqui.

A menina enxugou as lágrimas com as costas das mãos.

— Já volto, querida, está bem? — disse a mãe com um sorriso enquanto uma lágrima escorria por seu rosto. Vendo o portão principal tomado de chamas, apontou para a lareira na parede e gritou: — Me espere ali dentro, Olívia! E não saia enquanto eu não for te buscar!

E saiu pelos corredores, desaparecendo em meio às chamas. Conforme se afastava, os braços se agitando para cortar o fogo pareciam asas batendo.

Asas de fogo...

——*

— A fênix é um pássaro de fogo. É um incêndio com vida própria!

——*

Olívia observou-a distanciar-se até que não havia mais sinal de ruivo entre o dourado. E então, só então, correu, abrindo espaço com os cotovelos por entre as línguas de fogo que tomavam a casa, cruzando paredes invisíveis de ar que golpeavam o seu rosto com um bafo morno e sem vida. Chicotes em chamas açoitando o seu corpo.

Mas não sentia dor. Tudo parecia um sonho.

Chegou arfando à parede de tijolos. Ainda estavam frios.

E entrou na lareira.

Deu alguns passos à frente, e seu rosto foi subitamente embrulhado por dezenas de fios grudentos, invisíveis, que entraram por sua boca, pelo nariz, impedindo-a de respirar. Cuspiu para o lado e arrancou o resto com a mão. *Teias.* A lareira estava infestada. Embolou os fios e os arremessou para trás. Rastejando freneticamente pelo chão, uma pequena aranha rajada de preto e branco parecia dourada sob a luz das chamas. Olívia esmagou-a com o punho cerrado e engatinhou em direção ao fundo o mais rápido que podia, com uma das mãos à frente do corpo para abrir caminho entre as teias. Estava tudo escuro. Sentia apenas mais e mais aranhas subindo pelos seus braços, arrastando-se por sua nuca. Engatinhou mais para dentro, deixando para trás os sons da madeira em brasa, do vidro se estilhaçando e das tábuas quebradas que se espatifavam no chão.

Avançou mais um pouco. E sentiu a chuva lavando seus ombros, vinda da abertura na chaminé.

Avançou mais.

Mais.

E os sons do incêndio ficaram para trás.

CAPÍTULO 25

RECOMEÇO

— Aqui, aqui! — gritou uma voz rouca, meio abafada. — Na lareira!

Sons de passos. Botas pesadas contra o chão.

Olívia estava encolhida, os olhos fechados. Sentiu-se sendo puxada delicadamente pela cintura.

— Ela está viva? — perguntou uma segunda voz. Uma mulher.

— Positivo. Ainda está respirando.

— Uma máscara aqui! — chamou. — Rápido!

Mais passos.

Algo sendo colocado em seu rosto. Uma sensação de gelado no nariz.

E conseguia respirar de novo.

Foi deitada de costas. Sentiu uma corda ser presa ao redor de seu peito, nas pernas e na cintura. E foi erguida do chão. Arriscou abrir os olhos, mas só enxergava feixes de luz que pareciam se mover, deixando rastros na fumaça cinzenta pelo mundo ao redor.

E vultos.

Estavam andando, podia sentir os solavancos, mas seu corpo estava firme no lugar, preso pelas cordas. Olívia sentiu um vento gelado soprando pelo rosto.

Gotas de água caindo na testa. O som de chuva forte.

E cheiro de terra molhada.

— Só respire, só respire! — disse uma das vozes.

— Você está bem agora — disse outra.

Sons de uma porta sendo aberta. E fechada.

A sensação de ser finalmente colocada no chão.

Um motor sendo ligado. Um carro andando. Correndo. Voando. Vozes apressadas, indistintas ao seu redor. E uma sirene. Uma sequência de gemidos agudos e graves, agudos e graves, cada vez mais distantes.

Longe. Tudo parecia tão longe...

E silêncio.

FIM

AGRADECIMENTOS

É até difícil listar todas as pessoas que me ajudaram a tornar a história de Onira possível. Aos que de alguma forma fizeram parte dessa jornada até chegarmos às livrarias, saibam que a gratidão que eu tenho por cada um de vocês será eterna.

Antes de tudo, obrigado aos meus pais por sempre me incentivarem nas minhas loucuras (das quais o livro talvez seja a menor).

Agradeço a todos os meus leitores beta por me ajudarem a enxergar coisas que eu mesmo não conseguiria ver (especialmente o capítulo bizarro do javali nas masmorras, que para o bem dos leitores não chegou à versão final). Obrigado, Mariana Kiss, por ter sido minha primeira leitora crítica e um super incentivo para eu insistir na história. E um abraço à Laura Bacellar pela paciência e pelos conselhos profissionais.

Muito obrigado, Leonardo Gomes, pelas eternas sugestões de expressões militares para o major. Sem as suas dicas, eu estaria no sanhaço.

Obrigado, Monalisa, por ser minha primeira leitora de todas, desde o meu conto sobre o moço que se apaixona por uma nuvem e vai comprar um anel de noivado.

Obrigado, Esdras, o grande responsável pelas ilustrações que trouxeram Onira à vida. E pelo esforço em interpretar os meus rabiscos (não te paguei o suficiente para isso, reconheço).

A todos os meus seguidores, saibam que sem o apoio de vocês esta história provavelmente nunca veria a luz do dia. Essa conquista é nossa. Vocês acreditaram no que eu tinha a dizer, me deram seu voto de confiança. E hoje eu me apresento a vocês não só como youtuber de educação, mas como escritor. Obrigado pela oportunidade.

E um agradecimento especial aos que acreditaram na história de Onira muito antes de eu ter qualquer perspectiva de publicá-la. A todos que doaram para conseguirmos preparar as ilustrações, muito obrigado, de coração: Alyson Eduardo, André Vizzotto, Argentino Elvencio, Clarissa, Deisy Marcelly, Deyse Vieira, Elder Andrade, Gabriela Lima,

João Paulo, Letícia Hirata, Lindokeny, Livia Maria, Lucas Benicio, Lucca Tokarski, Madson, Maria do Carmo, Matheus Medeiros, Morais Filho, Pamela Pereira, Patrick Roncoski, Paulo Leal, Pedro Ribeiro, Rayssa Pedroso, Ruan Bas, Vanessa e Vinícius Militino.

E por último, mas não menos importante, obrigado ao meu editor, Felipe Brandão, pela boa vontade e prontidão em investir na história.

Boa leitura a todos. Espero que gostem de Onira tanto quanto eu gostei de criá-la. Escondi uns easter eggs pelo caminho, divirtam-se tentando encontrar.

**Acreditamos
nos livros**

Este livro foi composto em Dante MT Std e impresso pela Gráfica Santa Marta para a Editora Planeta do Brasil em janeiro de 2020.